KB138337

케첩 Ketchup
클라우즈 Clouds

케첩 클라우즈
Ketchup Clouds

애너벨 피처 지음 | 한유주 옮김

내인생의책

남편이자 가장 훌륭한 친구인 S. P.에게
무한한 사랑과 감사의 마음을 담아

차례

얼마나 슬프고 아프고 노여웠는지,
그러나 얼마나 달콤했는지!
─로버트 브라우닝, 〈고해〉 중에서

8월의 편지

To.

미국 텍사스 77351 리빙스턴

폴런스키 교도소(사형수 수감동)

수감 번호 993765

스튜어트 해리스 아저씨 앞

스튜어트 해리스 아저씨께

편지지 왼쪽 구석에 묻은 붉은 얼룩은 무시하세요. 피가 아니라 잼이니까요. 잼과 피의 차이는 알고 계시겠죠. 경찰이 아저씨 신발에서 발견했던 건 아저씨의 부인이 흘린 잼은 아니었을 테니까요.

여기에 묻은 잼은 제가 샌드위치를 먹다 흘린 거예요. 할머니가 손수 만드신 라즈베리 잼인데, 7년 전 돌아가시기 전에 마지막으로 만드셨죠. 할머니는 몇 주일쯤 병원에 계시는 동안 심장 부위에 뭔가를 달고 계셨어요. 기계에서 '삐, 삐' 소리가 나면 다행인 거고, 아닐 땐 '삐이이이이이이이이이이' 소리가 났죠. 7년 전 병실에서는 '삐이이이이이이이이이이이' 하는 소리가 끝없이 들렸고요. 아빠는 여섯 달 뒤에 태어난 여동생에게 할머니의 이름을 붙여 주었어요. 도로시 콘스턴스라고요. 슬픔이 가실 때쯤, 아빠는 이름을 짧게

9

줄이기로 했죠. 점(dot)처럼 작고 동글동글한 아이였기 때문에, 우리는 도로시를 도트라고 부르기로 했어요.

제게 여동생이 또 하나 있는데 이름은 소프이고 열 살이에요. 소프와 도트는 둘 다 긴 금발에 눈동자는 녹색이고 코끝이 뾰족해요. 다만 소프는 마치 동글동글 반죽한 도트를 밀대로 잘 펴서 오븐에 10분쯤 바삭하게 구운 듯이 키가 크고, 마르고, 까무잡잡하죠. 전 동생들이랑 딴판으로 생겼어요. 갈색 머리에 갈색 눈동자, 키는 중간이에요. 몸무게도 중간이고요. 평범한 거겠죠. 겉으로 봐서는 제 비밀을 짐작조차 못 하실 거예요.

샌드위치는 먹다 남기고 말았어요. 잼이 상했기 때문은 아니에요. 잼은 몇 년 동안 멸균된 병 속에 들어 있었으니까요. 사실 이 말은 엄마가 잼 병에 코를 대고 쿵쿵댈 때 아빠가 하신 말씀이죠. 엄마도 코끝이 뾰족해요. 엄마의 머리카락도 동생들처럼 금발이지만, 길이가 더 짧고 곱슬곱슬해요. 머리카락 색은 저랑 아빠가 비슷해요. 아빠의 귀 위로 살짝 난 새치만 빼고요. 아빠의 한쪽 눈은 갈색인데, 다른 쪽은 색이 더 연해요. 이런 걸 홍채얼룩증이라고 한대요. 색이 연한 쪽 눈동자는 맑은 날엔 푸른색, 흐린 날에는 회색으로 보이죠. 그래서 아빠의 눈동자에는 하늘이 담겨 있다고 말씀드린 적이 있어요. 참, 우리 아빠는 뺨에 보조개도 있어요. 근데 이런 말이 다 무슨 소용인지 모르겠네요. 그래도 아저씨께 비밀을 털어놓기 전에 우리 가족이 어떻게 생겼는지 먼저 알려 드리는 게 낫겠다는 생각이 들어요.

왜냐하면 꼭 하고 싶은 말이 있거든요. 전 지금 재미 삼아 창고에 있는 게 아니에요. 여기는 너무 추운 데다, 침대에서 빠져나온 걸 들키면 엄마한테 죽을 테니까요. 하지만 나무 뒤에 숨어 있는 이곳은 편지 쓰기에 좋은 장소죠. 무슨 나무인지는 모르겠지만, 실바람이 불 때마다 나무에서 커다란 나뭇잎이 흔들리며 '쉬이이 이이쉬' 하는 소리가 나요. 사실 글로 쓴 것과 똑같이 들리지는 않지만요.

손가락에 잼이 묻어 있어서 펜이 끈적거려요. 바깥에 있는 고양이들도 턱수염이 끈적거릴 테죠. 울타리 너머로 먹다 남은 샌드위치를 던지자, 로이드와 웨버는 하늘에서 비처럼 내리는 샌드위치에 이게 웬 떡이냐는 듯이 야옹거렸거든요. 전 더는 배고프지 않았어요. 실은 전혀 배고프지 않았죠. 솔직히 샌드위치를 만든 가장 큰 이유는 이 편지를 쓰기 시작하는 순간을 미루기 위해서였어요. 괜히 하는 말은 아니에요, 해리스 아저씨. 그냥 편지를 쓰기가 어려워요. 피곤하기도 하고요. 지난 5월 1일 이후로 깊이 잠든 날이 하루도 없었어요.

그렇다고 여기서 깜빡 잠드는 일은 없을 거예요. 타일 상자에 앉아 있으려니 허벅지가 배겨 오고, 창고 문틈으로 찬바람이 새어 드니까요. 하지만 서둘러야겠어요. 손전등 건전지가 거의 닳았거든요. 손전등을 입에 물고 있으려고 했는데 턱이 아파서 창틀 거미줄 옆에 잘 기대어 놓았어요. 원래 창고에는 거의 오지 않아요. 특히 새벽 2시에는. 하지만 오늘 밤, 머릿속의 목소리가 그 어느 때보다도 크게 울리고 있어요. 그때의 장면들이 생생하게 되살아났죠. 맥박이 세게 뛰고 있어요. 병원에서처럼 많은 기계들이 제 몸에 연결되어 있다면, 맥박이 너무 빨라서 기계들이 죄다 망가질 거예요.

침대에서 빠져나올 때, 잠옷은 등에 찰싹 달라붙어 있었고, 입속은 사막보다도 더 바짝 말라 있었어요. 전 아저씨의 이름과 주소가 적힌 종이를 잠옷 주머니에 넣고 발끝으로 살금살금 걸어 밖으로 나왔어요. 이제는 이렇게 하얀 종이를 눈앞에 두고 아저씨에게 비밀을 털어놓겠다는 결심을 하고 있네요. 하지만 어떻게 말해야 좋을지는 모르겠어요.

혀가 굳은 듯 쉽게 입을 떼지 못하는 제 상황이 편지에서 느껴지진 않겠죠. 그럼 제 손이 커다란 혓바닥이라고 상상해 보세요. 그 혓바닥이 보이 스카우트만 알 법한 복잡한 매듭으로 묶여 있다고요. 아, 보이 스카우트랑 BBC2 방송에 나오던 남자들도 그런 매듭을 알겠군요. 서바이벌 프로그램에 나와 정글 한가운데에 갇혀 나무 위에서 자고, 저녁에는 뱀을 잡아먹던 야수 같은 남자들을 보셨어요? 제가 무슨 말을 하는지 모르실 수도 있겠네요. 사형수 수감동에도 텔레비전이 있나요? 그럼 영국 방송을 보시나요, 미국 방송을 보시나요?

다 소용없는 질문이겠죠. 어쩌면 아저씨는 제게 답장을 보내고 싶으실지도 모르겠어요. 하지만 여기에 쓴 제 주소는 가짜예요. 제가 사는 영국에 픽션로드라는 거리는 없어요. 그러니 아저씨, 혹시나 감옥을 탈출해서 다짜고짜 제 방으로 쳐들어올 생각일랑 하지 마세요. 여자애 하나(저를 뭐라 부를까요? 그래요, 제 이름을 조이라 치죠)를 찾아 텍사스에서 차를 얻어 타고 올 생각일랑 하지 마시라고요.

아저씨 주소는 사형수 수감동 홈페이지를 보고 알았어요. 홈페이지는 수녀님이 알려 주셨고요. 설마 제가 이런 편지를 쓰게 될 줄 전혀 몰랐지만, 인생은 생각대로 굴러가지 않더라고요. 홈페이지에서 낯설어 보이지 않는 아저씨의 사진을 봤어요. 주황색 죄수복을 입고, 빡빡머리에 두꺼운 안경을 썼죠. 한쪽 뺨 아래에는 흉터가 있고요. 아저씨 사진만 클릭한 건 아니에요. 펜팔을 원하는 수감자는 수백 명이더군요. 수백 명이나요. 하지만 아저씨가 눈에 띄었죠. 가족이 매몰차게 등을 돌리는 바람에 무려 11년 동안이나 편지 한 통 못 받은 사실이나, 아저씨가 지었다는 죄 때문에요.

전 신을 믿지 않지만 고해 성사를 하러 갔죠. 죄의 무게를 덜고 싶어서요. 그 전에 신부님은 경찰한테 신고하지 않는다는 걸 위키피디아에서 세 번이나 확인했고요. 하지만 고해 성사실에 앉아 격자무늬 창 너머로 신부님의 실루엣을 보았을 때, 전 아무 말도 할 수 없었어요. 평생 나쁜 짓이라고는 안 해 봤을 남자한테 죄를 털어놓다니요. 나쁜 짓이래야 고작 힘들던 날 성찬식용 포도주를 한

두 모금 더 마신 일일 테죠. 아이들을 성추행하는 신부님 정도는 되어야 죄에 대해서 알 만큼 안다고 하지 않겠어요? 하지만 실제로 어떤지 잘 모르겠고, 그래서 위험을 감수하고 싶지 않았어요.

전 아저씨한테 털어놓는 게 더 안전하겠다는 생각이 들었어요. 솔직히 해리 포터 생각도 났고요. 해리 포터 1권이 언제 나왔는지는 기억나지 않아요. 아저씨의 살인 사건 공판보다 먼저였을 수도 있고, 나중이었을 수도 있죠. 아무튼 아저씨의 얼굴에도 흉터가 있고, 해리 포터의 얼굴에도 흉터가 있어요. 또 아저씨와 해리 포터 둘 다 안경을 썼죠. 해리 포터도 편지 한 통 받은 적 없고요. 물론 자신이 마법사라는 사실을 알려 주는 편지를 받은 뒤부터 기적처럼 변한 삶을 살게 되었지만요.

아마 아저씨는 감방에서 놀란 얼굴로 이 편지를 읽고 계시겠죠. '이제 내가 마법사라는 얘기를 하려는 걸까?' 하고요. 제가 홈페이지에서 본 내용대로라면, 아저씨는 아저씨가 칼로 찌른 아내를 상처 하나 없이 말끔히 낫게 할 마법을 원하겠죠. 뭐, 실망시켜 드려 죄송하지만, 전 그냥 평범한 십 대 소녀일 뿐, 마법 학교의 교장 선생님은 아니에요. 하지만 믿어 주세요. 이 볼펜이 마법의 지팡이라면, 아저씨한테 아내를 되살릴 수 있는 마법의 능력을 드렸을 거예요. 저도 아저씨와 똑같은 처지라 잘 알아요.

어쩌다 일이 그렇게 흘렀는지도 알 것 같아요.

제 경우는 여자가 아니었어요. 남자애였죠. 전 그 애를 죽였어요.

정확히 세 달 전이었죠.

　더 나쁜 게 뭔지 아세요? 전 처벌받지 않았어요. 그 일과 제가 관련 있다는 사실을 아무도 몰랐죠. 전 자유롭게 돌아다니며 바른 말만 쓰고 바른 행동만 했지만, 제 속에서는 비명이 쏟아지고 있었어요. 엄마나 아빠한테 말할 엄두도 못 냈어요. 동생들한테도요. 가족들이 제게 등을 돌릴까 봐 무서웠어요. 감옥에 가고 싶지도 않았고요. 그래야 마땅한 일이지만요. 보시다시피 해리스 아저씨, 아저씨는 저보다 더 용감하세요. 그러니 독극물 주사를 맞을 때 너무 힘들어하지 마세요. 우리 집 개를 안락사시켰는데, 그때 개는 평화롭게 잠들었거든요. 홈페이지에서 아저씨는 자신을 절대로 용서하지 않겠다고 말했죠. 하지만 이제는 적어도 아저씨보다 훨씬 더 나쁜 사람이 있다는 걸 아셨죠. 아저씨는 자신이 저지른 일을 자백할 용기가 있었어요. 하지만 전 이 편지에조차 진짜 이름을 밝히길 두려워할 정도로 겁쟁이예요.

　그래요. 제 이름을 조이라고 할게요. 그리고 제가 영국 서부에 산다고 쳐요. 고릿적 건물들과 주말이면 다리에서 사진 찍는 관광객들로 넘쳐 나는 옛 도시, 배스 근교에 살고 있다고 치죠. 그 외에는 전부 사실만을 쓸 거예요.

조이로부터

두 번째 편지
8월 12일

해리스 아저씨께

이 편지를 열어 보셨다면 아마 제가 무슨 말을 썼을지 궁금하셨다는 뜻이겠죠. 기분은 좋지만 칭찬으로 생각하지는 않을게요. 아저씨는 감방에서 시를 쓰는 시간을 빼면 무척 지루한 나날을 보내고 있을 테니까요. 아저씨가 쓴 시는 훌륭했어요. 특히 독극물 주사에 관한 시가요. 아저씨의 프로필 페이지에서 그 시들을 읽었어요. 극장과 관련된 시를 읽고 슬퍼지기도 했어요. 집으로 돌아갈 무렵만 해도, 아저씨는 48시간 뒤에 살인을 저지르리라는 사실을 꿈에도 몰랐을 거예요.

살인이라는 말을 아무렇지도 않게 쓸 수 있다니, 재밌네요. 저도 살인을 저지르지 않았다면 그러지 못했겠죠. 아니, 그 전에 아저씨 같은 사람한테 편지를 쓰지도 않았을 거예요. 하지만 지금 우

16

린 한 배를 탄 거나 마찬가지죠. 우린 분명 같은 배에 타고 있어요. 아저씨는 아저씨가 사랑했던 누군가를 죽였고, 전 제가 한때 사랑했다고 생각한 남자애를 죽였어요. 우리는 둘 다 고통과 두려움과 슬픔과 죄책감을, 말로는 표현할 수 없는 수백 가지의 감정들을 이해할 수 있죠.

제가 창백해진 얼굴로, 깡마르고, 머릿결이 거칠어지고, 눈 밑이 검어진 모습으로 나타나면, 사람들은 제가 슬픔에 빠져 있다고 생각하고 많은 걸 묻지 않아요. 어느 날인가 엄마가 하도 등을 떠밀어서 어쩔 수 없이 머리를 자르러 갔어요. 미용실에서 사람들을 바라보며 저들 중 얼마나 많은 이들이 끔찍한 비밀을 숨기고 있을까 궁금해했죠. 수녀님이 완벽한 사람이란 존재하지 않는다고, 누구나 좋은 점과 나쁜 점을 두루 갖추고 있다고 말씀하셨거든요. 누구나요. 어두운 면이라고는 전혀 없을 것처럼 보이는 사람도 그렇대요. 전 제 죄책감이 얼마나 크기에 이렇게 오랫동안 잠들 수 없는지를 생각하고 있어요. 오늘 밤에도 잠이 오지 않았고, 그래서 여기서 편지를 쓰고 있죠. 여전히 춥지만, 이번에는 창고 문틈을 막으려고 아빠의 낡은 외투를 가져왔어요.

수녀님의 이름은 기억나지 않지만, 그분은 건포도 같은 분이셨어요. 쭈글쭈글한 건포도를 봐도 원래 포도의 둥글둥글한 모습을 떠올릴 수 있듯이, 수녀님도 주름진 겉모습 안에 아름다움을 간직한 분이셨거든요. 수녀님은 여름 방학이 시작되기 일주일 전에 학교에 오셔서 사형 제도에 대해 말씀해 주셨어요. 파르르 떨리는 조그마한 목소리였지만, 모두들 그분 말씀에 초집중을 했죠. 심지어 애덤조차도요. 보통은 의자를 뒤로 젖히고 여자애들 뒤통수에 펜 뚜껑이나 던지는 애거든요. 그날 우리는 고개를 끄덕이며 열심히 수녀님 말씀을 들었고, 그분이 사형 제도 폐지를 위해 싸우고 있다는 말씀을 하셨을 때는 다들 입을 떡 벌렸죠.

수녀님은 많은 일을 하셨어요. 청원서를 보내고, 시위에 나서고, 신문에 투고하고, 범죄자들에게 편지를 쓰셨죠. 범죄자들한테서 답장도 많이 받으셨대요. 그들은 편지로 많은 이야기를 한다고 하셨어요.

"어떤 죄를 지었는지도 쓰나요?"

누군가가 물었죠. 수녀님은 고개를 끄덕였어요.

"가끔은요. 누구나 자기 이야기를 들어 줄 사람이 필요하니까요."

이 말씀을 듣고 전 편지를 쓸 생각을 했어요. 아직 수업이 한창일 때였죠. 수녀님은 기억나지 않을 만큼 많은 이야기를 더 풀어내셨고요. 전 집으로 돌아와 엄마가 새로 산 베이지색 양탄자를 신발 신은 채로 밟고, 곧장 계단을 뛰어올라 제 방으로 갔어요. 컴퓨터를 켜고 사형수 수감동 홈페이지를 찾아 '18세 이상'란에 체크했어요. 거짓이었지만 컴퓨터는 꺼지지도, 경고음을 울리지도 않았지요. 전 바로 펜팔을 원하는 수감자들의 목록을 찾아냈어요. 거기서 바로 아저씨, 해리스 씨를 발견했지요. 4번째 페이지 3번째 줄, 왼쪽에서 두 번째에 위치한 아저씨는 마치 제 이야기를 기다리는 듯이 보였어요.

제1장

그래요, '제1장'이라는 제목이 독창적이지 않다는 건 저도 알아요. 하지만 이건 허구가 아니라 실제로 일어났던 일이에요. 실제 이야기를 쓰는 건 제게도 익숙하지 않죠. 보통 전 판타지를 써요. 가장 재밌게 쓴 이야기는 '털북숭이 비즐'이에요. 비즐은 찬장 한구석에 놓인 구운 콩 깡통에 오랫동안 살고 있었어요. 그러던 어느날, 모드(Mod)라는 남자아이가 (진짜 이름은 돔Dom이지만 이 애는 거울에 거꾸로 비친 모습을 좋아하죠) 토스트에 콩을 얹어 먹고 싶다는 생각을 했어요. 그래서 깡통을 따서 거꾸로 흔들자, 비즐은 '펑' 소리를 내며 전자레인지용 접시에 뛰어들죠.

아저씨가 언제부터 시를 써 왔는지 모르겠지만, 전 초등학교 때 독후감을 쓰려고 《다섯 용사들》을 읽은 뒤 늘 작가가 되고 싶었어요. 이 책에 별 다섯 개 중 별 네 개 반을 주었죠. 주인공들이 겪는 모험은 훌륭했고, 결국 보물을 발견했죠. 그런데 복장 도착증에 걸린 조지라는 인물이 계속 개한테 말을 걸려고 하더라고요. 비현

실적으로 보여서 별 반 개를 뺐어요.

지금은 창밖으로 별이 진뜩 빛나고 있어요. 별 하나하나가 환하고 아름답게 반짝여요. 외계인들 사이에서는 지구에 대한 평판이 좋나 봐요. 그걸 보면 외계인들이 지구에 대해 뭘 모른다는 걸 알 수 있지만요. 밖은 너무나 고요해요. 마치 제가 이야기를 시작하기만을 온 세상이 숨죽이며 기다리고 있는 것 같아요. 아마 아저씨도 마찬가지겠죠.

이 이야기는 일 년 전, 아무도 예상하지 못한 전화가 걸려 오면서 시작되었어요. 8월의 마지막 주 내내, 토요일 밤 친구 집에서 열리는 파티에 가도 되느냐고 엄마한테 물어볼 용기를 쥐어짜고 있었죠. 평범한 파티가 아니었어요. 그 유명한 맥스 모건의 집에서 열리는 파티였고, 여름의 마지막 나날을 불태워야 했던 모든 아이들이 초대되었어요. 우리는 며칠 내로 다시 학교에 가야 했으니까요. 불행히도 우리 엄마가 이런 파티에 가도 된다고 허락할 확률은 1%도 되지 않았어요. 당시 엄마는 제게 아무것도 허락하지 않았거든요. 로렌과 시내에 쇼핑을 간다고 해도 제가 유괴될지 모른다며 걱정했어요. 숙제를 빼먹을지도 모른다는 걱정도 했고요.

집을 몰래 빠져나가는 건 상상도 못 할 일이었어요. 변호사였던 엄마는 도트가 어렸을 때 직장을 그만두셨어요. 도트가 자주 아파 늘 병원을 들락거리는 바람에, 도트를 돌보는 게 엄마의 전업이 되어 버린 것 같아요. 아침에 일어나도 엄마가 있었고, 오후에 집에 돌아와도 엄마가 있었어요. 아침에는 그날 무슨 수업이 있는지 물어보셨고, 저녁에는 그날 숙제를 다 했는지 검사하셨지요. 나머지 시간에는 집안일을 하셨어요. 집이 커서 깔끔하게 유지하기란 여간 힘든 일이 아니었지만, 엄마는 엄격한 일정표를 짜 놓고 용케 해냈지요. 뉴스를 보면서 빨랫감을 개거나 양말의 짝을 맞추고, 욕조에서 목욕을 하면서 때수건으로 수도꼭지를 반짝거리게 닦았죠. 엄마는 최상의 식자재를 사다가 요리를 했어요. 자연 방사 달걀과 유기농 채소 그리고 공해도 화학 비료도 존재하지 않는, 우리를 아프게 할지도 모를 오염 물질은 눈을 씻고 봐도 찾아볼 수 없는, 천국에서나 자랐을 법한 소고기로 말이죠.

해리스 아저씨, 죄송하지만 아저씨의 어머니를 구글에서 검색해 봤어요(하지만 찾지 못했죠). 아저씨의 어머니가 엄격한 분이었는지, 아저씨가 학교에서 열심히 공부하고 손윗사람들에게 예의 바르게 행동하고, 문제를 일으키지 않고, 야채도 잘 먹기를 바라던 분이었는지가 궁금했어요. 혹시나 아저씨가 십 대 시절 내내 브로콜리나 뜯어 먹고 살았다면 정말 안 될 일이죠. 그랬다면, 그렇게 살았는데도 지금 감방에 처박혀 말할 사람도 없이 외롭게 지내고 있는 것일 테니까요. 아저씨가 광란의 시절을 보냈다면 좋겠어요. 이를테면, 모험 삼아 이웃집 정원을 발가벗고 뛰어다녔다든지 말이에요. 사실 이 일은 로렌의 열네 번째 생일 파티 날, 저만 집에 일찍 돌아간 뒤 벌어진 일이에요. 로렌이 학교에서 그 일을 말해

21

주었을 때, 전 늘 그렇듯 무표정한 얼굴로 그런 일 따위는 이미 졸업한 척했죠. 하지만 역사 선생님이 그만 떠들고 교과서를 보라고 했을 때, 교과서 속 유대인이 아니라 달빛 속에서 출렁거리는 젖가슴만 떠올리고 있었죠.

저만 일찍 집에 가야 하는 처지에 짜증이 났어요. 저 없을 때 생긴 일을 얻어듣는 것도 신물이 났죠. 질투도 났고요. 진짜로 질투가 났어요. 그 전까지는 거의 느껴 보지 못했던 감정이었죠. 그래서 맥스의 파티에 초대를 받았을 때, 엄마가 도저히 거절할 수 없게 부탁하기로 다짐했어요.

토요일 아침이면 전 서가 정리를 하러 도서관에 가요. 시간당 3파운드 50페니를 받죠. 파티가 열리기로 한 토요일 아침, 도서관에 가기 전이었어요. 전 침대에 누워 무슨 말로 운을 뗄까 궁리하고 있었죠. 그때 전화가 울렸어요. 아빠의 심각한 목소리를 듣고 침대에서 내려와 가운을 걸쳤어요. 지금 입고 있는 가운과 똑같이 빨강과 검정 꽃이 그려져 있고, 소맷자락에는 레이스가 둘러져 있었죠. 아래층으로 내려가니, 잠시 뒤에 아빠가 아침도 거르고 자동차에 급히 올라탔어요. 엄마는 앞치마와 노란 고무장갑을 낀 채로 아빠를 쫓아 차량 진입로로 뛰어나갔어요.

"그렇게 서두를 필요 없잖아."

엄마가 말했죠. 참, 아저씨가 읽기 쉽도록 이제부터는 대화를 직접 인용으로 표시할게요. 물론 사람들이 했던 말을 토씨 하나 빠뜨리지 않고 기억할 수는 없으니 문장은 약간 바꿀 거고요. 날씨 이야기처럼 지루한 말들은 다 뺄 거예요.

"무슨 일 있어?"

전 걱정스러운 표정으로 현관에 서서 물었어요.

"토스트 한 쪽이라도 먹고 가, 사이먼."

아빠는 고개를 흔들었죠.

"우린 지금 가야 돼. 시간이 얼마 남지 않은 것 같아."

"우리라고?"

엄마가 물었어요.

"당신도 가야지. 안 갈 거야?"

"잠깐 생각 좀 해 보고……."

"그럴 시간이 없을지도 몰라! 빨리 가야 돼."

"당신이 가는 걸 말리지는 않을게. 하지만 난 안 갈래. 당신도 내 기분이 어떤지 알잖아."

"무슨 일인데?"

이번에는 제가 더 큰 목소리로 물었어요.

아마 걱정스러운 얼굴이었을 거예요. 부모님은 쳐다보지도 않았지만.

아빠는 관자놀이를 문질렀어요. 새치가 난 잿빛 머리카락 위로 아빠의 손가락이 원을 그렸죠.

"이제 와서 무슨 말씀을 드려야 하나."

아빠의 말씀에 엄마가 얼굴을 찡그렸어요.

"나도 모르겠어."

"누구 얘길 하는 거야?"

내가 물었어요.

"나를 들어오지도 못하게 하실까?"

아빠가 다시 물었어요.

"모르긴 몰라도, 당신이 거기 있는지 없는지도 모를 상태이실 거야."

"누가?"

제가 진입로로 내려서며 물었어요.

"슬리퍼 신고 내려오지 마!"

엄마가 소리를 질렀어요. 전 다시 문간으로 올라가서 매트에 슬리퍼 바닥을 문질렀어요.

"무슨 일인지 얘기해 주면 안 돼?"

잠시 정적이 흘렀어요. 꽤 길었죠.

"할아버지 얘기다."

아빠가 입을 열었어요.

"쓰러지셨대."

엄마가 말했죠.

"아."

내가 말했어요.

그다지 안타까워한다고 볼 수 없는 반응이죠. 하지만 변명을 하자면 전 오랫동안 할아버지를 보지 못했어요. 할아버지네 교회에 갔을 때, 엄마가 제단에 못 올라가게 하는 바람에 성찬식에서 아빠만 영성체를 받아 질투했던 게 떠오르네요. 전 '빠-밤 빠-밤' 하고 영화 〈조스〉 주제가를 흥얼거리며 소프한테서 찬송가를 뺏는 장난을 쳤죠. 할아버지는 얼굴을 찡그리셨고요.

할아버지네 정원은 엄청나게 컸고, 키가 큰 해바라기들이 피어 있었어요. 전 차고에 굴을 파며 놀기도 했고, 할아버지는 인형에게 주라며 탄산이 안 들어간 레모네이드를 주셨어요. 하지만 어느 날 말다툼이 벌어졌고, 그 뒤로 우리는 할아버지를 찾아가지 않았어요. 그날 무슨 일이 있었는지 모르겠지만, 우리가 점심도 안 먹고 할아버지 댁에서 나왔다는 건 기억나요.

전 배가 너무 고팠어요. 우리는 그날 딱 한 번 맥도날드에 갈 수 있었죠. 엄마는 빅맥과 엑스트라 사이즈 프렌치프라이를 주문하는 저를 말리려고 애를 썼고요.

"정말 안 갈 거야?"

아빠가 물었죠.

엄마가 고무장갑을 똑바로 끼며 대꾸했어요.

"내가 가면 애들은 누가 봐?"

"내가!"

제가 끼어들었어요. 뭔가 좋은 생각이 났거든요.

"내가 보면 되지."

엄마가 얼굴을 찡그렸어요.

"글쎄다."

"쟤도 다 컸어."

아빠가 말했어요.

"하지만 무슨 일이라도 생기면?"

아빠가 휴대 전화를 꺼냈어요.

"이게 있잖아."

"글쎄……."

엄마는 뺨을 홀쭉하게 빨아들이며 나를 바라봤죠.

"도서관은 어떻게 하고?"

전 어깨를 으쓱했죠.

"전화해서 집에 급한 일이 생겼다고 하면 되지, 뭐."

"잘됐네. 그렇게 하자."

아빠가 말했어요.

새 한 마리가 자동차 보닛 위에 내려앉았어요. 노래지빠귀였죠. 우리는 부리에 벌레를 물고 있던 새를 잠시 바라보았어요. 그러다 아빠는 엄마를, 엄마는 아빠를 바라봤죠. 제가 등 뒤로 손가락을 꼬고 있는 동안 새는 날개를 파닥거렸어요.

엄마가 자신 없는 말투로 중얼거렸어요.

"하지만 내가 애들하고 있어야 돼. 소프는 피아노 연습을 해야 하고, 도트 옆에는 내가 있어야 해……."

"애들 핑계 대지 마, 제인! 가기 싫어서 그러는 거 다 알아. 적어
도 그런 핑계는 대지 말아야지."

아빠가 허벅지에 주먹을 내리치며 말했어요.

"좋아! 하지만 내게도 이유가 있어. 아버님이 날 보고 싶어 하지
않으신다는 걸 우리 둘 다 알잖아."

"아버지는 당신이 왔는지 안 왔는지 알지도 못할 상태일 거야."

아빠가 엄마를 똑바로 쏘아보며 말했어요. 엄마가 했던 말을 그
대로 하다니. 아빠가 영리한 전략을 택했죠. 엄마도 어쩔 수 없었
어요. 엄마는 한숨을 내쉬며 장갑을 벗고 집으로 향했죠. 집 안으
로 들어가기 직전에 이렇게 말했어요.

"당신 마음대로 해. 하지만 분명히 말해 두겠는데, 난 아버님 병
실 근처에는 얼씬도 안 할 거야."

아빠는 입을 앙다물고 시계를 들여다봤죠. 전 여전히 등 뒤로
손가락을 꼰 채 자동차로 다가갔어요.

"그럼, 병원에 오래 있어야겠네?"

아빠는 목덜미를 긁적이며 한숨을 쉬었죠.

"그렇겠지."

전 가장 믿음직스러워 보이는 미소를 지으며 말했어요.

"우리 걱정은 하지 마. 별일 없을 거야."

"고맙다, 우리 딸."

"그리고 아빠랑 엄마가 제시간에 못 오면 파티에는 그냥 안 가면 돼. 파티는 별로 중요하지 않으니까. 내가 안 가면 로렌이 실망하겠지만, 괜찮겠지, 뭐."

전 이런 말을 했던 것 같아요. 엄마가 이미 허락했다는 느낌을 아빠에게 전달하려고 한 거죠. 아빠가 경적을 울려 엄마를 재촉했어요.

"파티는 언제 시작하는데?"

전 평소보다 조금 높은 목소리로 대답했죠.

"여덟 시."

"그 전까지 와야 할 텐데……. 올 수 있겠지, 뭐. 너만 좋다면 태워다 주마."

"좋아."

전 억지로 웃음을 감추고 집 안으로 들어가면서 말했어요.

엄마는 오후에 전화를 걸어 할아버지가 괜찮다고 말했어요. 병원에서 잔뜩 낮춘 목소리로 아빠가 할아버지를 돌보고 있다고, 냉동실에서 스테이크용 고기를 꺼내 놓으라고 했어요. 전 미소를 지었어요. 스테이크는 제가 가장 좋아하는 거였으니까요.

모든 일이 완벽하게 돌아가고 있었기에, 오렌지에이드와 레모네이드를 만들어 얼음을 가득 채운 유리잔에 따라 마셨어요. 남은 시간을 햇살 가득한 정원에서 '털북숭이 비즐'을 쓰거나, 뒷문 근처 나뭇가지에 걸려 있는 새 모이통에 먹이를 채우면서 보냈어요.

새들이 모이통으로 몰려들었죠. 전 까치에게 인사를 건넸어요. 되새가 땅에 내려앉았고, 참새는 화단을 파고들었죠. 전 참을 수 없는 행복감을 느끼며 새들을 오랫동안 바라보았어요. 자랑은 아니지만, 새를 무척 좋아하는 전 영국에 사는 새들을 꽤나 많이 알고 있답니다.

민들레가 정원에 잔뜩 피어 있었어요. 아저씨가 사는 곳에는 민들레가 하나도 없을지 모르니까 그림으로 보여 드릴게요. 전 텍사스가 무척 건조할 거라고, 그곳에는 신기루가 나타나는 사막도 있

정원에 핀 민들레

을 거라고 생각해요. 아저씨가 있는 곳은 창밖에 금빛 모래가 보일 것 같아요. 아저씨가 바닷가를 좋아한다면 아마 고문과도 같겠죠.

전 통통한 민들레 하나를 따서 손가락 사이에 감고 잔디에 벌렁 드러누웠어요. 화분에 발도 올려놓았죠. 태양은 제가 손에 쥔 꽃과 똑같은 색깔로 빛났어요. 둘 다 노랗고 따뜻한 빛을 발하고 있었죠. 민들레도 태양도 환하게 타오르고 있었고, 그래서 어쩌면 제 손마디가 타들어 가고 있었는지도 모르겠지만, 그 순간 저와 우주가 커다란 퍼즐 조각처럼 딱 끼워 맞춰진 듯이 느껴졌어요. 모든 것들이 의미 있게, 논리적으로 여겨졌죠. 누군가가 제 인생을 수학적으로 설계한 듯이 말이에요.

그 누군가가 제 동생은 아니었죠.

"민들레가 좋아?"

옆구리에 퍼즐 판을 낀 도트가 분홍색 원피스를 입고 저를 내려다보고 있었어요. 도트는 수화로 말하고 있었죠. 귀가 들리지 않거든요. 전 눈을 가늘게 뜨고 퍼즐 그림을 보았어요. 도트가 퍼즐 조각을 잘못 끼우는 바람에 하늘로 날아올라야 할 나비가 땅에 추락하는 듯이 보였죠. 전 민들레를 귀에 꽂았어요.

"응. 좋아."

"초콜릿보다 좋아?"

"훨씬 좋아."

전 수화로 말했죠.

"아이스크림보다……?"

전 생각하는 척했어요.

"글쎄, 무슨 맛인지에 따라 달라."

도트는 통통한 무릎을 꿇고 앉았어요.

"딸기 맛이면?"

"딸기 맛보다는 더 좋아."

"바나나 맛이면?"

전 고개를 저었죠.

"어림없어."

도트는 웃음을 터뜨리더니 제 얼굴 위로 고개를 숙였어요.

"진짜로 바나나 맛보다 훨씬 더 좋아?"

전 도트의 코에 입을 맞췄죠.

"이 세상 그 어떤 맛보다 더."

도트는 잔디 위에 퍼즐 판을 내던지고 옆에 바싹 붙어 앉았어요. 도트의 긴 머리카락이 실바람에 나풀거렸죠.

"귀에 민들레를 꽂았네."

"응. 꽂았지."

"왜?"

"내가 가장 좋아하는 꽃이니까."

전 거짓말을 했어요.

"수선화보다 좋아?"

"우주 전체에서 가장 좋아."

전 수화로 말하며 현관문이 열리는 소리와 복도를 걸어가는 발소리에 귀를 기울였어요. 제가 가만히 듣고만 있자 도트가 모르겠다는 표정을 지었어요.

"엄마랑 아빠가 왔나 봐."

제가 설명해 줬어요.

도트가 벌떡 일어났어요. 저는 도트가 주방으로 달려가지 못하게 손을 꽉 잡았죠. 엄마랑 아빠가 대화하는 목소리가 심상찮게 들렸거든요. 두 분이 싸우는 소리가 열린 창밖으로 흘러나왔죠. 제가 정원에 있다는 걸 들키기 전에 수풀 뒤로 숨으며 도트를 끌어당겼어요. 도트는 장난치는 줄 알았던지 웃음을 터뜨렸죠.

"어떻게 그러겠다고 할 수 있어!"

엄마가 싱크대에 컵을 집어 던졌어요.

"그럼 어떻게 해?"

엄마가 주전자 스위치를 쿡 눌렀어요.

"나한테 말했어야지! 상의를 했어야지!"

"당신은 병실에 들어오지도 않는데 어떻게 상의해?"

"그런 변명 하지 마."

"애들 할아버지셔, 제인. 아버지도 애들을 볼 권리가 있어."

"그런 소리 하지 마! 벌써 몇 년 동안이나 애들을 찾지도 않으셨잖아."

"그러니까 이제라도 아이들과 시간을 보내시도록 해야지. 너무 늦기 전에."

전 눈을 부라리는 엄마 모습을 보며, 미꾸라지처럼 빠져나가려는 도트를 붙잡느라 애를 먹었죠. 손으로 도트 입을 막고, 무서운 눈으로 '쉿!' 하는 표정을 지어 보였어요. 주방에 있던 엄마가 서랍에서 찻숟가락을 꺼내고 엉덩이로 서랍을 쳐서 닫았죠.

"벌써 몇 년 전에 결론 냈던 일이야. 몇 년 전에. 당신 아버지가 좀 안됐다고 해서 그때로 돌아가지는 않을 거야."

"아버지가 쓰러지셨어!"

엄마는 찻숟가락으로 컵 안을 휘저었죠.

"그런다고 바뀌는 건 하나도 없어! 하나도! 당신은 대체 누구 편이야?"

"여기서 편을 가르고 싶지는 않아, 제인. 더는. 우린 가족이야."

"그 얘기를 당신 아버……."

그때 도트가 제 손가락을 깨물고 품에서 빠져나갔어요. 그대로 당할 수밖에 없었죠. 도트는 잔디 위를 빠르게 달리다가 옆으로 두 번 재주넘기를 했어요. 치마는 뒤집어져 팬티가 다 보였고, 재주넘기는 잔디에 된통 넘어지는 걸로 마무리했죠.

엄마와 아빠가 창밖을 내다봤어요. 도트는 민들레를 꺾었어요. 그 민들레만 솜털처럼 새하얗게 변해 있었어요. 죽은 요정처럼 보이는 민들레 씨앗이 듬성듬성 빼곡히 자리를 메우고 있었죠. 해는 구름 뒤로 사라져 갔고, 도트는 후후 입바람을 불어 민들레 씨앗을 죄다 날려 보냈어요.

　아저씨, 오늘은 여기까지 쓸게요. 피곤하기도 하고, 왼쪽 다리가 저리기 시작했거든요.

　　　　　　　　　　　　　　　　　　　조이로부터

9월의 편지

To.
미국 텍사스 77351 리빙스턴
폴런스키 교도소(사형수 수감동)
수감 번호 993765
스튜어트 해리스 아저씨 앞

해리스 아저씨께

이 창고의 가장 큰 장점은 보는 눈이 없다는 거예요. 눈이 여덟 개인 거미를 빼면, 아무도 보는 이가 없죠. 사실 거미도 저를 보고 있지 않아요. 창틀에 매달린 채 유리창 너머로 나무의 실루엣과 구름, 반달을 바라보고 있어요. 파리 따위를 생각할 때나 눈이 은빛으로 빛나는 듯하죠.

내일은 지금과 딴판일 테죠. 다들 저를 쳐다볼 테니까요. 새 학기를 맞아 학교에 들어서는 순간, 슬픈 눈, 꼬치꼬치 캐묻는 눈, 빤히 쳐다보는 눈, 애써 외면하려 하면서 힐끔거리는 눈이 끝없이 따라붙을 거예요. 숨을 곳은 없죠. 화장실에 숨으라고 하실지 모르겠지만, 거기도 안 돼요. 지난 학기에 제가 화장실 칸에서 나올 때까지 기다렸다가 질문을 쏟아 내며 물고 늘어진 여자애들이 있었거든요. 언제, 어디서, 어떻게 된 일인지는 물어도, 누가 그렇게 됐느냐는 질문은 하지 않았죠. 다 장례식에 갔던 애들이니까요.

질문. 질문. 질문. **질문**은 커지고 커지는데, 전 뭐라 대꾸해야 할지 몰랐죠. 의심받는 처지였고, 적당한 말을 찾아 둘러대야 하건만, 목에서는 아무 소리도 나오지 않았죠. 등에서는 땀이 흘러내렸어요. 머릿속부터 등줄기까지 하얗게 타들어 갔죠. 전 수도꼭지를 틀었어요. 꼭지가 안 돌아갈 때까지 돌렸죠. 수돗물이 제 손뿐만 아니라 죄책감까지 씻어 내기를 바랐어요. 숨은 갈수록 가빠지고, 그럴수록 손은 더 빡빡 씻고, 그 사이에 여자애들은 가까이 다가오고…… 1초도 더 견딜 수 없던 저는 화장실에서 뛰쳐나갔어요. 그러다 영어 선생님과 부딪쳤죠. 선생님은 제 얼굴을 보시더니 교무실로 데려가셨어요.

벽에는 맥베스 부인의 그림이 걸려 있었죠. 그림 밑에는 "사라져라, 저주받을 자국이여!"라는 구절이 인용되어 있었고요. 아저씨가 셰익스피어를 잘 아시는지 모르겠지만, 궁금하실까 봐 알려 드리자면, 맥베스 부인이 볼에 난 여드름_{위에서 인용된 구절은 영국 여드름 치료제 제품에 설명된 문구이기도 하다}을 두고 한 말은 아니에요. 전 피로 물든 맥베스 부인의 손을 바라봤어요. 제 손도 마구 떨리고 있었죠. 매클린 선생님이 떠들어 댔어요.

"자, 자, 걱정 마. 마음이 놓일 때까지 있어도 돼. 서두를 필요 없어."

전 선생님이 진심으로 하는 말씀인지, 옆에는 채점 중인 과제 더미가 있는데 선생님 책상 앞에 계속 앉아 있어도 되는 건지 알 수가 없었어요. 게다가 제 팔을 쓰다듬으며 숨을 내쉬어 보라거나, 제가 용감하게 잘하고 있다거나, 그 애가 관 속에 누워 있는 이유가 제 탓이 아니라 자기 탓인 양 정말 미안하게 됐다며 다정히 구는 선생님을 견딜 수가 없었어요.

가장 견디기 힘든 사실은 바로 그 애가 땅속에 묻혀 있다는 거예요. 눈을 뜬 채로요. 제가 잘 아는 갈색 눈은 더는 닿을 수 없는 세상을 올려다보고 있죠. 입도 벌어져 있어요. 들어 줄 이 없는 진실을 외치고 싶다는 듯이. 때로는 그 애의 손톱도 보여요. 지난 5월 1일에 무슨 일이 생겼는지 관 뚜껑에 낱낱이 새겨 넣느라 손톱은 갈라지고 피투성이가 되었어요. 약 2미터 아래에 쓰인 이 글은 읽어 줄 이 하나 없죠.

어쩌면 이 편지들이 도움이 될지 몰라요, 해리스 아저씨. 아저씨에게 이야기를 털어놓을수록, 관 속 이야기는 지워지고 지워져 영원히 사라질지도 몰라요. 그 애의 손톱에서는 피가 멈추고, 그 애는 가슴 위로 손을 모은 채 마지막으로 눈을 감을지도 몰라요. 구더기가 살을 파고들고, 그러면 그 애도 편히 쉴 수 있을 테고, 그 애의 시신도 마침내 미소 지을 거예요.

제2장

아무튼 엄마와 아빠가 할아버지 때문에 싸운 뒤부터 시작할게요. 말다툼을 한 엄마와 아빠는 태연한 척했지만, 여전히 긴장감이 맴돌았어요. 접시에 놓인 스테이크보다 제 손을 써는 게 더 쉬웠는지, 칼에 손을 베였어요. 요리할 때 실수하는 법이 없던 엄마는 그날 모든 음식을 푹 익혀 버렸죠. 저를 고마워할 줄도 모르는 애라고 생각하지 마세요. 아저씨는 아마 교도소 음식에 질렸겠죠. 뮤지컬 〈올리버〉에 나왔던 귀리죽 따위가 나올 것 같아요. 보나 마나 교도관은 아저씨의 감방 바로 앞에서 피자를 먹겠죠. 너무 코앞이라 냄새가 솔솔 나고 입에서는 군침이 돌지만, 아저씨한테는 그림의 떡일 수밖에 없고요.

아저씨한테 위로가 될지 모르겠지만, 그날 엄마가 차린 저녁은 그림의 떡만도 못해서 5분 만에 질릴 정도였어요.

"왜 난 할아버지를 본 적이 없어?"

도트가 갑자기 수화로 물었죠. 아빠는 포도주 잔을 들었지만, 한 모금도 마시지 않았어요.

"만난 적이 있단다, 아가. 네가 기억을 못 하는 거야."

엄마가 수화로 대답했어요.

"내가 할아버지 좋다고 했어?"

"넌…… 글쎄, 뭐라고 말하기엔 너무 어렸어."

엄마가 대답했죠.

"할아버지는 괜찮으실까?"

"그러길 바라야지. 지금 매우 힘든 상태시니까."

"내일은 괜찮으실까? 모레는? 글피는?"

"바보 같은 소리 하고 있네."

소프가 웅얼거렸어요. 도트가 소프의 입술을 읽으려고 물끄러미 쳐다봤어요. 소프가 일부러 입술을 빠르게 움직이면서 말했죠.

"바보 같은 소리 하고 있다고."

엄마가 주의를 주었어요.

"소프……."

아빠가 수화로 느릿느릿 서툴게 말했어요.

"할아버지는 괜찮아지실 거다, 아가. 병원에 계시지만, 지금은 그래도 나아지셨어."

엄마는 도트의 어깨에 팔을 두르고 머리를 쓰다듬었죠.

"걱정하지 마."

"걱정은 나도 돼. 할아버지가 돌아가시거나 할까 봐."

소프가 불쑥 끼어들었죠. 아빠가 한숨을 쉬었어요.

"너무 앞서 가지 말자꾸나."

전 괘종시계를 흘끗 봤죠. 45분 뒤면 파티가 시작될 참이었어요. 전 휘파람을 불었어요. 평소에는 하지 않던 짓이죠. 엄마는 제가 접시를 들고 차가운 타일을 맨발로 밟고 싱크대로 가는 모습을 의심스러운 눈길로 바라봤어요.

"너 어디 가니?"

엄마가 물었죠. 전 감히 엄마를 마주 볼 수 없었어요.

"준비하러."

"어디에 갈 준비?"

전 나이프와 포크를 물속에 넣으면서 물거품을 내려다봤어요.

"맥스네 집에서 열리는 파티에."

"파티라니?"

엄마가 물었죠.

"무슨 파티라는 거야, 조이?"

전 재빨리 고개를 돌리고 말했어요.

"아빠가 가도 된댔어!"

엄마는 접시에 묻은 케첩을 손가락으로 찍어 핥고 있는 아빠를 노려봤어요.

"뭐, 온종일 착하게 굴었잖아."

아빠의 말은 기대 이상이었죠. 전 아빠에게 달려가 마구 뽀뽀를 하고 싶은 마음을 참았어요.

"나한테 말할 생각이었어, 사이먼?"

"나라고 다 당신 결정대로 해야만 하는 건 아니잖아."

"아, 그래서 지금부터 이런 식으로 나오겠다는 거야?"

엄마는 폭발하고 말았죠.

"당신이 다 결정하겠다고? 엉터리로? 온 가족한테 영향을 미칠 중요한 일들을 생각도 안 해 보고 다 결정하겠다는 거야?"

아빠도 화가 나서 뺨이 붉어졌어요.

"또 시작하지 마, 제인. 특히 애들 앞에서는."

엄마는 거칠게 숨을 내쉬면서도 그쯤에서 그만두었어요. 제가 주방에서 나가려는데 도트가 창던지기를 하듯 녹색 콩을 집어 자기 접시에 내던졌죠.

"올림픽 금메달입니다! 투포환에서 금메달!"

도트가 수화로 말했어요. 도트가 당근을 내던졌어요. 당근은 소프의 팔을 맞고 소금 통 옆에 떨어졌죠.

"엄마, 쟤한테 뭐라고 좀 해 봐."

소프가 투덜거렸어요.

"그만해라, 얘들아."

아빠가 끼어들었어요.

"왜 맨날 나더러 참으래?"

소프가 버럭 화를 냈어요.

"그만해, 소프."

엄마가 말했죠.

"정말 억울해!"

소프가 허공에 대고 주먹을 휘두르다 유리잔을 치고 말았죠. 유리잔이 넘어지면서 식탁 위로 주스가 쏟아졌어요. 엄마는 벌떡 일어나 행주를 가지러 갔고, 아빠는 욕을 내뱉었죠.

"그래서 나 가도 돼?"

"안 돼!"

"그럼!"

제 물음에 엄마와 아빠가 동시에 대답했어요. 주스가 바닥으로 뚝뚝 떨어지는 가운데, 두 분은 서로 험악하게 노려보았죠.

엄마가 말했어요.

"알았다! 하지만 열한 시에는 엄마가 데리러 갈 거다."

전 엄마가 마음을 바꾸기 전에 얼른 주방에서 나왔어요. 계단을 두 칸씩 밟고 올라 제 방으로 갔죠. 방은 당연히 깔끔했어요. 그러라고 엄마가 늘 들들 볶으니까요. 옷은 옷장에 가지런히 걸려 있고, 자줏빛 이불은 흐트러짐 없이 똑바로 정돈되어 있었어요. 이불과 어울리는 자줏빛 램프는 침대 옆 협탁 한가운데 놓여 있고, 머리맡 선반에 가지런히 쌓아 놓은 책은 제목도 같은 방향을 향하고 있었죠. 책상만 엉망이었어요. '털북숭이 비즐'을 쓰던 종이들이 죄다 흩어져 있었고, 메모판에는 등장인물과 플롯을 볼펜으로 갈겨 적은 포스트잇이 마구잡이로 붙어 있었죠.

그렇게 빨리 준비를 끝낸 적은 태어나서 처음이었어요. 전 블랙진에 탑을 꿰어 입었죠. 해리스 아저씨, 머리를 감아야 했지만 시간이 너무 없어서 대충 머리를 질끈 묶고 귀걸이를 달았어요. 예쁘고 여성스러운 귀걸이가 아니라, 단순한 은색 링 귀걸이였죠. 단화를 신고 방에서 나와 아빠 차에 올라탔어요.

　파티가 열리는 집은 눈에 보이기도 전에 소리부터 들려 왔어요. 음악 소리, 쿵쿵거리는 비트가 잔뜩 울렸죠. 아빠는 주택가 근처에 차를 세웠어요. 아담하고 소박하니 예쁜 집들이 모인 곳이었죠. 도트한테 크레용과 종이 한 장을 주면 그 주택가의 집처럼 그렸을 거예요. 2층에 창문 두 개, 1층에 창문 두 개, 집 한가운데에 현관문 하나, 나무 한 그루와 테라스와 작달막한 잔디밭이 딸린 길고 좁다란 정원. 이렇게요.

　맥주병 모양의 풍선들이 저 멀리서 흔들리고 있었어요. 풍선의 은색 실은 주택가 맨 마지막 집 현관에 묶여 있었죠. 전 차에서 내렸어요. 얼굴이 발그스름했을 거예요. 입안이 바싹 말라서 없는 침을 삼키느라 힘들었던 기억이 나요.

　"착하게 놀아라, 알았지? 오늘은 이제 별일 없으면 좋겠구나."

　아빠가 풍선들을 보며 말했어요. 목소리에서 지친 기색이 느껴졌어요. 전 차창으로 머리를 들이밀고 말했어요.

　"아빠, 괜찮아?"

　하품. 아빠의 입속에서 언뜻 아말감이 보였죠.

　"뭐, 괜찮아."

　"할아버지는 금방 나으실 거야."

　말이야 번드르르하게 하고 있었지만, 속으로는 얼른 파티에 가고 싶어서 몸이 근질근질했죠. 아빠는 창밖을 내다봤지만, 드레스 차림에 굽이 10센티미터쯤 될 하이힐을 신고 지나가는 여자애들을 쳐다본 건 아니었어요. 문득 단화에 청바지 차림으로 온 제가 초라하게 보일까 걱정되었어요.

"할아버지는 그냥…… 모르겠다……. 나이가 드셔서 그렇겠지."

전 객관적인 시선으로 보려고 애쓰며 제 발을 내려다봤어요.

"나이 드신 건 맞아, 아빠."

"마라톤도 나가셨는데."

전 놀라서 고개를 들었어요.

"진짜?"

"그럼. 건강한 분이셨거든. 한번은 세 시간 대에 들어오신 적도 있지."

"그럼 잘하는 거야?"

아빠는 서글픈 미소를 지었죠.

"그 이상이지, 아가. 춤도 잘 추셨어. 할머니도. 할아버지와 할머니는 특별한 분들이셨지."

음악은 집 밖으로 더 크게 울려 퍼졌어요. 팔짱 낀 커플, 체크무늬 셔츠를 입은 남자애 둘, 물방울무늬 원피스를 입은 한 학년 위의 여자애…… 다들 그 집으로 쏙쏙 들어갔죠. 전 다리가 배배 꼬일 지경이었어요. 아빠는 뭔가 생각에 잠겨 있었고, 바로 앞에서는 파티가 열리고 있었죠. 예의 바르게 굴자니 시간은 하염없이 흘러만 갔어요. 그만하면 됐다 싶을 때, 전 차 속으로 몸을 숙이고 아빠의 뺨에 가볍게 뽀뽀를 했어요. 할아버지가 어떤 음악을 좋아하셨을지, 제 나이였을 때의 할아버지는 어떤 모습이었고, 어떻게 춤을 추셨을지 궁금해하면서요.

전 늙지도, 뻣뻣하지도, 쓰러져서 병원에 처박혀 있지도 않았기 때문에, 멀쩡히 움직이는 팔다리에 감사하며 빠르게 걸었어요. 주택가 끄트머리에 다다랐을 때, 제 맥박은 마구 뛰고 있었죠. 열린 현관문으로 사람들이 들어갔어요. 전 풍선 하나를 툭툭 치면서 문 옆에 잠시 서 있었어요. 허름한 파란색 양탄자가 깔린 복도는 완전한 신세계처럼 보였죠. 가슴이 두근두근 떨리고, 짜릿한 흥분 속에 젊음을 느꼈어요. 진짜 소중하게 느껴지는 젊음을요. 그 순간을 만끽하던 전 서둘러 안으로 들어가려고 했죠. 바닥에 깔린 블록 틈새를 건너뛰려고 하면서요.

"물살이 센 강에서 징검다리라도 건너는 거야? 아니면 올림픽 허들 경기라도 나간 건가?"

처음 보는 남자애가 정원 벤치에 앉아 저를 똑바로 바라보며 말했어요. 갈색 눈. 빗질 한 번 안 한 듯이 헝클어진 금발. 적당히 큰 키. 마른 몸. 가슴팍에 팔짱을 낀 근육질의 팔.

남자애가 바닥 틈새를 가리키며, 음악 때문인지 목소리를 높여 물었어요.

"너한텐 어떤 상황이었니?"

전 어깨를 으쓱했어요.

"이도 저도 아냐. 난 미신을 믿는데, 틈새를 밟으면 재수 없대."

남자애가 고개를 돌렸어요.

"실망이네."

"실망이라고?"

"네가 게임이라도 하는 줄 알았지."

"뭐, 하고 싶을 때는 게임도 하지."

전 제 목소리를 듣고 놀랐어요. 아양을 떠는 듯한, 자신감 넘치는 목소리였거든요. 이제껏 낸 적 없는 목소리였죠.

남자애는 흥미롭다는 눈길로 바라봤어요.

"좋아……. 그럼 뭐 하나 묻자. 틈새가 어쨌다고 재수 없다는 거니?"

여자애들 셋이 제 옷차림을 비웃으며, 생각에 잠겨 있는 저를 지나 안으로 들어갔죠. 그 애들을 애써 무시하며 대답했어요.

"쥐덫 같잖아."

"쥐덫 같다고? 틈새 가지고 떠올릴 수 있는 게 널리고 널렸는데, 겨우 쥐덫?"

"뭐, 하지만……."

"악어 입도 아니고, 깊숙한 곳에 뱀이 우글거리는 검은 구멍도 아니고, 작고 쪼끄만 쥐덫이라니. 체다 치즈 조각을 끼운 쥐덫이라니."

한 발 물러서려던 전 재밌는 생각을 했죠.

"누가 쪼끄만 쥐덫이래?"

전 발끝으로 틈새를 쿡쿡 찔렀어요.

"어마어마하게 큰 쥐덫일지도 모르지. 내 발가락을 누더기로 만들 만한 칼날이 달려 있고, 치즈에는 독이 들어 있을 수도 있지."

"그래?"

전 망설이다 미소 지었어요.

"아니다, 그냥 체다 치즈 한 조각을 끼운 쪼끄만 쥐덫이라고 하자."

무언가가 머리 위를 지나 나무로 날아가더니 부엉부엉 울었죠.

"부엉이다!"

제가 소리치자 남자애가 고개를 저었어요.

"또 시작이군."

"내가 뭘?"

남자애가 한숨을 쉬며 일어났어요. 그의 어깨는 온 세상을 다 짊어질 만큼, 적어도 저를 업어 줄 만큼 넓었어요. 물 빠진 청바지에 늘어진 검정색 티셔츠 차림을 보니, 저보다도 옷에 신경 쓰지 않은 듯했어요. 갑자기 제 단화가 땅에서 10센티미터는 떠오른 것 같았죠.

"저 새가 보여?"

남자애가 이마에 손을 대고 나무를 바라보며 물었어요.

"아니, 하지만……."

"그런데 부엉이라는 걸 어떻게 알아? 유령일지도 모르잖아."

"유령은 아니야."

남자애가 다가오자 전 숨을 삼켰어요.

"그걸 어떻게 알아? 유령일지도 모른······."

"부엉부엉 우니까 부엉이가 맞을 거야."

전 남자애의 말을 잘랐어요. 부엉이는 때마침 다시 우는 소리를 냈죠. 전 손가락을 들어 올렸어요.

"들었어? 작은 부엉이가 우는 소리야. 짝짓기를 할 때 저런 소리를 내."

남자애가 눈을 크게 떴어요. 제가 남자애를 놀라게 한 거예요.

"짝짓기를 할 때 저렇게 운다고? 짝짓기를 좋아하는 작은 부엉이 얘기 좀 더 해 봐."

남자애가 눈을 반짝거리자 우쭐한 기분이 들었어요.

"음, 저 부엉이는 영국에서 가장 흔한 부엉이야. 그리고 당연하지만 깃털이 있어. 부엉이들은 예쁘게 생겼어. 얼룩무늬도 있고, 갈색도 있고, 흰색도 있지. 머리는 크고 다리는 길고 눈은 노래."

전 부엉이를 떠올리며 말을 이었어요.

"그리고 너울거리며 날아다니지. 딱따구리랑 비슷해. 또······."

남자애가 웃음을 터뜨렸죠. 그래서 저도 웃었어요. 그러자 부엉이도 마치 웃는 듯이 부엉부엉 소리를 냈어요.

"이름이 뭐야?"

남자애가 물어서 대답해 주려는데, 문이 열리더니 하이힐을 신은 여자애들이 우르르 몰려나왔죠.

"세상에, 정말 왔네! 가서 한잔 마시자!"

로렌이 외쳤어요. 뭐라 대꾸할 새도 없이, 로렌이 제 팔을 억지로 잡아끌며 집 안으로 떠밀었어요. 그러다 발이 틈새에 걸렸죠.

"악어 조심."

이렇게 말하고 곁눈질로 보니, 남자애가 웃고 있었죠. 로렌은 황당하다는 얼굴로 걸음을 멈추고 물었어요.

"뭐라고?"

"아무것도 아냐."

전 이렇게 대답하며 미소 지었어요.

거실에는 빛바랜 빨간 양탄자가 깔려 있었어요. 춤출 공간을 만들려고 그랬는지 베이지색 소파는 한쪽으로 밀쳐져 있었죠. 겉옷을 벗어 던진 로렌은 춤판에 끼어들어 소리를 지르며 팔을 흔들었죠. 로렌이 거실 한가운데서 빙글빙글 도는 동안, 전 마실 거리가 놓인 탁자에서 유리잔에 레모네이드를 따랐어요. 그러고는 잠깐 망설이다 보드카도 따라 손가락으로 음료를 섞었죠. 그러는 동안에도 음악은 귓가에, 혈관에, 배 속에까지 쿵쿵거리며 울려 댔어요. 제 심장도 '라라라라' 노래하며 뛰고 있었어요. 전 단숨에 음료를 마셨고, 다들 거실이 아니라 나이트클럽에 있는 듯이 소파와 벽난로 사이를 빙글빙글 돌며 춤을 추었죠. 솔직히 양탄자 위에서 서로 몸을 비벼 대는 애들이 우스워 보였어요.

그때 갑자기 그 애가 나타났어요. 문에 기대어 거실 풍경을 재미있다는 듯 바라보았죠. 그 애가 저를 보았는지, 아니면 제가 그 애를 보았는지, 아니면 동시에 우리 시선이 마주쳤는지 모르겠어요. 춤추는 애들을 보며 그 애는 고개를 젓고 저는 눈동자를 크게 굴렸으니, 상대방이 무슨 생각으로 그러는지 서로 볼 보듯 뻔히 알았죠. 그 애와 제 머리가 전화선으로 연결되어 있었다고 상상해 보세요. 그 애는 제게 다가오지 않았고 저도 그 애한테 다가가지 않았지만, 둘의 머릿속에 연결된 전선은 지지지지직 하고 진동했던 거예요.

빨간 머리 여자애가 그 애한테 말을 거는 순간에도 남자애는 제게서 눈을 떼지 않았어요. 몇 번이라도, 백 번이라도 바라볼 만한 사람이라는 듯이 저를 보고 있었죠. 그 애의 시선을 받는 제 몸이 다르게 느껴졌어요. 팔이나 다리만이 아니라 피부와 입술, 제 몸이 그리는 곡선이 전과는 다르게 느껴졌죠. 그 애가 다른 친구와 이야기를 나누는 사이, 전 술을 한 잔 더 따랐어요. 차가운 잔을 쥔 제 손이 떨렸죠. 보드카를 너무 많이 넣었어요. 탁자에도 보드카를 잔뜩 흘렸고요. 투덜투덜 냅킨을 집어 탁자를 닦는 사이, 그 애는 사라지고 없었어요. 완전히. 1초 전까지 문 옆에 있었는데, 이젠 사라지고 없었죠. 심장이 비명을 지르며 덜컥 내려앉는 듯했어요.

전 로렌에게 화장실에 간다고 말하고 풀이 죽은 채 복도로 나왔어요. 그 애는 주방에도, 외투가 잔뜩 걸려 있는 벽장 근처에도 없었어요. 전 술을 마셔 대며 사람들을 밀치고 좁은 계단을 올라 문이란 문은 죄다 열어 봤어요. 하지만 방은 전부 비어 있었죠. 위층 욕실을 들여다본 다음에는 아래층 욕실로 갔어요. 그 앞에서 다시 잔을 채웠어요. 이번에는 보드카만. 전 단숨에 보드카를 들이켜고 화장실 문을 열었죠.

물이 흐르는 수도꼭지와 변기가 보였어요. 거울에 비친 풀 죽은 제 얼굴을 물끄러미 바라봤죠. 세면대를 붙잡고 서 있는 동안, 제 얼굴은 거울에 보였다 안 보였다 했어요. 전 화장실에 붙어 있는 작은 온실로 갔어요. 온실은 넓고 시원하고 캄캄했어요. 달빛만이 유리 천장으로 비쳐 들었죠. 한쪽 구석에 놓인 의자가 편안해 보였어요. 방 전체가 빙빙 돌아가는 기분이 들어 의자에 앉아야겠다고 생각했죠. 엉덩이가 의자에 막 닿으려는데, 누군가의 목소리가 들려왔어요.

"안녕."

고개를 번쩍 들었지만 그 애는 아니었어요, 아저씨. 맥스 모건이었죠. 바로 맥스 모건이요. 맥스가 손에 위스키 병을 들고 웃음을 날리고 있었어요. 말쑥한 셔츠는 술에 얼룩지고, 이마는 땀에 젖어 번들거렸죠. 그래도 그 애의 눈동자는 갈색이었는걸요. 진짜 갈색이요. 게다가 짧은 갈색 머리는 멋지게 매만져 있었고, 그 애가 날리는 웃음은 저를 한 방에 보내 버릴 만했죠.

맥스가 다시 말을 걸었어요.

"안녕, 해나?"

"난 조이야."

물론 조이가 아니라, 아저씨는 모르는 제 진짜 이름을 말해 줬죠.

"조이."

맥스가 입을 다문 채 트림하더니, 제 이름을 천천히 읊조렸어요.

"조이, 조이, 조이."

그러다 갑자기 저를 가리키며 물었죠.

"너 나랑 프랑스 어 같이 듣지!"

"아니."

맥스는 손을 들어 올렸다가 푹 떨어뜨렸어요.

"미안, 미안해. 내가 아는 사람이랑 닮아서."

"우린 삼 년째 같은 학교에 다니고 있는데."

맥스는 제 말을 못 알아듣는 것 같았어요.

"내가 더운 건가, 여기가 더운 건가?"

맥스는 온실 문을 열려고 했죠.

"문이 망가졌어, 해나. 망가졌나 봐."

전 까치발을 들고 잠금장치를 돌려 문을 열었어요.

"이제 열렸어. 그리고 내 이름은 조이야."

맥스는 딸꾹질을 했어요.

"넌 내 구세주야. 내 영웅이고. 마약처럼."

맥스는 팔뚝에 주사기를 꽂는 척하며 킬킬거리더니 병을 내밀었죠.

"마실래?"

전 병을 잡으려고 했지만, 맥스는 병을 높이 들더니 밖으로 나갔어요.

"같이 갈래?"

그날 밤은 따뜻했어요. 밖에 앉아 있기 좋은 날씨였죠. 맥스가 제 손을 잡았고, 실바람이 머리카락을 흩뜨렸어요. 맥스의 손이 닿자 가슴이 쿵쾅거렸어요. 맥스 모건이 제 손마디를 더듬는 걸 로렌이 본다면 뭐라고 말할지 궁금했죠. 전 월요일 아침에 이 얘기를 해야겠다고 생각했어요.

그러더니 맥스가 날 정원 뒤쪽 분수대로 데려가더라. 나방 한 마리가 물에 떠 있었어. 맥스가 손끝으로 나방을 조심스레 집어 잔디 위에 내려놓았지. 맥스는 위스키를 벌컥벌컥 마시면서 나를 바라봤고, 나도 그를 바라봤고, 우린 둘 다 뭔가 믿을 수 없는 일이 일어나리라는 걸 알고 있었어……

맥스가 꺼억 트림했죠.

"그냥 그렇게 서 있기만 할 거야?"

제가 앉자 맥스가 병을 내밀었어요.

'한 모금쯤이야 더 마셔도 괜찮겠지.'

속으로 제게 한 말이에요. 맥스가 병을 내밀 때마다, 그래서 한 모금씩 더 마시게 될 때마다 말이에요. 병 입구는 달빛과 침으로 반들반들 빛났어요. 맥스가 제 다리에 손을 얹었어요. 맥스의 손이 허벅지를 타고 기어오르는데도 말리지 않았어요. 전 불쑥 할아버지 얘기를 꺼냈어요. 할아버지가 아프시다고, 하지만 젊었을 때는 건강하셨다는 얘기를 했죠.

"난 건강해."

맥스가 이렇게 말하며 딸꾹질을 했죠.

"우리 할아버지랑 할머니는 특별한 분들이셨어."

제가 말했어요. 발음을 분명하게 하려고 엄청 노력했다는 게 기억나요.

"우리 부모님도 그랬어, 전에는. 지금은 아니지만. 이젠 서로 말도 안 해."

"두 분은 춤도 정말 잘 추셨어."

제 말뜻을 더 잘 전달하려고 양손으로 깍지를 꼈죠.

"나도 춤을 잘 춰. 정말 잘 춘다니까."

맥스가 힘껏 고개를 끄덕거리며 말했어요. 어둠 속에서 그의 머리가 위아래로 움직였죠.

"그래, 그렇겠지. 우리 할아버지랑 할머니도 젊었을 때가 있었어. 젊었을 때가. 그게 이상하지 않아?"

맥스가 다시 딸꾹질을 하더니 제 얼굴을 똑바로 바라보려고 했어요.

"우린 젊어. 우린 지금 젊다고."

"맞아. 맞는 말이야."

우리의 대화는 그 누구의 대화보다도 지혜로웠어요. 전 현명한 웃음을 지었죠. 아마 제가 지혜로워서, 또는 위스키를 많이 마셔서 그랬겠죠. 맥스가 몸을 기대어 오며 코로 제 뺨을 쓸어내렸어요.

"네가 진짜 좋아, 조이."

맥스가 제 이름을 제대로 불러 주길래, 그의 입술에 키스했어요.

해리스 아저씨, 아마도 지금쯤 이제 무슨 일이 벌어질까 궁금해하며, 어색한 기분으로 삐걱거리는 침대에서 몸을 뒤척이고 계시겠죠. 교도소 재정상 죄수들이 편하게 누울 침대는 주지 않았을 테니까요. 침대라도 편하다면 모든 죄수가 탈옥하려고 기를 쓸 이유도 없겠죠. 하지만 아저씨는 다를 거예요. 감방에 앉아 얌전히 운명을 받아들일 것 같아요. 스스로 죽어 마땅하다고 생각하겠지요. 솔직히 말하면 아저씨를 생각하면 예수가 떠올라요. 아저씨는 자신의 죄를 짊어져야 하고, 예수는 이 세상의 죄를 짊어져야 했죠. 물론 이 세상 모든 죄의 무게는 아저씨의 죄보다 훨씬 무거웠겠지만.

밀가루를 저울에 달아 무게를 재듯, 죄마다 무게를 잰다면, 어떤 죄가 가장 무거울지 모르겠지만, 아저씨의 죄가 가장 무겁지는 않을 거예요. 아저씨의 아내가 한 말을 다른 남자가 들었더라도, 아저씨와 똑같이 굴었을 것 같아요. 죄책감이 들 때마다 그 점을 떠올려 보세요. 전 몇 달 전에 인종 학살을 저지른 독재자들을 목록

으로 정리해 놨어요. 그러고는 잠이 안 올 때마다 양 대신 독재자
들을 세요. 한 명씩 담을 뛰어넘게 하면서요. 그러면 히틀러도, 스
탈린도, 사담 후세인도 바람에 콧수염을 휘날리며 제복 차림으로
담을 넘죠. 아저씨도 한번 상상해 보세요.

담을 뛰어넘는 히틀러

맥스가 정원에서 저를 끌어안던 일 년 전, 전 무슨 일이 벌어질지 하나도 몰랐다고 자신에게 말하죠. 그 순간 어떻게 정신없이 빠져들었는지 떠올려 볼게요. 맥스가 집 안으로 저를 이끌었고, 전 똑바로 걷지도 못한 채 계단을 올라 그의 방으로 갔죠. 먼지 냄새, 애프터셰이브 로션 냄새가 났어요. 맥스는 불을 켠 뒤 문을 닫았어요. 전 양탄자에 나뒹구는 트렁크 팬티를 밟았죠. 등 뒤로 손이 다가오더니 저를 벽으로 밀어붙였어요. 웃는 맥스가 어깨너머로 보였죠. 그는 저를 더 세게 밀었어요. 제 손이, 그다음에는 몸이, 그다음에는 머리가 벽에 붙은 벌거벗은 여자 포스터에 닿았죠. 포스터는 너무 차가웠어요. 맥스가 제 목에 키스할 때, 전 모델의 배꼽에 이마를 대고 있었어요. 너무나 짜릿했죠. 마치 온몸에 전기가 오른 것 같았어요.

불꽃이 일었어요. 몸짓이 거세졌죠. 서로 손을 움켜쥐었고 입술은 허기졌어요. 숨이 빠르고 거칠게 흩어졌죠. 맥스는 제 몸을 돌려 자기 혀를 제 입에 집어넣었고, 팔로 제 등을 감싸 저를 위로 들어 올렸어요. 전 그의 어깨를 움켜쥐었죠. 머릿속이 빙빙 돌았어요. 방 안이, 파란 커튼과 하얀 벽과 텅 빈 책상과 엉망인 침대가 빙빙 돌며 돌진해 왔어요. 우리는 침대 위로 풀썩 쓰러졌죠.

제 몸 위로 올라온 맥스는 확고한 눈빛을 보내며 제게 키스를 퍼부었어요. 그의 입술이 제 뺨과 쇄골에 닿았고, 그의 손은 제 윗도리를 위로 끌어올렸어요. 브라를 입지 않은 제 하얀 가슴이 남자아이의 방 안에 적나라하게 드러났고, 맥스는 얼빠진 얼굴로 제 가슴을 바라보다 만지기 시작했죠. 처음에는 부드럽게, 그러다 점점 더 세게. 그는 어떻게 해야 하는지 잘 알고 있었어요. 기분이 좋아진 전 신음을 내뱉었죠. 맥스의 입술이 젖꼭지에 닿았을 때, 전 눈을 감았어요. 해리스 아저씨, 이쯤에서 그만 쓸게요. 내일도 학교에 가야 하고, 이런 얘기를 쓰고 있으니까 얼굴이 달아오르거든요.

궁금하지 않으시겠지만 거미는 아직도 여기 있어요. 온통 까맣거나 은빛인 창밖에 시선을 두고 있지만, 제 생각엔 그냥 잠들어 있는 것 같아요. 아무리 우주가 존재한다는 사실이 놀랍기로서니, 스티븐 호킹이 아닌 이상 그렇게 오래 내다보고 있으면 다들 지루해 죽을걸요. 아저씨가 지내는 감방에서도 하늘이 보이나요? 우주에 대해 생각해 본 적 있으세요? 무한한 우주에서 우리는 얼마나 조그만 티끌에 지나지 않은지, 생각해 보셨어요? 전 가끔 교외에 있는 우리 집을, 그다음에는 나라를, 그다음에는 세계를, 그다음에는 우주를 그려 보곤 해요. 타오르는 태양과 깊은 블랙홀과 별똥별이 있는 우주를요. 그러면 전 아무것도 아닌 것으로 소멸하고, 거대한 우주 대폭발에 비하면 제가 저지른 짓은 아주 조그만 깜박임에 지나지 않는다는 생각이 들죠.

맥스네 파티에서 빠져나와 엄마의 차에 올랐을 때, 엄청난 우주 대폭발이 일어났죠. 어쨌거나 전 11시에 그 집에서 나왔어요. 빠르게 술에서 깨어나고 있었지만 술 냄새까지 숨길 수는 없었어요. 물론 엄마는 곧장 술내를 알아차렸죠. 엄마가 정확히 뭐라고 했는지 기억나지 않지만, 실망했다느니 화가 났다느니 신뢰가 무너졌다느니 하는 말을 집에 가는 내내 고래고래 외쳐 대서 머리가 터질 것 같았던 건 기억나요. 집에 돌아가자 아빠도 가세했어요. 마침내 잠자리에 들어갔을 때, 베개에 얼굴을 묻고 미소 지었죠.

'갈색 눈의 소년. 그 애는 대체 어디로 갔을까? 다시 만날 수 있을까? 그리고 맥스. 학교에서 만나면 무슨 일이 일어날까? 어쩌면 선생님이 들를 일 없는 재활용 쓰레기통 뒤에서 내게 키스할지도 몰라.'

몇 시간 전까지만 해도 남자 하나 없던 제게 남자애 두 명이 동시에 관심을 보였다는 사실에 마음이 들떴죠. 침대에 돌아눕고 잠이 들 무렵, 할아버지에게 감사한 마음이 들었어요. 할아버지가 쓰러지시는 바람에 파티에 갈 수 있었으니까요. 해리스 아저씨, 제가 나중에 곤란한 일을 겪고 거의 백만 년 동안 외출 금지를 당했을지언정, 파티에 간 건 뜻밖의 행운으로만 여겨졌어요.

조이로부터

네 번째 편지
9월 17일

해리스 아저씨께

이젠 타일 상자를 깔고 앉아도 살이 배기지 않아요. 집에서 몰래 나올 때 베개를 가지고 나왔거든요. 베개가 축축하긴 해도 상자에 올려놓고 앉으니 꽤 푹신해요. 꿈을 꾸다가 땀을 흘렸나 봐요. 비와 나무와 사라지는 손이 나오는 꿈은 진짜 같았어요. 아저씨도 이런 꿈을 자주 꿀 테니 제 꿈이 얼마나 무서웠는지 굳이 설명하지 않을게요. 아저씨도 늘 악몽을 꾸겠죠. 교도관이 불을 끄고 나면 곧바로 아내가 진실을 털어놓던 순간을 떠올릴 것 같아요.

아저씨한테 사형 선고를 내린 사람이 아저씨의 아내가 아니라는 걸 생각하면 재미있어요. 처음에는 이해하지 못했죠. 이런 말 한다고 기분 나빠하진 마세요. 전 크리스마스에 민스미트 타르트를 들고 온 이웃집 여자를 총으로 쏘는 것보다, 결혼해서 십 년을 함께 산 여자를 칼로 찌르는 게 훨씬 나쁜 일 같아요. 구글에서 기사를 검색해 보니 치정 범죄라고 하더군요. 아내를 찌르던 아저씨는 제 정신이 아니었죠. 분노로 눈이 멀어 시뻘겋게 달아올라 있었겠죠. 아내는 주홍색으로 보였을 테고요. 주홍 글씨, 바람을 피운 여자를 그렇게 부르잖아요.

미국 법정에서는 분노로 저지른 범죄보다 냉정한 살인을 더 나쁘게 여기죠. 다음 날, 이웃집 여자가 문을 두드렸을 때 아저씨는 대답하지 않았어요. 이웃이 문을 열고 아저씨의 집에 들어왔죠. 물론 저도 이웃의 행동이 예의 바르지 않았다고 생각해요. 아마 이웃 여자도 총알이 자기 머리를 관통하던 순간 그 사실을 깨달았을 거예요. 증인이 될 수 있는 사람을 살해하는 건 계산적인 행동이지요. 배심원에 따르면 아저씨는 방아쇠를 당기던 순간, 그리고 이웃집 여자가 가져온 타르트를 개에게 주던 순간, 자신이 무슨 짓을 하고 있는지 정확히 알고 있었어요. 아저씨는 사흘간 도주했지만 죄의식을 느낀 나머지 자수했죠.

가끔 전 제가 아저씨보다는 더 잘하고 있다고 생각해요. 하지만 다시 학기가 시작된 지금, 연기하기가 더 어려워지고 있어요. 그 애의 엄마도 사방을 들쑤시고 다니고요. 전 손에 휴대 전화를 꼭 쥐고 영어 수업을 듣고 있었어요. 물론 그래서는 안 되지만 시간을 확인해야 했어요. 어서 점심시간이 되어 로렌과 둘만 남기를 기다리고 있었거든요. 그때는 샌드위치를 사서 다른 애들의 시선을 피해 금관 악기로 꽉 찬 음악실로 숨어드는 거죠. 로렌은 트럼펫 케이스를 깔고 앉고, 전 트롬본 케이스를 밟고 벽에 기대어, 질척한 오이나 딱딱한 토마토, 고무 덩어리 같은 닭고기에 투덜대는 거 말고는 별 이야기를 나누지 않죠.

영어 수업이 끝나기 5분 전, 휴대 전화 화면에서 시간이 사라지더니 이름 하나가 나타났어요.

샌드라 샌드라 샌드라

제 전화기는 책상 위에서 덜그럭거리며 몸을 떨다가 필통 쪽으로 방향을 틀었죠.

샌드라 샌드라 샌드라

"괜찮니, 조이?"

전 움찔 놀랐어요. 매클린 선생님이 칠판에서 몸을 돌렸어요. 전 고개도 끄덕이지 못했죠. 주근깨가 있는 남자애가 웃음을 터뜨리자 로렌이 소리쳤어요.

"닥쳐, 애덤!"

우리는 이름의 알파벳 순서대로 앉아 있어서 로렌의 자리는 교실 반대쪽이었죠. 해리스 아저씨, 로렌은 성이 W로 시작하고, 제

성은 J로 시작한다는 정보쯤은 알려 드려도 괜찮겠죠.

애덤은 입을 다물었지만 계속 킬킬거렸어요. 다른 애들도 히죽거리며 서로 팔꿈치를 쿡쿡 찌르고, 저를 손가락으로 가리키며 쑥덕거렸죠.

매클린 선생님이 안경 너머로 저를 바라보며 물어보셨어요.

"무슨 일 있니, 조이?"

선생님의 상냥한 푸른 눈은 걱정으로 가득했죠.

"괜찮아요."

샌드라 샌드라 샌드라 샌드-

그분이 음성 메시지를 남겼어요. 전 로렌이 무슨 일이냐고 물어보기 전에 화장실로 숨었죠. 심장이 쿵쾅거렸어요. 변기에 주저앉고 말았죠. 어떤 그림들이 떠오르더군요. 경찰, 감옥, 주황색 죄수복, 법정, '**유죄!**'를 외치는 신문 헤드라인. 그분은 5월 1일의 진실을 알아차린 거예요, 분명. 손끝이 바들바들 떨렸어요. 전 가슴을 마구 치고 머리를 쥐어뜯었죠.

"안에 누구 있어요?"

누군가가 화장실 문을 두드리며 물었어요. 전 떨리는 손으로 휴대 전화를 붙든 채 대답했죠.

"네."

"빨리 좀 나와요."

대답이 들려오자, 밖에서는 제가 보이지 않는데도 전 고개를 끄덕였어요. 그러고는 마음이 바뀌기 전에 버튼을 누르고 메시지를 들었어요.

침묵만 흘렀어요. 긴 침묵이. 전 눈을 감았죠. 마침내 그분의 목소리가 흘러나왔어요. 한 마디, 한 마디를 겨우겨우 이어 가는, 갈라지고 망설이는 낮은 목소리였죠. 그분은 한번 집으로 찾아오라고 말했어요. 전 한쪽 눈을 떴죠. 그분은 그래 준다면 참 좋겠다고 말했어요. 전 다른 쪽 눈을 마저 떴어요. 그분은 제가 어떻게 지내는지 궁금하지 않던 날이 없다고 말했고, 전화를 끊기 전에 한 번더 언제라도 제가 찾아와 준다면 무척 뜻깊을 거라고 말했죠.

"정말로…… 아무도 정말 이해하는 사람은 없는 것 같아. 사람들은……, 글쎄, 알 수가 없겠지."

전 그분에게 전화하지 않았어요. 그냥 메시지를 삭제하고 전화기를 가방 깊숙이 넣었죠. 전화기가 역사 교과서 속에 수천 년쯤 묻혀 버리기를 바라면서요. 로렌이 있는 음악실로 돌아가자, 로렌은 샌드위치를 건네며 제 표정을 살피면서도, 제가 왜 샌드위치를 먹지 않는지 묻지 않았어요. 다만 닭고기가 평소보다 더 고무처럼 질기다는 말만 건넸죠.

조이로부터

10월의 편지

To.

미국 텍사스 77351 리빙스턴

폴런스키 교도소(사형수 수감동)

수감 번호 993765

스튜어트 해리스 아저씨 앞

해리스 아저씨께

너무 오래 소식을 전하지 않아서 죄송해요. 요즘 꽤 바빴고, 식물 생식 시험도 망쳤어요. 튤립 꺾기나 화단에 쌓인 먼지에 대한 문제를 풀었을 거라고 생각하지 마세요. 식물 생식은 그런 게 아니니까요. 사실 더 재밌어요. 적어도 제게는요. 전 과학을 좋아해요. 자랑은 아니지만 시험공부를 하던 날 밤, 아빠가 제 방에 들어오지만 않았더라도 만점을 받았을 거예요.

아빠는 슈퍼마켓 야채 코너에서 그분과 우연히 마주쳤는데, 그분이 눈물을 글썽거리더라는 얘길 했어요. 양파 때문은 아니라고도 했죠.

"샌드라가 널 보고 싶어 해."

아빠는 생물 교과서를 들여다보는 제게 말했어요. 전 아빠가 그

69

얘기를 꺼내지 않기를 바랐어요.

"너한테 몇 번이나 전화했는데 네가 안 받았다고 그러더구나."

"내가 학교에 있을 시간에 전화를 하면 안 되지."

전 기분이 나빠져서 툴툴거렸어요. 물론 그분 잘못은 아니었죠. 전 펜 끝으로 식물 그림을 따라 그리며 아빠가 어서 나가기만을 기다렸어요.

"무척 안돼 보이더구나. 정말 안돼 보였어."

아빠가 침대 가장자리에 걸터앉고 이어 말했어요. 전 죄책감을 느낄 수밖에 없었죠.

"얼굴이 반쪽이 됐더라. 말라 비틀어져서는."

"알았어! 찾아가면 되잖아!"

전 이렇게 말하며 펜을 양탄자에 내던졌어요.

아빠는 이불 끝자락을 만지작거렸어요.

"아빠는 그냥 네가 혼자가 아니라는 걸 알아주면 좋겠다고 생각했어, 아가. 그게 다야. 다른 말은 하지 말걸 그랬구나."

아빠는 몸을 무겁게 일으키고는 제 머리를 쓰다듬었어요.

"아빠가 대신 힘들었으면 좋겠구나."

솔직히 저도 아빠가 제 대신 아프면 좋겠다고 생각했어요. 그러길 바란다는 게 끔찍해서 울음을 터뜨렸죠. 전 훌륭한 가족과 좋은 친구들을 가질 자격이 없어요. 아저씨조차도요. 그래서 한동안 편지를 쓰지 않은 거예요.

하지만 오늘 밤, 제 편지를 받지 못한 아저씨가 감방에서 외로워할지도 모른다는 생각을 했어요. 언짢게 듣지는 마세요. 솔직히 아저씨는 사형수 수감동에서 친구를 많이 사귀지 못했을 것 같아요. 감옥이란 사람들이 창살 사이로 손바닥을 마주치며 농담을 주고받는 사교적인 공간은 아니겠죠. 아저씨는 점차 제게 기대고 있는지도 몰라요. 제가 아저씨에게 기대게 됐듯이 말이에요. 어쩌면 우린 서로에게 필요한지도 몰라요. 그래서 아저씨한테 제 이야기를 털어놓는 게 나쁘다고 생각하지 않아요. 정말 꼭 털어놓고 싶어요. 그 이야기가 안에서 저를 갉아먹고 있고, 이 세상에서 저를 이해해 줄 사람은 아저씨뿐일지도 모르니까요. 그러니까 더는 망설이지 않고 맥스의 파티 다음 날 아침, 침대에서 난생 처음으로 숙취에 시달리던 때부터 이야기할게요. 끄으응 하는 신음도 냈던 것 같아요.

제3장

제가 난생 처음으로 그렇게 아픈데, 우리 엄마는 놀랍게도 신경 쓰지도 않았어요. 엄마가 커튼을 홱 걷어 젖히자 햇살이 밝고 노란 주먹처럼 제 눈을 때렸어요.

엄마는 정원으로 난 창문을 열며 명령했죠.

"일어나. 샤워하고. 아침 먹고. 먼지 털어."

전 그르렁거리는 목소리로 되물었어요.

"먼지를 털라고?"

"청소기도 돌리고. 화장실도 청소해라."

전 머리 위로 이불을 끌어당겼어요. 그러자 엄마가 이불을 다시 끌어내렸죠.

"술을 마시다니, 조이. 제정신이니?"

"그러려고 한 게 아냐. 그렇게 많이 마시지도 않았어."

"네 나이에 술은 허락할 수 없어. 절대로 허락 못 해. 올해는 네게 아주 중요한 해야, 조이. 아빠랑 엄마가 너한테 큰 기대를 걸고 있다는 걸 너도 잘 알잖니. 얼굴 펴."

제가 얼굴을 찡그리자 엄마가 이렇게 말했죠. 전 학교에 관한 대화를 싫어했어요. 정말로요.

"네가 똑똑할지 몰라. 그래도 법을 전공하고 싶으면 최우수 성적을 받아야 돼."

전 책상 위에 놓인 '털북숭이 비즐' 원고를 흘긋 바라봤어요.

"글 쓰는 건 돈이 안 돼."

엄마가 똑 부러지게 말했죠.

"법은 돈이 되지. 우리 이 얘기 한 적 있잖아. 너도 알았다고 했고."

"그랬지."

전 엄마의 말에 전혀 동의하지 않으면서도 이렇게 중얼거렸어요.

진로 이야기가 나올 때마다 결론은 늘 똑같았죠. 엄마가 말하는 대로 하는 편이 더 쉬웠어요. 전 열심히 사는 엄마에게 빚진 기분을 느끼고 있었거든요.

"그럼 됐어. 열심히 공부해야 해. 기회를 그냥 날려 버리지 마."

"술 몇 잔 마신 거야, 엄마. 다시는 안 그래."

"다신 술 따위를 마실 기회는 없을 거다!"

엄마는 양탄자에서 뒹굴던 제 청바지를 집어 옷장에 걸었어요.

"두 달 동안 외출 금지야. 그리고 휴대 전화도 압수다."

전 한 시간 동안 꼼짝도 하지 않았어요. 전혀 몸을 움직일 수가 없었죠. 물을 마시려고 고개만 들어도 머리가 아팠어요. 아빠는 도트에게 제가 감기에 걸렸다고 말했나 봐요. 도트는 잠옷 차림으로 제 방에 뛰어들었어요. 파란색 판지 왕관을 들고요. 도트는 왕관 앞쪽에 '빠른 회복'이라고 쓰려고 했겠지만 실제로는 'ㅂ' 하나를 빠뜨리는 바람에 '바른 회복'이라고 적혀 있었죠. 도트는 분홍색 판지로 만든 더 큰 왕관을 쓰고 있었어요. 제가 파란 왕관을 쓰자 도트는 환하게 웃으며 말했죠.

"이제 우리는 세상의 왕과 여왕이야. 우주의 왕과 여왕이지."

전 절하는 시늉을 하며 이불을 들췄지요.

"올라오세요, 여왕님."

도트는 침대로 기어올랐고 우리는 오래도록 꼬옥 안고 있었어요. 왕관의 뾰족한 뿔이 베개를 찔렀죠. 그러고 나서 전 결국 잠옷 차림으로 온 집 안을 돌아다니며 엄마가 시킨 일들을 했어요. 욕실 청소를 하던 제 마음은 두 남자애들 사이를 뛰어놀고 있었죠. 그래서 전 노란 세제로 변기 안에 하트 두 개를 그렸어요.

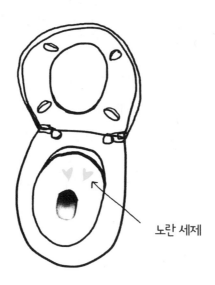

노란 세제

물을 내리자 세제 때문에 거품이 생겨났어요. 제 기분과 똑같았죠. 몸속에 흥분감이 거품처럼 솟아오르고 있었거든요. 전 로렌에게 어서 말하고 싶어 몸이 달았어요. 맥스와 키스하던 장면을 묘사할 때 로렌이 어떤 표정을 지을지 상상했죠. 점심시간에 맥스를 만날 수 있을지도 몰랐어요. 갈색 눈의 소년도요. 우리는 피쉬앤칩스와 소금 통, 식초 병 너머로 사랑이 담긴 비밀스러운 웃음을 교환할지도 몰랐죠.

이런 생각에 잠겨 있던 전 꽤나 기분이 좋았어요. 엄마도 아빠도 저랑 아무 말 안 했지만, 어차피 엄마랑 아빠도 서로 아무 말이 없었지요. 분명 전날 밤 싸운 열기가 남아 있었죠. 아빠는 차고에서 세차하느라, 엄마는 도트에게 입술 읽는 법을 연습시키느라 바빴어요. 치료사가 숙제로 낸 지문 읽는 법을 가르치고 있었죠.

엄마가 입술을 또렷이 움직이며 말했어요.

"은행. 은행. 은행. 은행."

도트가 수화로 물었어요.

"유행?"

소프가 얼굴을 찡그렸어요. 머리끝부터 발끝까지 검은 옷을 입은 소프는 거실 바닥에서 하얀 토끼인 스컬과 누워 있었죠. 옆에는 수학 교과서가 있고요. 엄마는 가죽 소파에, 도트는 엄마의 무릎에 앉아 있었죠. 분홍색 왕관을 쓴 도트가 눈을 잔뜩 찡그리고 있었어요.

"거의 맞췄어."

엄마가 말했지만, 엄마의 이마 한가운데는 주름이 파여 있었죠.

"우리 그만하면 안 돼?"

도트가 지친 표정으로 코끝을 긁으며 수화로 물었어요.

"나 4번 문제에서 막혔어."

소프가 큰 소리로 말했어요. 엄마는 소프를 쳐다보지도 않고 도트에게 왕관을 바로 씌워 주고는 연습을 계속했죠.

소프는 수학 책을 허공에 들어 올렸어요. 소프가 낀 기분 반지에 박힌 보석이 진한 파랑으로 빛났죠.

"원뿔의 부피를 구하시오. 어떻게 원에 뿔이 달릴 수 있어? 대체 말도 안······."

"등."

엄마가 소프의 말을 잘랐어요. 도트는 아랫입술을 깨문 채 생각에 잠겼어요.

"등."

엄마가 반복했죠. 엄마는 어깨 뒤를 가리키며 힌트를 줬어요.

"등."

"등?"

도트가 수화로 대답하자 엄마는 환호성을 지르다시피 했죠.

"잘했어!"

엄마는 도트의 팔을 흔들며 칭찬했어요. 엄마가 도트의 뺨에 키스하자 도트는 깔깔거리며 웃었죠. 소프는 수학 책을 양탄자에 내던졌어요.

"볼펜 어때?"

소프가 묻자 전 고개를 끄덕였죠.

소프가 제게 빨간 볼펜을 내밀었어요. 우리는 늘 뭔가 어두운 이야기를 할 때마다 엄마 옷장 속에 들어가 펜을 빨면서 신발 사이에 웅크리고 앉았죠. 소프는 파란 펜을 물고 빨아들이는 척을 했어요. 그러고는 연기를 내뿜지도 않고 재를 떨 때처럼 볼펜을 엄마의 운동화 위로 세 번 톡톡 쳤어요. 전 제 볼펜을 물고 있다가 천천히 연기를 내뿜는 척했죠.

"파티는 어땠어? 언닌 너무 취했었어. 집에 왔을 때 딸꾹질을 물개처럼 하더라."

소프가 과장해서 말하길래 발가락으로 소프를 쿡 찔렀어요.

"시끄러!"

소프가 웃으면서 무릎에 얼굴을 묻었어요. 소프의 긴 머리카락이 다리 위로 흘어졌죠.

"그래서, 좋았어?"

"뭐가?"

"취하는 거."

소프가 속삭였어요. 어둠 속에서 소프의 녹색 눈이 빛났죠.

전 잠깐 생각하다 대답했어요.

"어지러워."

"좋게 어지러워, 나쁘게 어지러워?"

"둘 다야. 처음에는 재밌다가 나중에는 끔찍해."

"뭘 마셨는데?"

"보드카랑 어떤 남자애가 준 위스키."

"어떤 '남자애'가 누군데? 그 애랑 키스했어?"

"당연하지."

전 펜을 길고 섬세하게 빨아들이며 대답했죠.

"누구였는데?"

"맥스라는 애."

"잘생겼어?"

"진짜 잘생겼어. 학교에서 인기도 많아. 그 애를 좋아하지 않는 애는 없을걸."

소프가 킬킬거렸죠.

"그런 애가 왜 언니한테 키스했대?"

전 소프를 또 한 번 발로 차면서도 솔직하게 말하기로 했죠.

"나도 몰라. 걔도 진짜 취했었거든."

뭔가 속에서 뒤틀리는 기분이 들었지만 명랑하게 말을 이었죠.

"내일이 되면 아마 기억도 못 하겠지. 남자애들이 다 그렇지, 뭐."

소프는 엄마의 운동화에 펜을 떨어뜨리더니 운동화 끈을 만지작거렸어요.

"엄마랑 아빠가 싸우는 소리보다는 재밌네."

"할아버지 때문에 싸우는 거 말이야?"

소프는 운동화 끈으로 커다란 리본을 묶으면서 고개를 끄덕였어요.

"돌아가실까, 언니?"

"언젠가는."

"무슨 말인지 알잖아."

"할아버지는 늙으셨잖아."

달리 무슨 말을 해야 할지 몰라서 이렇게 대답했죠.

소프는 리본 고리에 손가락을 걸어 운동화를 들고 바닥을 톡톡 두드렸어요. 운동화는 시계추처럼 이쪽저쪽으로 흔들렸죠.

"할아버지는 우리랑 같이 살아야 돼. 혼자서 돌아가시게 둘 수는 없잖아."

소프가 말했어요.

"집에 빈 방이 없잖아."

"나랑 언니가 같은 방을 쓰면 되지."

"말도 안 돼! 넌 돼지처럼 코를 골잖아."

"아냐."

"맞아. 아무튼 엄마가 할아버지를 오시게 놔두지 않을 거야."

운동화가 허공에서 앞뒤로 흔들거렸어요.

"왜?"

소프가 물었죠.

전 볼펜을 빨면서 몇 년 전 할아버지 댁에서 벌어진 싸움을 기억해 내려고 했죠. 하지만 제가 대답하기도 전에 엄마가 위층을 향해 소리쳤어요. 소프는 운동화를 더 빨리 흔들었어요. 운동화가 난폭하게 흔들렸죠.

"소프!"

엄마가 다시 한 번 소프를 불렀어요. 전 소프를 쿡 찔렀지만 소프는 꿈쩍도 안 했죠.

"소프! 숙제 다 했니?"

"이제야 내 생각이 났나 보네."

소프는 운동화를 계속 흔들며 툴툴거렸어요. 운동화는 나무로 된 옷장 문에 부딪혔어요. 쾅, 하고.

우리가 막 옷장에서 기어 나오려던 순간, 엄마가 침실에 들어와 슬리퍼를 벗어 침대 밑에 얌전히 놓았어요. 엄마는 이마를 문지르며 침대에 털썩 주저앉았죠. 아빠도 방에 들어와 번들번들 때가 묻은 셔츠를 바닥에 떨어뜨렸어요.

"빨래 바구니에 넣어."

엄마가 말하자 아빠가 바지도 벗으면서 툴툴거렸어요.

"알았어."

소프가 킬킬거리는 웃음소리를 감추려고 입을 틀어막았어요. 빨래 바구니 뚜껑이 들렸어요. 아빠의 옷이 바구니에 떨어질 때 '풀썩' 하는 소리가 났죠. 전 천천히 앞으로 몸을 숙이고 문틈으로 밖을 내다봤어요.

아빠가 입을 열었어요.

"생각을 좀 해 봤어……."

"지금은 하지 마, 사이먼. 골치가 아프니까."

엄마가 크림색 베개를 돋우고 제자리에 놓았어요.

"그냥 듣기만 하면 안 돼?"

엄마는 얼굴을 찡그렸지만 이렇게 말했죠.

"해 봐."

"조이를 다시 생각해 봐."

소프가 어둠 속에서 제 다리를 쿡 찔렀지만 전 어깨만 으쓱했죠.

"무슨 말이야?"

"아버지를 찾아가기에 소프와 도트가 너무 어리다면, 조이는 갈 수 있을 거 아냐."

엄마가 소리를 질렀어요.

"내 딸들이 그 사람을 찾아가는 게 싫다고! 그게 가장 큰 이유야."

아빠가 침대에 앉았죠.

"그런 이유는 이제 중요하지 않아."

"어떻게 그런 말을 해?"

"당신은 아버지를 못 봤잖아, 제인. 아버지는 나이가 드셨어. 외로우시고. 우린 몇 년 동안이나 아버지를 무시해 왔어. 그리고 난……."

"그 사람도 우릴 무시했어! 그 사람이 그런 말만 안 했어도 이런 일은 없었어. 그런 말만 안 했어도……. 용서할 수 없는 말이야. 당신도 수백 번이나 그렇다고 했잖아! 그런데 이제 와서 나한테 그걸 잊고 행복한 가족을 연기하라는 거야? 안 돼."

엄마가 단호하게 말했죠.

"절대로 안 돼."

아빠는 뭐라 대꾸할 것처럼 그냥 서 있기만 했어요. 한동안 엄마와 아빠는 아무 말도 하지 않았죠. 아빠는 깨끗한 옷으로 갈아입었어요.

결국 아빠가 입을 열었죠.

"입술 읽기는 잘 돼? 좀 나아졌어?"

엄마는 걱정스러운 얼굴로 고개를 가로저었고, 베개에서 바스락거리는 소리가 났어요. 아빠는 엄마의 표정을 못 본 것처럼 보였죠. 아빠는 양말을 꺼내 여러 번 잡아당기며 자세히 들여다봤어요.

"구멍이 났네. 라디에이터에 새로 빤 양말 널어 놨어?"

엄마가 대답하지 않자 아빠가 말했죠.

"스트레스 받지 마, 여보. 도트는 잘 해낼 거야."

"당신이 어떻게 알아."

"물론 잘 알지. 꾸준히 당신과 연습을 하면, 그러면……."

"아무리 연습해도 충분하지는 않아. 생각을 많이 해 봤어."

엄마는 반쯤 몸을 일으켜 팔꿈치로 몸을 받치며 말했죠.

"당신이 무슨 말 하려는지 알아. 내 대답은 '안 돼'야."

아빠가 구멍 난 양말을 서랍에 던지며 나직이 말했어요.

"왜? 수술을 다시 해 보는 게 뭐가 나빠?"

"도트는 다시 수술을 받지 않을 거야."

아빠는 도트가 달팽이관 이식 수술을 했다가 감염이 되는 바람에 도로 제거했던 일을 말하고 있었어요.

"도트는 지금 이대로 행복해."

"수술이 잘 될 수도 있잖아!"

"도트가 다 컸을 때 스스로 결정할 수도 있어."

"다 컸을 때는 이미 늦었을 수도 있어."

엄마는 다시 등을 대고 누우며 아빠의 말에 반박했죠.

"당신은 걱정이 너무 많아."

아빠가 엄마를 내려다봤어요. 아빠는 깊이 파인 이마 주름에 키스하려고 엄마 위로 고개를 숙였어요. 그러고는 코에. 그러고는 입술에. 소프는 역겹다는 얼굴로 제 다리를 잡았죠. 걱정할 필요는 없었어요. 엄마가 벽 쪽으로 고개를 돌려 버렸으니까.

그날 밤, 너무 들뜬 탓에 잠이 오지 않던 저는 벽만 바라보고 있었어요. 다음 날, 알람 시계가 울리기도 전에 침대에서 벌떡 일어났죠. 해리스 아저씨, 떨리는 손가락으로 뭔가를 한다는 게 어떤 기분인지 알고 있겠죠. 기사에서 아저씨가 첫 번째 데이트를 하던 날, 앨리스를 치즈 버거와 감자튀김을 파는 곳에 데려갔다는 이야기를 읽었어요. 아저씨는 낭만적으로 행동했겠죠. 이를테면 초콜릿 밀크셰이크 하나를 빨대 두 개로 나눠 마신다거나. 기자는 아저씨가 열여덟 살 때 야구 경기장에서 앨리스를 처음 만났다고 썼어요. 아저씨는 투수였고, 앨리스는 치어리더였죠. 기사에서는 아저씨가 앨리스를 칼로 찌르기 전까지 10년 동안 사랑한 건 진실이라고 말하고 있었어요.

학교에 도착했을 때, 미술반에 있던 로렌이 절 보고 뛰어왔어요. 난생 처음으로 이야깃거리가 생긴 전 웃음을 터뜨릴 뻔했죠. 로렌은 빈 교실로 제 팔을 잡아끌고 갔어요. 머리 위로는 빨래집게로 집은 그림들이 걸려 있었고, 창턱에는 붓통이 줄줄이 놓여 있었죠. 축축하게 젖은 냄새가 났어요. 아마 찰흙 냄새였을 거예요.

"맥스 얘기 들었구나?"

제가 웃으면서 말했어요. 빨리 말해 주고 싶어 참을 수가 없었죠.

"너한테 얘기하고 싶어 죽을 뻔했어, 로렌. 어제 전화하려고 했는데 엄마가 내 휴대 전화를 뺏어 갔어. 그리고 화장실 청소도 시켰고."

로렌이 짜증 난다는 말투로 말했어요.

"그래서 내 전화를 안 받았구나! 너한테 전화를 얼마나 많이 했는데. 메시지 백 개는 남겼을 거야."

짧아서 넘어가지도 않는 머리를 귀 뒤로 넘기는 로렌은 정말로 짜증 난 듯이 보였죠.

"무슨 일 있었어?"

제가 천천히 물었어요.

"너 진짜 놀랄 거야."

로렌은 휴대 전화를 주머니에서 꺼내더니 손가락으로 입술을 잡아 뜯으며 화면을 켰어요.

로렌이 속삭이듯 말했어요.

"맥스가 이 사진을 잭한테 보냈어. 그리고 잭은 이 사진을 모두에게 보냈어. '모두'에게."

로렌이 화면을 제게 들이밀었을 때, 전 의자에서 떨어질 뻔했어요. 심장이 덜컥 내려앉았죠.

사진.

제 사진이었죠. 두 눈을 감은 채 머리카락은 침대 위로 흩어져 있고, 가슴은 카메라를 정면으로 마주 보고 있었죠. 로렌이 제 어깨를 토닥이며 달래듯 말했어요.

"어쨌거나 네 가슴, 참 예쁘다."

정말로 예쁜 가슴이었나 봐요. 수업 시간이 되어 교실로 들어갈 때마다 누군가가 늑대처럼 휘파람을 불어 댔어요. 모르는 남자애들이 복도에서 저를 힐끔거렸죠. 키 큰 남자애 하나는 점심시간이 끝난 뒤 체육 시간에 저를 불러 세웠어요.

"그동안 어디 숨어 있었어?"

남자애가 하는 말에 소름이 돋았죠.

전 어디에도 숨어 있지 않았어요. 3년 내내 그 애들과 똑같은 학교에 다녔고, 똑같은 수업을 들었죠. 그 애들처럼 선생님 말씀을 받아 적기도 하고, 운동장에서 즐겁게 대화도 했고요. 그런데 그 애들이 갑자기 수업을 듣거나 사물함을 열거나 매점에서 치즈 샌드위치를 사는 저를 관찰하기 시작한 거예요. 제가 뭔가 다른, 뭔가 웃긴 짓을 하고 있다는 듯이요.

전 주목받고 싶었지만 이런 식은 아니었어요. 마지막 학교 종이 울리자 안도감이 들었죠. 하늘에 잿빛 구름이 몰려들었어요. 너무 추워서 겉옷에 얼굴을 묻고 네트볼 코트를 재빨리 지나쳤어요. 몇 미터 떨어진 학교 정문에 맥스가 보였어요. 파란 겉옷이 그은 피부와 잘 어울렸죠. 가방을 발치에 내려놓고 축구공을 위로 차올리며 서 있는데, 학교에서 엄격히 금지된 흰 운동화를 신고 있었죠. 짧은 갈색 머리는 공들여 손질한 듯 보였어요. 정수리 부분에서 위로 세운 스타일이었죠. 분명 기분이 좋아 보였어요. 어처구니가 없었죠. 맥스가 한 짓은 어처구니없는 짓이었어요. 이런 말을 속으로 되뇌고 있던 저는 가슴이 쿵쾅거렸어요. 여자애들이 걸음걸이를 늦췄어요. 코를 한껏 치켜들고 맥스를 지나쳐 정문을 나가는 저를 보려고요.

"조이! 기다려!"

제가 고개를 갑자기 홱 돌리는 바람에 머리카락이 입에 몇 올

들어갔어요. 전 얼굴에서 머리카락을 떼어 냈죠. 맥스는 제가 화가 난 걸 보고 놀라서 공을 떨어뜨렸어요.

"언제 찍었어?"

맥스에게 다가갔지만, 교복 치마폭이 좁아서 빨리 갈 수 없었어요. 얼빠진 얼굴로 저를 바라보던 여자애들 다섯 명이 동시에 입을 떡 벌렸죠. 맥스는 제자리에서 어정거리고만 있었어요.

"네가 휴대 전화를 갖고 있는지 몰랐어."

맥스가 변변찮은 구실을 댔죠.

"휴대 전화는 다들 갖고 있어. 게다가 너한테 사진 찍겠다는 말도 했어. 진정해. 별일 아니었잖아."

맥스가 씩 웃더군요.

"그 따위로 말하지 마."

제가 소리를 질렀어요.

"그리고 거짓말하지 마. 사진 찍겠다는 말은 '한 마디'도 안 했어."

껌을 씹고 있던 맥스가 킬킬거리며 제게 다가왔어요. 얼굴에서 애프터셰이브 냄새가 풍겼죠.

"분명히 말했어. 네가 기억을 못 하는 거야. 술을 그렇게 많이 마신 건 내 잘못이 아니잖아. 솔직히 너무 취해 있더라고."

맥스가 윙크를 했어요.

"다들 그 사진을 봤어."

제 목소리는 분노로 떨리고 있었죠.

"학교 전체가 그 사진을 봤다고. 어떻게 그럴 수가 있어? 너한테 그럴 자격이 있어? 네가 인기가 좀 있어서? 그거야? 네가 하고 싶은 대로 다 할 수 있는 줄 알아?"

맥스가 뺨을 부풀렸어요.

"아니. 바보 같은 말 하지 마."

"바보 같은 건 내가 아냐. 너지. 넌 위대하신 맥스 모건의 윙크 한 방이면 그냥 넘어가는 바보 같은 여자애들처럼 날 다룰 수 있다고 생각했겠지."

저는 경멸스러운 눈길로 아래위로 맥스를 훑었죠.

"진정해. 화를 내니까 너 진짜 귀엽다."

맥스가 속삭이듯 말했어요. 전 당황스러워서 어서 그 자리를 떠나야겠다고 생각했어요. 하지만 맥스가 제 손을 잡았죠.

"내 잘못이 아니라니까!"

전 반박하려고 했지만, 맥스가 빠르게 말을 이었죠.

"정말 아냐. 난 잭한테만 사진을 보냈어. 다른 애들한테는 걔가 보낸 거야."

전 침을 뱉었어요.

"하지만 그 사진을 찍은 건 너잖아! 나한테 '알리지도' 않고!"

그때 비가 내리기 시작했어요. 굵은 빗방울이 옷 위로 쏟아졌죠.

"미안해, 됐지? 내가 해결할게."

전 제 손을 잡아 뺐어요.

"정확히, 어떻게?"

맥스가 표정을 잠시 누그러뜨리며 뭔가 말하려는 순간, 그의 친구들 셋이 셔츠 자락을 휘날리며 자전거 보관대로 다가왔어요.

"사진 또 달라고 부탁하는 중이야?"

잭이 자전거 자물쇠를 풀며 소리쳤죠. 맥스가 체포된 사람처럼 두 손을 머리 위로 들었어요.

"내가 죄인이다!"

"네가 잘못한 거 아니잖아, 친구. 걔 끝내주던데."

"뭐."

맥스가 어깨를 으쓱했어요. 빛의 속도로 건방진 태도를 되찾았죠.

"그 정도면 괜찮지."

맥스는 달려가면서 한 번 더 윙크를 날렸어요. 해리스 아저씨, 이제 그만 써야겠어요. 맥스는 제가 지켜보는 앞에서 잭의 자전거에 올라탔고, 고개를 뒤로 젖힌 채 큰 소리로 웃어 대며 교문을 빠르게 빠져나갔죠. 다음번에는 모닥불 파티에서 생긴 얘기를 해 드릴게요. 그 얘기를 들으면 깜짝 놀라실 거예요. 걱정 마세요. 오래 기다리게 하지 않을게요. 아저씨한테 이야기를 하고 있으려니 안도감이 들어요. 아저씨도 제 편지를 읽으며 그런 안도감을 느끼겠죠. 아저씨가 감옥에서 누구와도 대화를 나눌 수 없다고 생각하니 마음이 아파요. 한 가지 바람이 있다면 사형수 수감동에 대한 제 상식이 틀렸기를, 그래서 아저씨의 옆 감방에는 친절한 죄수가 있으면 좋겠다는 거예요. 그 사람이 잡담을 좋아하는 강간범이고, 농담을 잘 하는 사람이면 좋겠네요.

조이로부터

11월의 편지

To.
미국 텍사스 77351 리빙스턴
폴런스키 교도소(사형수 수감동)
수감 번호 993765
스튜어트 해리스 아저씨 앞

안녕하세요, 해리스 아저씨.

서머 타임이 끝나서 이제 한 시간 느려졌어요. 하지만 우리에게 큰 차이는 없겠죠. 우리가 이야기를 나누는 세계는 늘 어둠에 잠겨 있으니까요. 교도관도 시계를 한 시간 뒤로 늦춰서, 아저씨가 평소보다 별과 달이 더 환하게 빛날 때 식사를 하게 되었는지 궁금해요. 죄수들은 별 신경도 쓰지 않겠죠. 3시든, 5시든, 7시든, 모든 시간이 똑같을 테니까요. 아마 일요일도 별것 아닐 거예요. 시간이 날마다 똑같이 지나간다면, 시간조차도 사라져 버릴 것 같네요.

지난해 맥스네 파티에 다녀온 뒤로 외출 금지를 당했을 때, 시간은 사라질 줄 몰랐죠. 9월은 천천히 지나갔고 10월은 꿈쩍도 않는 듯했어요. 대단했던 사진 사건이 지나가자 학교는 정상적으로 돌아갔어요. 궁금해하실까 봐 말씀드리자면 전 재활용 쓰레기장 뒤

쪽으로는 한 발짝도 가지 않았어요. 갈색 눈의 소년과 마주치는 일도 없었죠. 제 삶은 몇 주 동안 별일 없이 흘러갔어요. 아빠가 할아버지 병원에 갔다가 계속 늦게 돌아오는 바람에 엄마랑 자주 싸운 일을 빼면요. 처음에는 엄마도 아빠의 저녁 식사를 전자레인지에 데워 주었지만, 어느 날은 그걸 그대로 쓰레기통에 처넣었어요. 해리스 아저씨, 거기서부터 얘기를 시작할게요.

제4장

아빠가 허리춤에 손을 얹고 텅 빈 전자레인지 안을 들여다보자, 엄마가 말했어요.

"찬장에 콩 깡통 있어."

아빠는 코를 킁킁거리며 냄새를 맡았어요. 아까 우리가 저녁으로 먹은 칠리 콘 카르네와 소프가 스컬에게 주려고 몰래 바닥에 떨어뜨린 쇠고기 냄새를 맡고 있는지도 몰랐죠.

아빠가 서랍에서 깡통 따개를 꺼냈어요.

"할아버지는 별로 나아지시지 않았어."

아빠는 한숨을 쉬었죠. 그 말을 듣고도 엄마는 아무런 말도 없이 노트북 화면만 들여다봤어요. 아빠가 그릇에 콩을 담을 때, 전 소스에 축축하게 젖은 파란 비늘이 나타나지 않을까 생각했어요.

"다들 좋은 하루 보냈어?"

아빠가 대화를 나누려고 애쓰며 물었죠. 엄마가 중얼거렸어요.

"그냥저냥."

"나보다는 괜찮았겠지."

"경쟁이라도 하자는 거야, 사이먼?"

"그런 말이 아니잖아. 나도 골치 아픈 문제가 생겨서 그래. 사실 그 문제로 얘기 좀 나누면 좋겠어."

아빠는 전자레인지 버튼을 누르고 천천히 돌아가는 접시를 바라봤죠.

"지금 좀 바빠."

엄마가 말했죠.

"중요한 얘기야."

"이것도 그래."

"뭘 보고 있어?"

"당신이 재밌어할 만한 건 아냐."

엄마가 흥, 하는 소리를 냈어요.

"내 생각이 맞는다면, 당신은 시간을 낭비하는 거야."

"한번 보는 게 뭐가 나빠?"

엄마가 달팽이관 이식에 관한 사이트를 클릭하는 사이, 전자레인지에서 땡, 소리가 났죠. 아빠는 그릇을 꺼내 손가락으로 콩을 휘저었어요.

"이거 얼마나 돌려야 되지? 아직 차가운데."

"진짜, 당신이 알아서 좀 하면 안 돼?"

엄마가 땍땍거리며 일어나 그릇을 움켜쥐었지만 아빠가 그릇을 놓지 않았죠.

"해 달라고 한 건 아니잖아!"

엄마는 아빠의 손에서 그릇을 획 낚아채어 전자레인지에 넣었어요.

"자리 좀 피해 줘라, 조이. 엄마랑 얘기 좀 해야겠다."

아빠가 낮은 목소리로 말했죠.

"나 공부하고 있어."

전 숙제에서 눈을 떼지 않고 중얼거렸죠. 잇새로 볼펜을 물어 열심히 공부하는 중이니 방해하지 말라는 뜻을 전달하려고 했어요.

"오 분이면 돼."

"그냥 놔둬, 사이먼. 공부하잖아."

"자기 방에서도 공부할 수 있잖아."

아빠가 말했어요.

"어서, 조이."

전 발끈해서는 책을 가지고 주방을 나왔어요. 물론 정상적인 사람이라면 누구나 할 법하게, 거실 벽에서 주방 쪽으로 귀를 기울였죠. 하지만 들려오는 소리라고는 제 머릿속에서 혈액이 흐르는 소리뿐이었어요. 그러자 안도감이 들었죠. 혈전이 가족 내력은 아닐지 걱정되던 참이었거든요. 엄마랑 아빠는 주방에서 한 시간을 보냈어요. 다음 사흘 동안도요. 엄마랑 아빠가 무슨 말을 하는지 알 수 없었어요. 소프는 주방 문 밑으로 빨대를 끼우고 엿들으려고 했지만, 양탄자에 일어난 보풀만 볼 수 있었죠.

일주일이 지나자 상황이 더 이상해졌어요. 학교에서 돌아오니, 아빠는 넥타이를 느슨하게 풀고 복도를 왔다 갔다 하고, 엄마는 신발장에 기대어 있었죠.

뭔가 이상한 생각이 들었어요. 원래 아빠가 집에 없을 시간이었거든요.

"무슨 일이야?"

엄마가 하이힐을 신으며 말했어요.

"외출."

"응, 그건 알겠는데, 어디 가? 할아버지 보러?"

엄마는 모닥불 파티 안내장이 놓여 있던 복도 탁자에 핸드백을 내려놓으며 대답했어요.

"아니."

아빠가 서두르는 동안 엄마는 립스틱까지 발랐죠.

"그렇게 차려입고 어디 가?"

"네가 신경 쓸 일 아냐."

아빠가 말했어요. 전 겉옷을 벗어 난간에 걸었죠.

"그래도 신경 쓰인단 말이야."

엄마는 양 입술을 서로 문지르며 블라우스 옷깃을 만지작거렸어요.

"나중에 얘기해 줄게. 소프는 컴퓨터 하는 중이고 도트는 인형이랑 놀고 있어. 파스타 만들었으니까 배고프면 먹고."

엄마가 걱정스러운 표정으로 말을 멈췄어요.

"동생들 잘 보고 무슨 일 있으면 꼭 전화……."

"내가 잘하면, 내일 여기 가도 돼?"

전 엄마의 말을 자르고 모닥불 파티 안내장을 집었죠. 엄마는 안내장을 읽었어요.

"두 달 다 됐어."

전 엄마에게 그 사실을 상기시켜 드렸어요.

"학교 애들 전부 다 가는데 난 집에만 갇혀 있……."

"좋아."

엄마가 차 열쇠를 집으며 말했어요.

"하지만 오늘 숙제를 다 한다는 조건이다. 사이먼, 넥타이 다시 매."

아빠는 엄마의 말을 무시하며 차 열쇠를 낚아채고 밖으로 나갔죠.

해리스 아저씨, 전 엄마랑 아빠가 이혼 때문에 변호사를 찾아가는 거라고 생각했어요. 기분이 나빠진 전 계단에 주저앉았죠. 우리가 어떻게 될지 잘 알고 있었어요. 부모님이 이혼한 애들을 학교에서 많이 봤거든요. 아빠는 작은 아파트 하나를 빌려야 할 테고, 매일 밤 냉동 음식이나 먹어야 할 테고, 주방 세제 사는 걸 깜빡하는 바람에 깨끗한 나이프 대신 숟가락 따위로 버터를 발라야 할 테죠. 엄마는 몸무게가 20킬로미터쯤 늘어난 채 잠옷 차림으로 소파에 누워 여자가 된 남자들에 대한 다큐멘터리나 볼 테고요. 로렌의 엄마도 그랬거든요. 로렌은 엄마에게 정신 좀 차리라며, 남자가 새로 수술한 가슴을 보여 주기 직전에 텔레비전을 껐죠. 그제야 로렌네 엄마는 짜증을 내면서도 그 순간을 계시처럼 받아들이고, 단백질만 섭취하며 몸무게를 줄이기 시작했어요. 그러고는 로렌의 66사이즈 청바지를 입고 젊은 남자와 데이트를 하러 나갔죠.

문득 라디에이터에서 말리고 있던 제 청바지를 쳐다봤어요. 그런 일이 우리 집에도 일어나게 할 수는 없었죠. 전 부모님 방에 몰래 들어가 엄마의 서랍을 뒤졌어요. 대체 무슨 일이 벌어지고 있는지 알아내려고 했죠. 첫 번째 칸에는 열쇠가 꽂힌 보석 상자가 들어 있었어요. 주변에 아무도 없는지 확인한 뒤, 열쇠를 돌렸어요. 다행히도 딸깍 하는 소리가 들렸죠. 안에는 비닐봉지에 담긴 저와 소프의 머리카락, 우리의 작은 손발 지문과 우리가 막 태어나 병원에 있는 동안 손목에 감고 있던 밴드가 있었어요. 도트가 태어났을 때의 머리카락이며 지문 따위는 다른 상자에 들어 있겠지만 그걸 찾아보지는 않았어요. 맨 처음 빠진 제 젖니를 담은 봉투 밑에, 노랗게 빛바랜 봉투 하나가 눈에 띄었거든요.

아빠의 글씨체였어요. 하지만 읽기 힘들었죠. 편지에 정확히 뭐라고 적혀 있었는지 기억나지 않지만, 엄마의 금발이 금빛 비단실처럼 보인다는 둥, 엄마의 녹색 눈이 호수처럼 보인다는 둥, 엄마의 자신감이 별빛처럼 반짝이며 엄마를 둘러싼 어둠을 찬란히 밝혀 사라지게 한다는 둥, 말도 안 되는 내용이 적혀 있었죠. 제가 아는 엄마는 늘 식품 첨가물 번호만 신경 쓰고, 하얀 티셔츠와 빨간 양말을 같이 세탁기에 넣고, 우리가 비타민을 먹었는지 안 먹었는지에 안달하는 사람이었거든요. 전 편지에 묘사된 엄마가 전혀 모르는 사람처럼 여겨져서 약간 슬펐어요. 어쨌거나 전 모든 것을 제자리에 두고 두 번째 서랍을 열었죠.

두 번째 서랍에는 달팽이관 이식 수술에 관한 자료로 가득했어요. 인터넷에서 출력한 자료들, 분홍색 펜으로 밑줄 친 자료들. 그런데 그 밑에 주택 담보 대출에 관해 은행에서 보낸 편지가 있었어요. 주택 담보 대출. 들어 본 적도 없는 단어였지만 어쩐지 위압적으로 느껴지는 편지였죠. 뭔가 두려움을 느낀 전 서재에 있던 소프의 무릎에 억지로 앉았어요.

"아, 뭐야!"

소프가 소리를 질렀죠. 전 컴퓨터를 쟁취하려고 소프의 무릎을 더 세게 눌렀어요.

"아, 진짜! 언니! 언니, 너, 너무 무거워!"

전 어른들이 사용하는 인터넷 포럼을 찾았죠. TeaCosy7이라는 아이디는 테라스를 만들 대금을 치르기 위해 주택 담보 대출을 고려하고 있다는 말을 했어요.

'대체 무슨 말이지?'

전 좀 더 검색했죠. 주택 담보 대출이란 뭔가 큰 걸 사느라 돈이 필요할 때, 아니면 돈 문제가 있을 때 집을 담보로 돈을 빌리는 거라는 사실을 알게 되었죠.

"돈 문제야? 누가 돈 문제가 있는데?"

소프가 절 훑어보며 물었어요.

"우리."

전 행복하다는 듯 말했죠. 뭐, 돈 문제는 이혼보다야 나으니까요.

부모님이 아직 안 오셨는데 배가 고파졌어요. 파스타를 데워 와 동생들과 식탁에 앉아 먹었죠. 소프가 접시에 남아 있던 올리브 조각을 먹으려던 순간, 전 소프의 휴대 전화를 훔쳐서는 소프에게 잡힐세라 계단을 마구 올라갔어요.

전 화장실에 숨어 문을 잠그고 로렌에게 전화를 걸었어요. 소프는 화장실 문 아래로, 저를 죽이겠다고 커다랗게 쓴 쪽지를 밀어 넣었죠. 글씨 옆에는 칼로 제 머리를 쑤시는 그림도 그려 넣었고요. 추신도 있었죠. 수학 숙제 때문에 제 각도기를 빌려 가야 한다는 내용이었어요. 제가 텅 빈 욕조에 들어앉아 발로 금색 수도꼭지를 툭툭 차면서 로렌과 떠드는 사이, 엄마와 아빠가 돌아왔어요.

"이리 내려와, 조이!"

엄마가 외쳤어요. 전 로렌한테 물었죠.

"그러니까, 우리 집이 사라지면 너랑 살아도 되는 거지? 약속할 거지?"

"당연하지. 같이 개 산책시키기 사업을 하자. '개소리 산책'이라는 이름으로. 우린 아주 잘 할 거야."

"조이!"

제가 다급히 말했어요.

"끊어야겠어. 내일 모닥불 파티에서 봐."

"개 짖는 소리 한번 내 봐."

"끊어야 한다니까!"

"짖고 끊어."

"멍멍!"

로렌이 깔깔거리며 전화를 끊었어요. 밖으로 나가자 온통 은색으로 휘감은 도트가 달려왔죠.

"이게 다 뭐야?"

전 깜짝 놀라 말했어요. 도트는 머리부터 발끝까지 크리스마스용 반짝이 장식을 두르고 있었어요.

"엄마 아빠 방에서 크리스마스 장식을 찾아냈어."

전 무릎을 꿇고 빠르게 수화로 말했죠.

"빨리 다 풀어! 엄마가 널 잘 보고 있으라고 했단 말이야!"

도트는 팔을 벌리고 한 바퀴를 빙그르르 돌았어요.

"크리스마스가 빨리 오면 좋겠어."

도트가 수화로 말했죠.

"산타 할아버지는 갖고 싶은 건 뭐든 다 준다는 게 사실이야?"

"사실이야. 하지만 그 전에 먼저……."

"이 세상에서 그 '무엇'이라도?"

도트가 저를 바짝 들여다보며 수화로 물었죠.

"그래. 근데 이거 먼저 풀어."

도트는 귀에서 대롱거리는 싸구려 장식 두 개를 가리키며 말했어요.

"내 귀걸이 마음에 들어?"

전 이를 갈았죠.

"그래, 마음에 든다. 하지만 얼른 가서 다 떼어 내. 엄마가 왔단 말이야."

도트는 눈을 크게 뜨더니 냉큼 자기 방으로 달려가 문을 쾅 닫았어요. 엄마는 주방에서 저녁 먹은 접시를 싱크대에 넣고 있었죠.

"설거지쯤은 해 놨을 줄 알았다."

엄마가 꾸짖듯 말했어요. 전 소매를 걷었죠.

"미안."

"숙제는 시작했겠지?"

"아직."

"조이!"

"주말이 있잖아!"

전 싱크대에 물을 채우며 대들었어요.

"게다가 수학 문제 열 개 푸는 거랑 영어 수업 계획서를 쓰는 것 말고는 없어!"

"수업 계획서라고? 그 얘긴 안 했잖아!"

"그냥 한 단락만 쓰면 돼."

"아무튼 아직 안 썼잖아."

"안 쓰겠다고는 안 했어."

전 접시에 묻은 토마토와 마늘 소스를 닦으면서 말했어요.

"나 글쓰기 좋아하잖아. 알아서 할게."

"엄마가 도와줄게."

"그럴 필요 없어, 엄마. 혼자서도 잘할 수 있다고."

저는 다 닦은 접시를 건조대에 올려놓았고, 엄마는 먹을 것을 찾아 냉장고를 열었어요.

"아무튼 다 쓰면 엄마가 검사할 거야. 법을 전공하려면 영어가 중요하니까."

"영어는 글쓰기에도 중요하지."

하도 작게 말해서 엄마는 듣지 못했죠.

엄마는 냉장고에서 샐러드를 꺼내, 샐러드 속에 있는 토마토가 무르지 않았는지 손가락으로 눌러 보았어요.

"많이 배고프지 않으니까 이거면 되겠지."

"엄마랑 아빠는 테라스를 만들려고?"

제가 불쑥 물었어요.

"테라스? 아니. 그건 왜 물어?"

전 다른 접시를 닦기 시작했어요.

"그냥."

다음 날에는 모닥불 파티가 있었어요. 제가 잘못 알고 있는지도 모르겠지만 미국에서는 모닥불 파티를 하지 않을 것 같아요. 그래서 그게 뭔지 설명해 드릴게요. 400년 전, 정확히 1605년 11월 5일, 가이 포크스와 그의 동료들은 의사당을 폭파해 왕을 죽이기로 했어요. 가이 포크스는 지하실에 화약을 설치하는 일을 맡았어요. 하지만 살해 기도는 실패했고, 사람들은 안도하며 그 화약으로 불을 피워 파티를 열었어요. 의식처럼요. 그 뒤로 영국에서는 해마다 모닥불 파티를 열어요. 11월 5일이면 사람들은 신문 종이로 속을 채워 가이 포크스 인형을 만들어요(《더 선》 신문지나, 더 비싼 인형을 만들고 싶으면 《더 타임즈》로 만들지요). 이 인형에 낡은 옷을 입히고 가면을 씌운 뒤 불 속에 던져요. 잔인하다고 생각하실지 모르겠네요. 어쨌거나 사람들은 죄 없는 인형을 화형에 처하면서 토피 애플을 먹죠. 근사한 불꽃놀이가 이어지고, 연기 냄새가 며칠 동안 머리카락에 남아요.

우리 동네에서는 시내 중심가를 벗어난 공원에서 모닥불 파티를 했어요. 그러니까 자전거 도로와 산책길, 숲과 강이 있는 거대한 잔디밭을 상상하시면 돼요. 아빠가 커다란 철문 앞에 내려 주었을 때, 전 자유의 냄새를 맡았죠. 솔직히 말하면 핫도그와 연기와 솜사탕 냄새였지만, 어쨌거나 자유를 만끽할 수 있었죠.

공원 한가운데서 주황색과 빨간색과 옅은 노란색 모닥불이 타오르고 있었어요. 사람도 나방도 불길에 홀려 모닥불 앞에 모여 있었죠. 저도 몇 주 만에 처음으로 탁 트인 마음으로 사람들 사이에 끼어들었어요. 로렌이 벤치에 앉아 있길래, 뒤로 살금살금 다가갔어요. 로렌의 옆구리를 쿡 찌르며 "워!" 하고 소리치자, 로렌은 "으아아아아아악!" 하고 날카롭게 비명을 질렀죠. 비명이 확 트인 공간에 널리널리 울려 퍼졌어요. 전 로렌 옆에 털썩 앉았고, 우리는 솜사탕을 먹으며, 금빛 모닥불을 바라보며, 오랫동안 수다를 떨었어요.

단 걸 많이 먹으니 목이 말랐어요. 로렌이 벤치를 지키고 전 물을 사러 갔죠. 티셔츠를 파는 여자들, 액세서리를 파는 사람들, 강둑에 좌판을 벌려 놓고 장난감을 파는 남자들이 있었어요. 연기가 피어오르는 강변을 따라 걸으며, 손님을 부르는 상인들을 지나 물 파는 곳을 찾았어요. 턱수염을 기른 남자가 빨간 페라리, 아빠의 '드림카'를 팔고 있었죠. 전 그 앞에 걸음을 멈추고, 할아버지 때문에 걱정이 많은 아빠에게 주려고 페라리 장난감 자동차를 샀어요.

제가 자동차 값을 건네는데, 갈색 눈의 소년이 보였어요. 그는 이글이글 타오르는 모닥불 옆에 서 있었죠. 근데요, 해리스 아저씨, 이 대목에서 긴장감이 하나도 안 느껴지시죠? 사실 영어 시간에 짧은 문장이나 이런저런 암시를 써서 긴장감을 고조시키는 법을 배우긴 했어요. 다만 문제는 이게 실제 상황이지 허구가 아니라는 점이었지요. 전 실제 삶에서는 어떻게 전개되는지 곱씹어 봤어요. 진짜 삶에서는 멋지게 클라이맥스로 치닫는 법은 없지요. 진짜로 일어나는 사건들은 예고 없이, 급작스럽게 발생하죠. 아빠가 개를 차로 치었을 때처럼요.

책에서는 어떤 일이 일어나기 전에 뭔가 암시하는 듯한 사건들이 일어나죠. 아빠가 속도를 높이며 모퉁이를 돌았을 때 개 짖는 소리가 들렸다든지요. 독자에게 앞으로 무슨 일이 일어날지 미리 생각하게 하는 거죠. 하지만 실제로는 그렇지 않았어요. 아빠는 차를 몰고 슈퍼마켓에 다녀오던 길이었어요. 햇살은 눈부셨고, 라디오에서는 '댄싱 퀸' 노래가 흘러나왔고, 아빠는 과속 방지 턱을 넘었어요. 근데 알고 보니 과속 방지 턱이 아니라 셰퍼드 개였죠. 모닥불 파티에서도 이런 식이었어요. 암시도 없고, 전조도 없었죠. 좌판에서 몸을 돌렸더니, 그냥 그 애와 마주하게 된 거예요. 갈색 눈의 소년을요. 그냥 그렇게 벌어진 일이에요.

"이거 안 가져가요?"

"네?"

장난감 차를 파는 아저씨가 페라리를 건네줬어요.

"차 가져가야죠."

전 갈색 눈의 소년한테서 눈도 떼지 않은 채 페라리를 주머니에 쑤셔 넣었어요. 하얀 글자가 새겨진 티셔츠 차림의 남자애는 불꽃을 바라보며 그다지 중요하지 않을 공상에 빠져 있는 듯이 보였죠. 전 남자애의 머릿속에 말풍선 하나가 떠올라 있고, 그 말풍선 한가운데에 자리한 저를 상상했어요. 목마른 것도 잊어버렸죠. 로렌도요. 두근거리는 마음으로 사람들을 밀치고 모닥불로 다가갔어요. 아빠 어깨에 올라탄 작은 여자아이와, 푸들에게 타탄체크 외투를 입혀 데리고 나온 여자를 지나쳤죠.

타탄체크 외투를 입은 푸들

이글거리며 타오르는 불꽃 위로 노란 불똥이 튀고 있었어요.

"이 작자를 불에 던질까요?"

누군가가 소리치자 사람들은 환호성을 올렸죠. 남자가 할로윈 가면을 쓴 가이 포크스 인형을 들고 있었어요. 가이 포크스 인형은 검은 바지에 카디건을 입고 있었죠.

"이 작자를 불에 던질까요?"

남자가 더 크게 외쳤어요. 작은 여자아이가 손뼉을 쳤죠. 푸들도 꼬리를 흔들었어요.

갈색 눈의 소년은 하품을 하면서 다른 곳을 보더군요. 전 제가 와 있다는 걸 알려 주려고 앞으로 더 나아갔어요. 남자는 가이 포크스 인형의 팔다리를 붙들고 불 앞에서 흔들었어요. 인형의 머리가 불꽃을 스치자 사람들이 소리를 질러 댔죠.

"하나……."

사람들이 목을 쭉 빼고 그 광경을 바라봤어요.

"둘……."

다들 숫자 세기에 동참했죠.

"셋!"

가이 포크스가 날아갔어요. 모닥불도 움찔했죠. 인형이 불길에 휩싸이자마자, 갈색 눈의 소년은 사람들이 아닌 저를 똑바로 바라봤어요.

그의 티셔츠에는 '가이 포크스를 구하라!'라는 문구가 적혀 있었어요. 우리는 잠시 마주 보고 있었죠. 그는 미소를 지었어요.

"안녕?"

그 한 마디에 전 완전히 들떠 버렸어요. 모닥불은 안중에도 없었죠. 사람들도요. 이 우주에서 우리 둘뿐이었죠. 우리의 두 눈만이 이 우주를 밝히고 있었어요.

마침내 제가 입을 열었죠.

"티셔츠 멋지다. 가이 포크스가 불쌍해."

"악당이었는데도?"

"그럴 만한 이유가 있었잖아. 어쩌면 좋은 사람이었을 수도 있고."

그의 눈이 반짝였어요.

"좋은 이유로 나쁜 짓을 한다? 재미있네."

"재미있지."

우리 머릿속에 연결된 전선이 붉게 타오르는 것 같았어요. 전 빨개진 얼굴로 시선을 돌렸죠. 수백 미터 떨어진 곳에서 인형의 가면이 녹고 있었어요.

그 애가 미소 지었어요.

"사람들을 한데 모으는 데 모닥불만 한 게 없지. 다음에는 저 푸들을 집어 던지면 어떨까?"

타탄체크를 입은 개가 짖었고, 전 웃었어요. 그가 고개를 저었죠.

"개가 스코틀랜드 출신인지도 몰라. 주인을 봐서라도 봐줘야겠다. 참, 이름이 뭐야?"

남자애가 갑자기 물었어요. 이번에는 제 이름을 알려 주었죠. 두 개의 음절이 새롭게 느껴졌어요.

"'버드걸'보다 낫네. 그날 파티 이후로 혼자 널 그렇게 부르고 있었어. 뭐, 아니면 '쥐덫'이던가."

전 심장이 멎는 것 같았어요. 한참 동안이나, 그 애도 저를 생각하고 있었던 거예요.

"나도 네 이름이 '갈색 눈의 소년'은 아닐 거라고 생각해."

"그건 내 중간 이름이야. 난 애런이라고 해."

제가 뭐라고 대꾸하기도 전에 누군가가 애런의 팔짱을 꼈어요.

"안녕!"

여자애가 던지는 이 한 마디에 전 땅으로 꺼질 듯한 기분을 느꼈어요. 여자애는 불길처럼 빨갛게 타오르는 긴 머리에, 석탄처럼 검은 코트 차림이었어요. 애런에게 보내는 여자애의 웃음이 머릿속에 깊이 새겨졌죠.

"너도 왔네!"

애런이 여자애를 끌어안으며 말했어요. 애런의 어깨너머로 여자애의 얼굴이 보였죠. 창백한 피부, 완벽한 주근깨, 성형외과 의사가 자랑스러워할 만한 곧은 콧대.

"너한테 꼭 할 말이 있어."

여자애가 애런의 목을 끌어당기며 속삭였어요.

"그래."

애런은 제 바람과 완전히 반대로 대답했지만, 전 최선을 다해 웃음을 지으려고 노력했죠. 'nonchalance(무관심)'이라는 프랑스 어 단어를 떠올리면서요. 애런은 제게 미안하다는 말을 남기고, 여자애와 단둘이 얘기하러 가 버렸죠.

시계를 보니 9시 15분이었어요. 엄마가 데리러 올 때까지 45분이 남아 있었죠.

44분.

43분……

"여기 있었네!"

로렌이 삐친 표정으로 옆에 나타났어요.

"네가 죽은 줄 알았잖아. 여긴 왜 있어?"

"좀 춥길래."

전 추운 척하며 불가로 손을 내밀었어요.

"그럼 애길 해 줬어야지. 얼어 죽는 줄 알았네. 목이 너무 말라서 벤치는 그냥 포기했어. 벤치에 가방을 올려놨었는데 꼬부랑 할아버지가 와서 '빈 자리를 맡아 두면 안 되지.' 이러면서 자기 아내도 쉬어야 된다는 거야."

"뭐, 귀엽네."

"제정신이 아니었던 거야. 할아버지는 혼자였거든. 유령이라도 보

112

는 사람인가 봐. 너도 시간증이니 뭐니 하는 말 들어 봤잖아."

"분열증이겠지."

전 웃음을 참았죠.

"뭐라고?"

"정신 분열증이라고. 시간증이 뭐냐면……, 넌 차라리 모르는 게 약이겠다."

전 애런의 등을 바라보았죠. 엄마가 오기까지 41분이 남아 있었어요.

"가자."

로렌이 제 팔을 흔들었어요.

"어디를?"

로렌이 제자리에서 발을 동동 굴렀어요.

"목마르단 말이야."

애런은 여자애의 손을 감싸 쥐고, 여자애의 얼굴을 가까이서 들여다보고 있었어요.

"그래, 좋아."

전 불길에서 몸을 돌리며 말했어요. 꺼져 가는 불꽃을 바라보고 있자니, 갑자기 더 추운 기분이 들었죠.

줄을 서 있는 동안 로렌은 숨도 쉬지 않고 이야기를 늘어놓았어요. 해리스 아저씨, 숨도 안 쉬고 어떻게 얘기를 하냐고요? 말이 그렇다는 거예요. 로렌은 한 학년 높은 남자애 얘기를 하고 또 했어요. 맥스네 파티에서 그 애와 키스를 했대요. 전 로렌의 말에 집중하려고 했지만, 멀리서 애런이 여자애한테 팔을 두르고 있었기 때문에 그럴 수 없었죠.

물을 사러 가서 로렌이 돈을 낼 때, 하늘에서 폭죽이 터졌어요. 사람들이 "우아아아!" 하고 외쳤죠. 저도 모르게 로렌의 팔을 붙들고 바닥에 주저앉았어요. 그러고는 잔디와 밤하늘을 수놓는 불꽃을 바라보았죠. 전 파란 불꽃을 가리켰어요.

"저건 올챙이처럼 생겼다."

"정자같이 생겼는걸."

로렌의 말은 그럴듯했어요. 우리 둘 다 웃음을 터뜨렸죠. 마치 경주에서 이긴 정자가 달을 임신시킬 수 있다는 듯이, 불꽃은 하늘을 열심히 기어올랐어요. 로렌은 손으로 그 움직임을 흉내 냈죠.

누군가가 우리에게 다가왔어요.

"수영하는 정자들이라니. 재미있네."

금발 머리. 갈색 눈. 그의 머리 너머로 불꽃이 피어올랐어요. 제 마음도 밝고 환한 불꽃을 터뜨렸죠. 애런.

로렌은 정자 흉내를 내던 손을 내렸어요. 전 눈을 비비고 남자애를 자세히 보았죠. 로렌이 말했던 한 학년 높은 남자애가 로렌을 일으키고 있었어요. 어찌나 실망스럽던지 땅속으로 꺼지고 싶었죠.

"널 찾아다녔어. 강을 따라 산책하자."

남자애가 말했어요. 로렌이 제 팔짱을 꼈지요.

"조이도 같이 가야 돼."

전 갑자기 혼자 있고 싶은 생각이 들었어요.

"난 신경 쓰지 마."

점점 더 많은 사람들이 불가로 모여들고 있었지만, 애런과 그 여자애는 보이지 않았어요. 로렌은 제 표정을 살폈어요. 전 두 눈을 크게 뜨고 괜찮다고 말했죠.

"나 진짜 괜찮아. 어차피 엄마가 십 분 뒤에 오시기로 했어."

남자애가 로렌의 손을 잡자 로렌은 '쪽' 소리가 들릴 정도로 제 뺨에 키스했죠.

불꽃은 여전히 맹렬하게 타올랐어요. 연기 때문에 눈물이 났고, 열기 때문에 피부가 뜨거웠어요. 결국 벤치로 돌아간 저는 허공과 대화를 나누는 할아버지를 봤죠. 얼핏 보면 슬픈 광경이었지만, 뭐, 할아버지는 충분히 행복하게 보였어요. 할아버지는 눈에 보이지 않는 아내에게 불꽃이 어떤 모양인지, 색깔은 어떤지 자세히 설명했어요. 해리스 아저씨, 아저씨도 아내에게 이렇게 말한 적이 있는지 궁금해요. 감방 창살 사이로 아내인 앨리스가 들어와 전구 근처를 떠돌아다닌다면 어떤 말을 건네시겠어요? 아마 미안하다고 사과하겠죠. 그 사과가 받아들여지면 좋겠어요. 어쨌든 애초에 잘못한 사람은 앨리스니까요.

가족들은 떠나기 시작했지만, 연인들은 불 가까이로 모여들었어요. 아까 만났던 할아버지는 그의 머릿속에만 존재하는 사람에게 자꾸만 말을 걸었고요. 전 주차장으로 가다가 벽에 몸을 기댔어요. 저 멀리 교회 시계탑이 보였어요. 전 한숨을 쉬었죠. 아까까지만 해도 시간이 없다고 생각했는데, 이제는 시간이 남아돌았어요. 전 20분 동안 아무런 할 일도 없이……

그때 목소리가 들렸어요!

남자애와 여자애의 목소리가.

전 벽을 따라 서성이다 덤불 뒤에 숨었어요. 애런과 빨간 머리 여자애가 주차장으로 걸어오는 모습이 보였죠. 속이 뒤집어졌어요. 둘은 서로 허리에 팔을 감은 채 걸었죠. 가로등 아래 번호판에 DORIS라 적힌, 지붕도 움푹 주저앉고 바퀴도 세 개뿐인 파란 자동차가 있었죠. 전 나뭇잎 사이로 애런을 지켜보았어요. 그는 여자애에게 조수석 문을 열어 주며 이마에 입을 맞추었죠. 완전히 낙담한 전 속이 더욱 뒤틀렸어요.

해리스 아저씨, 제가 덤불을 발로 짓밟거나, 눈물을 흘리거나, 주차장으로 달려가 마구 화를 냈을 것 같죠? 실망시켜 드려 죄송하지만 전 완벽하게 침착한 얼굴로 가만히 있었어요. 그저 거미줄을 손으로 두 동강을 냈지요. 거미줄 절반은 벽에, 나머지 절반은 나뭇가지에 매달려 대롱거렸어요. 제 내부에서 무언가가 무너지고 있다는 증거 같았어요.

자동차 유리창에 김이 서리기 시작했어요. 차 안에서 무슨 일이 벌어지고 있는지를 생각하고 싶지 않았어요. 그래요. 우린 다

〈타이타닉〉을 봤잖아요. 아저씨는 못 봤을지도 모르겠네요. 땀과 숨결과 열정으로 김이 서린 유리창에 손바닥 하나가 철썩 내짚는 장면을 상상하시면 돼요. 전 눈에 띄지 않게 조심하면서 걸음을 옮겼어요. 등은 뻣뻣했고, 다리가 쑤셨죠. 아프지 않은 곳이 없었어요. 몹시 추웠고, 별조차도 검은 하늘을 쿡쿡 찔러 대는 심술궂은 파편들로 보였어요. 좌판 사이를 어슬렁거리다가 돌멩이를 잘못 밟는 바람에 발목을 접질렸어요. 놀랍게도 발목은 전혀 아프지 않았죠.

"조이?"

누군가가 다가왔어요. 모닥불을 등지고 선 검은 실루엣 뒤로 주황색 불꽃이 보였죠. 전 눈을 가늘게 떴어요. 맥스였죠. 손에 맥주캔을 들고 있었어요. 사진 사건이 터진 날 뒤로 몇 번이나 제 눈길을 끌려고 했지만 싹 무시했었죠. 하지만 그날은 그럴 수 없었어요. 바로 앞에 서 있었으니까요.

"너 괜찮아?"

"응. 넌?"

"추워."

침묵.

하나도 아프지 않은 발목을 돌리며 무슨 말을 할까 머리를 쥐어짰죠.

"구름이 없으면 언제나 더 추워. 절연이 덜 되니까. 덩달아 양이 떠올라."

맥스가 맥주를 한 모금 마시고 되물었어요.

"뭐라고?"

"양 말이야. 구름이 있으면 지구에 양털이 덮인 거야. 그러면 더 따뜻해지지. 밤에 구름이 끼지 않으면 양털을 깎은 거고……."

어리둥절한 표정을 한 맥스를 바라보며 고개를 저었어요.

"바보 같은 얘기야."

맥스가 또 맥주를 마셨죠.

"아냐. 안 그래."

다시 침묵. 머리 위로 폭죽이 터졌어요. 우리는 오랫동안 불꽃을 바라보고 있다가 잠시 서로를 바라봤죠. 그다음에는 다시 바닥만 봤어요. 맥스가 목청을 가다듬었죠.

"미안해."

맥스가 돌멩이를 툭툭 차며 말했어요. 진심이 묻어나는 목소리여서 깜짝 놀랐죠.

"정말 생각 없이 한 짓이었어."

"맞아. 정말 그랬지."

맥스는 돌멩이를 차서 날려 버리더니 팔짱을 꼈죠.

"사진은 지웠어. 쉽진 않았지만……."

"지우는 법을 몰라서?"

맥스가 웃음을 지었어요. 한쪽 입꼬리가 올라간 웃음을.

"아니. 그게 아니라, 네가 너무 예뻐서."

전 최선을 다해 태연한 척하며 대답했죠.

"정말? 전에는 그렇게 말 안 하던데."

"위대하신 맥스 모건 님이 전에는 거짓말을 했네."

맥스가 제 가슴을 눈으로 훑었고, 전 웃는 둥 마는 둥 떨떠름한 표정을 지었어요.

"솔직히, 넌 정말……."

"취했었지."

뒷말은 제가 끝냈죠. 심장이 두근거렸어요.

"정말 취했었어. 네 양탄자에 토할 뻔했다니까."

"그럼 내가 토했구나. 네가 가고 나서 내가 양탄자에 토했군. 그게 네가 토한 게 아니라면……."

"난 절대 아냐!"

제가 소리치자, 맥스가 제 얼굴 앞에서 손가락을 흔들었죠.

"너 혹시 거짓말하는 거 아냐?"

"마음대로 생각해."

세상에, 토한 걸로 남자애와 시시덕거릴 수 있다니, 놀라웠어요.

별들이 아까보다 친절하고 상냥하게 보였어요. 별들은 하얗다기보다는 금색으로, 하늘은 검다기보다는 파란색으로 보였죠. 남은 맥주를 다 마신 맥스는 캔을 쓰레기통에 던졌어요. 그는 긴 다리를 꼰 채 쓰레기통에 기대어 있었죠. 운동화 끈에는 진흙이 묻어 있었어요.

한동안 말이 없다가, 맥스가 물었어요.

"그래서, 아직도 나 때문에 화가 난 거야?"

하늘로 폭죽이 로켓처럼 솟아올랐죠. 우리는 은색 불꽃을 바라보았어요. 그다음에는 서로를. 이번엔 둘 다 시선을 돌리지 않았어요.

"당연하지. 이 멍청이야."

"너한테 처음으로 키스한 멍청이지."

"내가 취했을 때를 이용한 멍청이지."

전 이렇게 말하면서도 한 걸음 가까이 다가갔죠.

맥스는 가슴에 손을 얹었어요.

"그런 일은 다시는 없을 거야. 진짜야. 다음에 네가 옷을 벗을 땐 그러지 않을 거라고 맹세……."

"다음이라니!"

전 맥스에게 한 걸음 가까이 다가가며 소리를 질렀어요.

"다음이 있을지 없을지 네가 어떻게 알아?"

"그냥 느낌이야."

맥스는 이렇게 속삭이며 저를 끌어당기더니 강하게 키스했죠.

그 정도 세기로는 아쉬웠어요. 전 맥스의 뒷머리에 손을 얹고 우리 입술을 바짝 밀착시켰죠. 이유는 모르겠지만 땀과 숨결과 열정이 서린 유리창이 떠올랐어요. 맥스는 제 윗도리 안으로 손을 집어넣었고, 제 엉덩이와 등을 더듬고, 차가운 손으로 제 등줄기를 훑었어요. 전 그의 입안으로 혀를 밀어 넣으며 바짝 몸을 붙였어요. 우리의 다리는 서로 얽혀 있었죠. 기분이 좋아진 전 난생 처음으로 고양이처럼 등을 젖혔어요. 제 입술과 뺨과 목에 맥스의 입술이 닿았고, 맥스의 손가락은 제 브라 아래쪽과 안쪽을 더듬었어요. 저를 더듬는 맥스의 손길을 느끼며 숨을 몰아쉬었어요. 고개가 뒤로 젖혀지면서 하늘을 수놓는 불꽃놀이가 보였죠. 온몸이 얼얼하고 피가 솟구치는 기분이었지만 엄마가 벌써 오고 있을 참이라 억지로 맥스한테서 몸을 빼냈어요.

"여긴 안 돼."

전 헐떡거리며 말했어요. 맥스는 저를 텅 빈 놀이터로 데려가려고 했어요. 발치에 잔디가 느껴졌죠.

"오늘은 안 돼. 엄마가 주차장에서 기다리고 있을 거야."

"그럼 내일은?"

전 허락을 받을 수 있을지 어떨지 몰라 망설였죠.

"모레는?"

맥스가 갑자기 초조하게 물었어요. 맥스 모건. 맥스 모건이 저 때문에 초조해하다니. 로렌이 믿지 않을 일이었죠.

거부할 수 없던 저는 한쪽 어깨를 으쓱했어요.

"좋아. 안 될 게 뭐 있어?"

맥스는 아까보다는 부드럽게 키스했어요. 하지만 전 맥스를 밀어

냈죠.

"늦겠어."

맥스는 툴툴거리면서도 제 손을 잡았어요. 하지만 엄마가 차 안에서 기다리고 있을지도 모른다는 생각이 들었죠.

"주차장까지 안 데려다 줘도 돼."

"어차피 나도 가야 돼."

전 맥스의 손을 놓았죠.

"네가 먼저 가. 안 그러면 우리 엄마가 좀……."

"화를 내실 거라고? 유전인가 보네."

맥스는 킬킬거렸어요. 전 맥스의 가슴을 툭 쳤죠. 우리는 서로 떨어져서 길을 걷다가 나무 뒤에서 잠깐 멈춰 섰어요. 맥스가 주차장 쪽을 살폈죠.

"내일 내 소식을 못 들으면 구급차를 불러 줘. 형이 날 태워 주기로 했거든. 고작 몇 주 전에 처음 면허를 땄으면서 말이야. 우리 형은 실패라는 걸 모르는 사람이지만, 그렇다고 운전까지 완벽하란 법은 없잖아. 너도 너희 엄마한테 운전 조심하시라고 말씀드려."

전 달려가는 맥스를 보며 미소 지었어요. 그러고는 엄마의 자동차가 있는 곳으로 서둘러 달려갔어요. 지프를 지나치고, 가로등 아래 주차된 차들을 차례로 지나쳤죠.

그리고 유리창에 김이 서린 낡은 파란 차.

몸을 쭉 빼고 보다가, 맥스가 차 뒷문을 열고 애런의 바로 뒤쪽

자리에 올라타는 것을 보고 심장이 멎어 버렸죠.

해리스 아저씨, 이럴 때를 두고 기절초풍하겠다고 하나 봐요. 엄마한테 가는 내내 느낀 감정을 달리 어떻게 표현해야 할지 모르겠어요. 집에 가서 차를 마실 때까지도 기절초풍할 것 같았죠. 머릿속을 정리하는 동안 티백을 하도 오래 담가 놔서 차가 진해져 버렸어요. 형제. 형제라니요. 제가 진작 알아차렸어야 했는지도 몰라요. 애런은 맥스와 어딘가 살짝 닮은 구석이 있었고, 우리보다 몇 살 더 많은데도 맥스의 파티에 있었으니까요. 하지만 그렇다 해도…… 둘이 형제라는 근거로는 한참 부족했죠.

전 거실 양탄자에 앉아 김이 오르는 차를 마셨어요. 형제 사이가 좋은지, 두 사람도 지금쯤 주방에서 샌드위치 따위를 만들며 대화를 나누고 있을지 궁금했죠. 샌드위치에 넣는 재료도 둘이 같은지 어떤지도 궁금했어요. 맥스는 햄을, 애런은 치즈를, 빨간 머리 여자애는 참치를 고를 것 같았죠. 그래서 여자애 입에서 생선 냄새나 나면 좋을 텐데. 전 그 집 주방 벽에 붙은 파리가 되어 궁금증을 직접 해결하고 싶었죠.

지금 진짜 파리가 벽에 붙어 있다니, 재밌네요. 몇 마리 더 있어요. 작고 검은 파리 한 마리는 창틀 거미줄에 붙어 있고요, 거미줄에 단단히 붙잡힌 파리는 정원을 내다보며 자유롭게 풀려나려면 어떻게 해야 할지 궁리하고 있을 거예요. 해가 뜰 때쯤이면 거미가 다 먹어 치우고 없겠죠. 하늘을 보니 곧 새벽이 오겠네요. 엄마가 깨기 전에 집에 들어가야겠어요. 서머 타임이 끝났으니까 한 시간 일찍 해가 뜰 거예요. 해리스 아저씨, 이 사실이 아저씨한테도 위로가 되겠지요. 저녁 식사는 어두울 때 하겠지만, 아침만큼은 밝은 햇살을 받으며 먹을 수 있을 테니까요. 그 햇살이 아저씨를 따뜻하게 어루만지기를 바랄게요.

조이로부터

안녕하세요, 스튜어트 아저씨.

저를 나무라지는 마세요. 그동안 편지를 못 쓴 건 제 잘못이 아니니까요. 엄마는 저를 살짝 의심하고 있어요. 학교에서 돌아왔을 때 엄마는 통화 중이었죠. 엄마가 통화하는 사람이 '샌드라'라는 걸 어떻게 알았느냐고는 묻지 마세요. 아무튼 단번에 그렇다는 걸 눈치챘죠. 엄마는 "네에. 음. 그래요."라는 말밖에 하지 않았어요. 그렇게 전화를 끊더니, 우리 둘이 그분 집에 가서 커피를 마시게 되었다고 말했죠.

물론 전 펄쩍 뛰었죠.

"난 커피 안 마셔!"

"그게 뭐가 문제니?"

엄마는 제 머릿속을 꿰뚫어 보기라도 할 듯 미간을 좁히며 말했어요.

"샌드라를 만나면 너도 나아질지 몰라. 또 샌드라는 네게 고맙다고 할 거고. 넌 샌드라가 좋지 않니?"

"좋아. 하지만…… 난…… 목이 아파. 그래서 그래."

엄마는 진통제를 억지로 몇 알 먹게 하더니 저를 재촉해서 그분 집으로 데리고 갔어요. 15분 뒤, 전 장례식이 끝난 뒤 처음으로 그분의 작은 온실에 있었죠.

"그동안 외출 좀 했어요?"

엄마가 물었어요.

"약간요. 여기저기 다녔어요."

아빠는 그분의 몸무게를 두고 감히 농담도 못 했어요. 푹 꺼진 얼굴. 움푹 들어간 쇄골. 가느다란 팔. 머리카락도 달라졌어요. 적갈색이 감도는 검은 머리카락은 층지게 다듬어져 있었는데, 이제는 군데군데 하얗게 센 데다 스타일도 엉망이었죠.

"바쁘게 지내려고 했죠."

"좋은 생각이에요. 그게 최선이에요. 시간을 꽉 채워서 쓰는 거요."

"시간이 이렇게 많은 줄 몰랐어요. 시간이 너무 많아요. 일 분, 일 분이 고스란히 느껴질 정도로."

그분이 중얼거렸죠.

정원 분수대 위로 햇살이 비쳤어요. 전 맥스가 죽은 나방의 날

126

개를 들어 올리던 장면을 떠올렸죠. 눈을 연신 깜박여도, 그 장면은 지워지기는커녕 더 생생해졌어요. 전 애런이 부엉이를 바라보고, 맥스가 제 허벅지에 손을 얹고, 애런이 제 피부와 입술과 제 몸이 그리는 곡선을 바라보고, 제 맥박이 질주하고, 속이 꼬이던 때를 떠올릴 수밖에 없었죠. 토할 지경이 되었을 때, 그분이 물었어요.

"넌 잘 지냈니, 조이?"

전 입을 열지 못했어요.

"무척 힘들어했어요. 공부 때문에도 힘들었고."

엄마가 말했어요.

"다들 친하게 지냈지?"

그분이 물었어요. 해리스 아저씨, 그분이 몰라서 던진 질문은 아니었어요. 그러니 대답할 필요가 없었죠.

"갑자기 그런 일이 일어났으니……."

전 벌떡 일어났죠.

"괜찮니, 조이?"

엄마가 물었어요. 전 손이 떨렸어요. 공간이 답답하게 느껴졌고, 교복 넥타이가 꽉 조였어요. 넥타이를 풀려고 했지만 매듭이 단단히 묶여 있었죠.

엄마가 허둥지둥 말했죠.

"가야겠어요. 얘가 상태가 좋지 않네요. 게다가 아래 동생들은 옆집에 맡겨 놨고요. 커피 잘 마셨어요."

몸을 일으킨 그분은 걱정스러운 표정이었어요. 전 그분을 쳐다보
는 것도 힘겨웠죠. 그래서 그분이 저를 끌어안을 때 하늘만 바라보
려고 했어요.

"네 기분이 어떤지 알아. 정말이야. 언제라도 찾아오렴."

그분이 저를 쥐어짜듯 끌어안으며 말했어요. 그분은 상냥하게
다시 풀어 주며 제 뺨을 어루만졌어요.

"서로 도와주자꾸나."

전 주먹을 쥐었어요. 이도 악물었죠. 그분의 친절한 손길을 단
1초도 못 견디겠다고 생각했을 때, 그분이 손길을 거두었어요. 그
러고는 바느질이 터지기 시작한 낡은 슬리퍼를 신고 현관으로 가
다가, 벽에 걸린 액자 앞에 멈춰 섰어요.

"이거 본 적 있니?"

은색 액자.

파란 원피스를 입은 제 얼굴은 평소보다 더 달아올라 있었어요.
봄 축제에 나온 맥스와 애런이 양쪽에서 웃음 짓고 있었죠.

뒤쪽으로 범퍼카 불빛이 보였어요. 핫도그 트럭에서 피어오르는
연기도 보였죠. 사진 한쪽 구석에 5월 1일이라는 날짜가 찍혀 있었
어요.

엄마가 말을 꺼냈죠.

"이 사진은……?"

"그 애를 마지막으로 찍은 사진이에요."

제 얼굴에서 핏기가 가셨어요. 그렇다는 걸 실제로 느낄 수 있었죠. 목으로 피가 몰리면서 제 얼굴은 찬물로 씻은 듯이 창백해졌어요.

"내가 가장 좋아하는 사진이야. 정말 행복해 보여. 너희 모두."

그분이 말했어요. 그분이 엄지로 우리 셋의 얼굴을 쓰다듬었어요. 아저씨, 전 그 순간 밖으로 뛰어나가 나무 옆에 토하고 말았죠.

조이로부터

여덟 번째 편지
11월 29일

안녕, 스튜어트 아저씨.

지붕 위로 우박이 쏟아지고 있어요. 텍사스에서는 이런 날씨를 본 적 없을지도 모르겠네요. 그냥 하늘이 냉장고를 비운다고 생각하면 돼요. 거미는 대체 이 세상에 무슨 일이 일어나고 있는지 궁금한 모양이에요. 가느다란 검은 다리로 아무도 없는 거미줄에 버티고 서서 저를 쳐다보고 있는 듯한 이상한 기분이 들어요. 옷 때문에 저를 보고 있나 봐요. 지금 보라색 모직 모자를 쓰고, 가운 위로 스카프를 두르고, 발에는 엄마의 등산화를 신고 있거든요. 전부 여기서 찾아냈죠. 아마 도트가 여기서 탐험 놀이를 했나 봐요. 도트는 창고에서 곧잘 그러고 놀거든요. 아빠의 외투로 다리를 덮었더니 좀 더 편한 기분이 들어요. 비바람과 사라지는 손 그리고 오늘 밤 처음으로 제 꿈에 나타난 맥스 어머니의 비명으로부터 저를 보호해 줄 것 같네요.

다 잊을 수만 있다면 전 뭐든 하겠어요. 뭐든지요. 거미를 먹거나, 벌거벗고 창고 지붕에 올라가거나, 한평생 수학 문제를 수만 개 푼다거나. 머릿속을 말끔히 씻어 낼 수 있는 거라면 뭐든 하겠어요. 컴퓨터를 쓸 때처럼, 삭제 버튼을 눌러 이제부터 이어질 이야기에서 조금씩 등장할 수많은 장면과 거짓말들을 싹 지워 버리고 싶어요.

제5장

모닥불 파티 다음 날, 전 맥스의 전화를 기다렸어요. 다음 날까지도 머리카락에 연기 냄새가 남아 있었죠. 가슴이 계속 두근거렸어요. 휴대 전화가 울릴 때마다 심장이 1초에 60번쯤 뛰는 것 같았죠. 아빠에게 사 주고 싶은 페라리 자동차 속도처럼요. 우연히도 우린 식탁에 앉아 점심을 먹으면서 자동차 이야기를 했어요. 점심 메뉴를 알려 드리자면 유기농 소시지와 으깬 감자였어요.

전 아빠가 좋아하는 자동차 프로그램 얘기를 꺼냈어요.

"'탑 기어' 새 시리즈가 오늘 밤 시작해. 아홉 시에."

"잘됐네."

아빠는 이렇게 대답했지만 별로 잘돼 보이지 않았어요.

"지금 할까?"

아빠가 묻자, 엄마는 물 한 모금을 마시고 대답했어요.

"꼭 그래야 한다면."

아빠는 포크를 내려놓고 접시를 받침대 한가운데 놓았어요.

"너희에게 할 얘기가 있단다."

아빠는 힘들여 수화로 말했죠. 도트는 접시에 케첩을 잔뜩 뿌리고 있었어요. 전 도트의 무릎을 툭 치며 아빠를 보라고 했어요. 도트는 잘못했다는 얼굴로 아빠를 바라봤지만, 케첩이 문제가 아니란 걸 알자 케첩 병을 더 세게 쥐어짰죠. 빨간 케첩이 식탁에 마구 튀었어요.

"멍청이."

소프가 툴툴거렸어요. 아빠는 지저분한 식탁은 신경 쓰지도 않고 수화로 다시 말했죠.

"너희들한테 할 얘기가 있어. 중요한 얘기야."

"너희가 걱정할 일은 아니야."

엄마가 이렇게 덧붙였지만, 미간에 새겨진 깊은 주름이 이미 걱정스러운 이야기가 나오리라는 걸 암시하고 있었죠.

"둘이 이혼해? 너무 많이 싸워서?"

소프가 소시지를 한 조각 들고 물었죠. 엄마와 아빠는 죄책감이 어린 시선을 주고받았어요.

"그렇게 많이 싸우진 않았어."

엄마가 말했어요.

"무슨 일이야?"

도트가 수화로 물었죠. 도트는 뭔가 심상찮다는 건 알았지만 우리의 대화를 이해할 수 없었죠. 도트의 손가락이 케첩 때문에 빨개져 있었어요.

"엄마랑 아빠가 이혼한대."

소프가 이번만큼은 수화로 말했어요. 도트가 놀라서 손으로 입을 막았어요. 도트의 포크와 나이프는 식탁으로 떨어졌죠.

아빠가 나무랐어요.

"소프! 그런 말은 안 했다."

얼굴에 온통 케첩을 묻힌 도트가 허둥지둥 수화로 물었죠.

"이혼은 왜 하는데? 아빠가 다른 여자랑 섹스 했어?"

"뭐라고? 아냐!"

엄마가 대답했죠.

"이혼하는 게 아냐. 아빠가 실직했어. 그래서 그래."

아빠가 말했어요. 입이 벌어지더군요. 돈 문제가 있다는 건 알고 있었지만, 아빠의 실직은 생각도 못 했죠. 도트가 제 소매를 잡아당겼어요. 그 바람에 제 소맷자락에도 빨간 케첩이 묻었어요.

"아빠가 실직하셨대."

수화로 설명하자, 도트는 다행이라고 수화로 말하고는 포크와 나이프를 집었죠.

"쫓겨난 거야? 왜? 로펌에서 돈을 많이 잃었어?"

소프가 물었어요.

"상사랑 섹스 했어?"

도트가 수화로 물었죠. 아빠가 천천히 숨을 내쉬었죠.

"쫓겨난 건 아니고. 아빠가 다니던 회사가 다른 회사랑 합병하는 바람에 정리 해고를 당했지."

"다른 직장에는 언제 나가? 내일? 아니면 모레? 아니면 글피?"

도트가 손놀림을 빨리하며 물었죠. 아빠는 으깬 감자에 케첩을 섞어 접시 가장자리에 그림을 그리는 도트를 바라보며 대답했어요.

"나도 모르겠다."

엄마가 수화로 꾸짖었죠.

"음식 가지고 장난 그만해!"

"이건 구름이야."

도트가 대답했어요.

"빨간 구름이 어디 있다고."

소프가 수화로 말했죠. 도트가 지지 않고 대꾸했어요.

"해가 뜰 때는 빨개. 내 접시에는 해가 뜨고 있는 거야. 소시지는 그게 사랑스럽다고 생각해."

도트는 나이프로 소시지에 웃는 얼굴을 새겼어요.

"너 때문에 다 엉망이 됐잖아."

엄마가 수화로 말했어요.

"엉망이라도 예뻐."

도트는 활짝 웃으며 접시를 돌려 엄마에게 보여 주었어요. 소시지는 등을 대고 누워 케첩 구름을 올려다보며 웃고 있었어요.

엄마가 말했어요.

"그래, 예쁘다. 이제 점심을 마저 먹어라. 그래야 착한 아이지."

아빠가 소시지를 하나 더 먹기 시작했어요.

"다 잘 될 거야. 근처에 로펌도 많고 벌써 자리를 알아보고 있거든. 당분간 돈을 아껴 써야겠지만 우리는 잘 해낼 수 있을 거야."

"아니면 주택 담보 대출을 받으면 되잖아."

제 말에 엄마가 놀란 것 같았어요. 전 다 안다는 표정으로 고개를 끄덕이며 덧붙였죠.

"그래서 돈을 융통하면 되지."

"그렇지."

아빠가 놀란 목소리로 말했어요.

"맞아. 아니면 엄마가 직장을 구할 수도 있고."

아빠가 엄마의 접시에 소시지를 놓으며 무심코 내뱉었어요. 엄마의 녹색 눈동자는 너무 커져서 흰자위가 보이지 않을 정도였어요.

"말도 안 돼!"

"하지만……."

"말도 안 돼. 내 직장은 집이야. 딸들이 있는 이곳이라고. 당신이 당신 직장을 잃은 거잖아. 그러니까 직장을 구해야 하는 사람은 당신이지."

아빠는 엄마를, 엄마는 아빠를 노려보았어요. 저는 소프와 마주 봤죠. 도트만이 점심을 먹고 있었어요. 다 먹을 때까지 웃는 소시지를 먹지 않더니, 마침내 소시지를 들어 잠깐 바라보고는 작별 인사를 하듯 엄숙하게 손을 흔들고 머리 부분을 조금 떼어 먹었죠.

그날 맥스는 점심을 다 먹는 동안에도, 욕조에 들어가 있는 동안에도 전화하지 않았어요. 전 프랑스 어 숙제를 하려다 그만두고 잠옷 차림으로 방 안을 어슬렁거렸죠. 휴대 전화가 꺼진 건 아닌지 종종 확인하면서요. 마침내 벨이 울렸을 때 전 소리를 질렀어요.

문자였어요!

전 프랑스 어 동사들이 적힌 종이 위를 굴렀죠. 시험 때문에 외워야 하는 단어였어요. 살다. 사랑하다. 웃다. 죽다.

내일 학교 끝나고 우리 집에 올래?

믿을 수가 없었어요. 정말로 믿을 수 없었죠. 전 눈을 두 번 깜박이고 문자를 또 한 번 읽었어요. 그래요. 맥스 모건이 저만 집에 초대한 거였어요. 전 창밖으로 전화기를 내밀고 그가 보낸 메시지를 별빛으로 비추고 싶었죠. 그러나 그 대신 전등갓을 바라보며 어떤 답장을 보내야 멋있게 보일지 궁리했어요. 오해하지 마세요, 아저씨. 그래야만 했어요. 엄마는 앞으로 수백만 년쯤은 저를 남자애 집에 보내지 않을 분이었으니까요. 그러니 답장을 어떻게 쓸지가 고민이었죠. 유치하다고 생각하실지 모르겠지만, 맥스가 제게 흥미를 잃지 않기를 바랐어요. 제가 맥스보다 그의 형을 더 좋아한다 할지라도요.

전 문자를 쓰기 시작했죠. 삭제. 다시 쓰기 시작. 다시 삭제. 전 프랑스 어 공책에서 여백 부분을 찢어 한 10분쯤 어떻게 답장할지를 직접 써 봤어요. 행복했던 전 열일곱 번이나 답장을 써 보다가 거대한 앞니가 있는 토끼 그림을 그렸어요. 제가 그릴 수 있는 유일한 그림이었죠.

문자에는 제가 바빠서 다른 때 보면 좋겠다고 썼어요. 엄지손가락이 전송 버튼 위를 맴돌고 있을 때, 시계가 아홉 시를 알렸어요.

"아빠, 아빠! '탑 기어'가 이제 시작해."

대답이 없었어요. 전 다시 아빠를 불렀죠.

"아빠?"

전 양탄자에 휴대 전화를 내려놓고 복도로 나갔어요. 서재 문틈으로 불빛이 새어 나오고 있길래 문손잡이를 돌렸어요.

"'탑 기어'가 시작해……."

아빠는 텅 빈 표정으로 컴퓨터 화면만 바라보고 있었어요. 책상에는 보관철이 있고, 펼쳐진 페이지에는 온통 아빠가 쓴 목록으로 가득했죠. '홀즈워스 앤 선', '맨션즈', '레이튼 웨스트', 목록에는 스무 개쯤 될 법률 회사 이름이 적혀 있었고, 그중 절반에 X표시가 되어 있었죠.

전 아빠의 팔을 흔들며 말했어요.

"'탑 기어'가 시작한다고."

아빠는 하품을 하고 기지개를 켰죠.

"녹화해 놔, 조이. 다음에 볼게. 지금은 할 일이 있어."

그때까지는 아빠가 일하고 있다고 생각했죠. 그런데 아빠가 마우스를 클릭하자 화면에 커플 사진이 나타났어요. 담배 연기와 사람들로 가득한 방에서 한 여자가 한 남자의 팔에 뛰어든 사진이었죠. 여자의 다리 하나는 남자의 허리를 휘감고 있었고, 다른 다리는 천장을 향해 쭉 뻗어 있었어요. 여자는 몸을 뒤로 활짝 젖히고 있어서 (저와 같은) 갈색 머리카락이 남자의 빛나는 구두까지 닿아 있었어요. 남자는 입을 크게 벌리고 활짝 웃으며 힘센 팔로 여자를 받치고 바닥 쪽으로 눕히고 있었죠.

"할아버지야. 그리고 할머니. 정말 너무나……."

"응. 정말 그래."

아빠의 말에 제가 중얼거렸어요. 두 분이 '젊다.'는 얘기를 하려하신다는 걸 알았기 때문이죠.

제가 알던 얼굴과는 달랐어요, 아저씨. 두 분에게는 주름이라고는 찾아볼 수 없었죠. 설명하기는 어렵지만 두 분은 생기가 흘러넘쳤죠. 할아버지의 이마에는 땀방울이 송골송골 맺혀 있었고, 할머니의 등은 곡선을 그리고 있었어요. 그건 그냥 춤이 아니었어요. 삶이었죠. 진짜로 살아 있는 삶 말이에요. 한 순간을 길이가 아닌 넓이로 상상해 보세요. 두 사람이 그 넓이를 빈틈없이 메우고 있었던 거예요.

"많은 생각이 들지 않니?"

"그러네."

아빠 말에 대답하고는 다시 물었죠.

"그런데 무슨 생각?"

"삶이 짧다는 것. 걱정하기보다, 달리 할 게 많다는 것."

전 책상 모서리를 짚으며 말했죠.

"학교 생각도 하지 말고."

아빠가 킬킬거렸어요.

"아, 좋은 생각인데! 사진들 한번 볼래?"

아빠가 흑백 사진 뭉치를 내밀었어요.

"다 스캔하고 있단다. 바래는 게 싫어서……."

전 아빠가 할아버지를 생각하고 있다는 걸 알고 물었죠.

"지금은 어떠셔?"

아빠가 콧등을 문질렀죠.

"솔직히 말하면 별로 좋지 않으셔. 기억이 망가지고 있지. 지난 주에는 옛날에 춤을 췄다는 사실도 기억하지 못하시더구나. 내가 사진을 몇 장 가져갔는데, 할아버지는 사진을 한쪽에 치워 놓고는 성경책과 딸기 젤리 한 접시만 달라고 하셨지."

전 화면에 나타난, 웃고 있는 청년을 바라보며 물었어요.

"이 사람이 자신이었다는 걸 모르셔? 할머니는? 할머니는 기억 하셔?"

아빠가 지친 목소리로 대답했죠.

"나이 든 모습으로만 기억하시지. 옛날 모습은 잊어버리셨고."

전 잠깐 서재 밖으로 나갔다가 등 뒤에 뭔가를 숨기고 다시 들 어왔어요.

"짜잔! 진짜를 가질 때까지 이걸로 대신해."

전 아빠가 고맙다는 말을 하기를 기다렸지만, 아빠는 아무 말도 하지 않았어요. 페라리에서 책상에 놓인 회사 목록으로 시선을 옮 겼죠.

"그러니까 내 말은 아빠가 정리 해고를 당해서가 아니라……."

"정말 멋지구나."

아빠가 제 말을 끊고, 입으로 엔진 소리를 내며 페라리를 책상 위에 굴렸어요. 하지만 진심이 담긴 건 아니었죠. 우리 둘 다 잘 알고 있었고요.

아빠는 페라리를 보관철 옆에서 유턴시켜 마우스 옆에 멈춰 세웠어요.

"고맙구나, 얘야."

아빠는 다시 손을 턱에 괴고 사진을 들여다봤어요. 아빠가 클릭하자 사진은 춤을 추는 장면에서 빗속 소풍 사진으로 넘어갔죠. 젊은 커플이 두꺼운 깔개를 깔고 앉아 있었어요. 빛줄기 하나 없이 커플의 미소만이 눈부시게 빛났죠. 할아버지는 할머니의 어깨를 끌어안고 있었고, 두 분은 서로 머리를 맞대고 기대어 있었어요.

"엄마는 할아버지를 왜 그렇게 싫어해? 좋은 분 같은데."

아빠는 목청을 가다듬었어요.

"엄마는 할아버지를 싫어하지 않아."

"옛날에 무슨 일이 있었어, 아빠? 우리가 왜 할아버지를 못 보는지 모르겠어."

"글쎄, 옛날에……."

"말다툼이 있었지. 그건 나도 알아. 맥도날드 갔던 날. 그런데 왜 싸운 거야?"

아빠가 두 번째로 목청을 가다듬었어요.

"그런 거 신경 쓰지 않아도 돼."

"그래도 알고 싶단 말이야."

아빠는 신중하려는 듯하더니, 그냥 이렇게 중얼거렸죠.

"어떤 것들은 과거에 묻어 두는 편이 나아."

전 너무 들이대는 것 같다고 생각하면서도 이렇게 물었어요.

"이를테면 어떤 거?"

"지금은 말할 때가 아니야, 조이."

"무슨 비밀이 그렇게 많아? 뭐가 문젠데?"

아빠가 저를 나무랐죠.

"얘야, 지금은 그런 얘기를 할 때가 아니라니까. 엄마가 안 좋아 할 거야."

전 짜증이 났어요.

"대체 '왜' 그러냐니까? 할아버지가 뭘 그렇게 잘못했는데!"

"그냥 놔두라면 놔둬, 조이! 물러설 줄도 알아야지!"

아빠가 폭발하고 말았죠.

상처받은 전 서재에서 뛰쳐나왔어요. 방바닥에 떨어져 있던 휴대 전화를 집었죠. 그러고는 맥스네 집에 갈 수 없겠다는 문자를 망설임 없이 삭제했어요. 내용은 바로 지워졌죠. 아저씨, 엄마랑 아빠한테 비밀이 있다면 저도 비밀을 가질 수 있는 거잖아요. 전 화가 나서 세 글자를 입력했어요.

그렇게.

조이로부터

12월의 편지

To.
미국 텍사스 77351 리빙스턴
폴런스키 교도소(사형수 수감동)
수감 번호 993765
스튜어트 해리스 아저씨 앞

안녕하세요, 아저씨.

크리스마스가 다가오고 있어요. 뭐, 금방이죠. 영국에서는 11월부터 가게마다 '징글 벨'이 흘러나와요. 시내에는 12월 첫날부터 크리스마스 전등 장식이 켜지고요. 구글을 여러 번 검색했지만 사형수 수감동에서는 크리스마스를 어떻게 보내는지 찾지 못했어요. 교도관은 감방에 양말을 못 걸게 할 것 같아요. 감옥에 크리스마스트리를 만든다 해도, 감방에 갇힌 채로는 뭘 잔뜩 먹을 기분도 안 날 것 같고요. 사실 올해 크리스마스는 아저씨한테 유독 끔찍하게 여겨지겠죠.

어제 맥스의 어머니가 그렇게 말했어요. 그분은 제게 또 전화를 걸었죠. 휴대 전화에 '샌드라'라는 이름이 뜬 순간, 심장이 얼어붙었어요. 전화를 받고 싶지 않았지만, 그분이 집에 전화를 걸어 우

145

리 엄마한테 한번 찾아오라는 말을 할 것 같았어요. 휴대 전화 벨 소리가 거의 끝날 때쯤에야 전화를 받았죠. 학교에서 집으로 가 던 길이었어요. 머리 위로 아기 천사들이 빛을 내고 있었죠. 이렇 게 말하니, 신의 전령들이 팬티를 보여 주는 장면 같아 더 재미있 게 느껴지죠? 사실은 교회 앞 도로의 신호등 불빛이 머리 위를 비 추고 있었어요.

맥스의 어머니는 하루를 힘들게 보냈다고 말했어요. 그분을 우 리 집에 초대해 죽은 아들에 대한 기억을 나눠야 했는지도 모르겠 어요. 하지만 아저씨, 전 케이크 대회에 참가해야 해서 뭘 좀 만들 어야 한다고 말했죠. 머릿속에 떠오르는 핑계는 케이크뿐이었어요. 아까 조리 실습을 해서 손에 밀가루 반죽이 묻어 있었거든요.

"케이크 대회?"

맥스의 어머니가 제 말을 따라 했죠. 갑자기 제 말이 의심스럽게 들릴지도 모른다는 생각이 들었어요. 전 소스라치며 황급히 둘러 댔죠.

"그냥 별거 아니에요. 장식을 얹지도 않을 거고요. 촉촉한 케이 크도 아니에요."

"잘 만들렴."

그분은 못 믿겠다는 말투로 대답했죠.

"크리스마스 전에 우리 집에 오지 않을래? 올해 크리스마스는 뭐든 견디기가 힘들구나. 그 애가 너무 생각나. 그 애는 땅속에 묻혀 있는데, 다른 사람들은……. 아무튼, 네가 와 주면 좋겠구나."

"네, 저도요."

전 머뭇거리다 이렇게 대답했죠. 오늘도, 내일도, 그다음 날도, 영원히 그분을 찾아갈 생각이 전혀 없었지만.

제가 인정머리 없게 보이시겠지만, 전 그분을 잘 알지도 못해요. 그분과 알고 지낸 시간을 모두 더하면, 그분이 장례식에서 제 팔을 붙잡고 관 옆에서 조용히 울던 두 시간이 전부예요. 그때 그분 손톱이 제 살을 파고들었죠. 그분과 맨 처음 만났던 순간은 얼마큼의 시간이었는지 따질 수도 없을 만큼 스치듯 지나갔어요. 아저씨, 이제부터 그때 얘기를 해 드릴게요. 조리 실습 시간에 통밀 빵을 만드느라 좌충우돌하면서 즐거운 시간을 보냈을 제 모습을 상상해 보세요.

제6장

전 앉은뱅이저울에서 시선을 돌려 옆 교실에 있던 갈색 머리 맥스를 찾았어요. 배 속이 텅 빈 것 같았죠. 머릿속이 마구 쿵쿵거렸어요. 생각을 제대로 할 수 없었어요. 생각들이 소금처럼 흩어졌죠. 맞아요, 빵 반죽에 소금 넣는 걸 잊어버렸어요. 부풀지도 못한 채 타 버린 끔찍한 빵은 쓰레기통에 던져 버릴 수밖에 없었죠. 쓰레기통은 그래픽 교실 문 바로 옆에 있었으니, 맥스도 저를 봤던 게 분명해요. 제가 칼로 쟁반에 붙은 빵을 긁어내고 있을 때, 맥스는 그림에서 시선을 떼고 고개를 들었죠. 전 손을 흔들었어요. 그런데 불행히도 제 손에는 칼이 쥐어져 있던 데다가 표정은 잔뜩 긴장해 있었죠. 맥스 입장에는 제가 창가에서 냉정한 얼굴로 칼을 흔들다 1초 만에 사라진 걸로 보였을 거예요.

"맥스네 간다고? '맥스'네 집에!"

로렌은 믿을 수 없다는 반응을 보였어요. 전 로렌이 감탄하며 '맥스네'라는 말을 되풀이하자 기분이 좋았어요.

"오늘 저녁에 갈 거야?"

전 대수롭지 않다는 듯이 대답했죠.

"뭐, 그러기로 했어."

"엄마는 허락하셨어?"

밀가루투성이 앞치마를 입은 로렌이 물었죠.

"그럴 리가."

엄마한테는 강을 조사해 오라는 지리 숙제 때문에 도서관에 가겠다는 거짓말을 했다고 털어놓았죠.

"엄마랑 아빠도 나한테 비밀이 있어. 그러니까 나도 이런 비밀쯤은 만들 수 있다고."

"위험천만한데."

해리스 아저씨, 로렌의 말이 옳았지만 전 그저 무시하듯 어깨를 으쓱하고 대답했죠.

"작은 거짓말 하나쯤 한다고 피해 보는 사람은 아무도 없어."

종이 울리자 전 책을 가방에 쓸어 담고 우리가 만나기로 했던 자전거 보관대로 급히 달려갔어요. 제가 무슨 짓을 하고 있는지 모를 일이었죠. 맥스의 집. '애런'의 집. 솔직히 도망치고 싶기도 했어요. 전 슈퍼마켓에서 바들바들 떨고 있는, 교복 입은 닭고기처럼 보였을 거예요. 건장한 맥스가 곧 나타났고, 다른 생각을 할 틈도 없이 맥스를 따라 교문을 빠져나갔어요. 다른 여자애들이 전부 저를 보고 있기를 바라면서요.

우리는 많은 말을 하지 않았어요. 맥스가 취해 있지 않았거든요. 모닥불 파티에서 보여 줬던 자신감은 어느 틈에 휘릭 날아가 버리고 없었죠. 우리는 교복을 입고 보슬비를 맞으며 터벅터벅 걷는 두 명의 십 대 아이들에 지나지 않았어요. 화제로 삼을 불꽃놀이도 없었죠.

"어젠 뭐 했어?"

건널목에서 초록 불이 켜지기를 기다리며 물었죠.

"축구. 우리가 3대 2로 이겼어."

"네가 3대 2로 이긴 거네."

제가 이렇게 말했을 때 초록 불이 켜졌고, 전 손을 흔들었어요.

"손은 왜 흔들어?"

손을 흔드는 저를 보고 맥스가 물었죠. 그건 제가 도트를 웃기느라 하던 습관이었어요. 신호등에 있는 초록색 남자를 그냥 불빛이 아니라, 실제로 일하는 진짜 남자라 생각하고 인사를 건네자고 했거든요.

"모기를 쫓으려고."

"겨울이잖아."

"그럼 울새라고 쳐."

전 이렇게 농담했지만, 맥스는 알아듣지 못했죠.

맥스 집에 도착했어요. 정원에 난 길을 따라 걸으면서 악어를 밟지 않으려고 조심했어요. 맥스가 문을 열었어요. 그럴 필요가 전혀 없었지만 저도 손잡이에 손을 댔죠. 생물학 시간에 DNA에 대해 막 배운 참이었거든요. 어떻게 DNA가 자기도 모르는 새에 몸에서 떨어져 나가는지를. 애런은 이 손잡이를 얼마나 많이 잡았을까 생각하며 차가운 손잡이를 꽉 잡았죠.

"들어오는 거지?"

맥스가 겉옷을 벗어 현관 옆 옷걸이에 걸며 물었어요. 전 애런의 다채로운 나선형 DNA가 제 살갗에 닿았다고 생각하며 안으로 들어섰죠.

"그럼, 음, 마실 거 좀 줄까? 오렌지 주스 어때?"

맥스가 물었어요. 전 집에 또 누가 있지는 않은지 귀를 기울이며 고개를 끄덕였어요. 주방에서 웅웅거리며 돌아가는 라디에이터 소리 말고는 조용했죠. 우리 둘뿐이었어요. 바깥 주차장은 텅 비어 있었고요.

"엄마는 어디 계셔?"

이렇게 물었지만, 주차장에서 제가 눈으로 찾던 차는 맥스네 엄마의 차는 아니었죠.

"일해."

맥스가 주방에서 주스 두 잔을 따르며 말했어요. 한쪽 구석에 식탁이 있고, 창턱에는 화분 두 개가 죽어 가고 있었죠.

"아빠는?"

"같이 안 살아."

"아, 네가 전해 말해 줬는데. 미안."

맥스의 얼굴이 어두워지는 바람에 미안하다는 말을 덧붙였죠.

맥스가 주스 잔을 건넸어요.

"뭐, 별로 상관없어. 아빠가 집을 나간 지 벌써 몇 년 됐어. 이제는 익숙해."

저와 맥스는 주스를 단숨에 들이켰죠. 우리가 싱크대에 잔을 넣을 때, 잔끼리 서로 부딪히는 소리가 났어요. 그때 밖에서 개가 짖었죠.

"모차르트야. 개 이름이 모차르트라니, 바보 같지."

"바흐가 낫겠다."

제가 웃으며 말했어요. 맥스는 아무 말도 하지 않았죠. 전 화장실이 어디냐고 물었어요. 화장실에 갈 필요도 없었고, 이미 지난번 파티에서 어딘지 봐서 아는데도요.

"이쪽이야."

맥스가 위층 화장실로 안내했어요. 맥스는 은색 변기 옆을 바라보며 어색한 소리를 냈죠. 그의 시선을 따라가 보니, 휴지가 있어야 할 곳에 다 쓰고 남은 종이 심만 걸려 있었어요.

"음……. 가져다줄게."

"필요 없어."

맥스는 제가 변기에 앉을 생각이 없다는 걸 몰랐죠.

"정말이야?"

"응, 아, 아니. 화장지 한 통 갖다줘."

맥스가 두 눈을 치켜떴죠.

"그러니까, 한 통이 아니라, 아무튼 화장지 갖다줘."

맥스가 듣고 있을까 봐 변기를 사용하는 척했죠. 엉큼하게 변기

물을 내리고 수도꼭지에서 물을 틀었어요. 전 동전만 하게 줄어든 비누를 보고 애런이 손을 씻는 모습을 상상하며 고개를 숙여 냄새를 맡았죠. 가슴속이 그의 향기로 가득 찼어요. 전 비누를 집어 주머니에 넣었죠. 아저씨, 미친 짓이라고 생각하겠지만 사람들은 늘 이상한 짓을 해요. 한 텔레비전 프로그램에서 공공장소에 몰래 카메라를 설치한 적이 있는데, 한 중년 여성이 비싼 레스토랑 화장실에서 종종걸음으로 드라이어에 다가가더니 〈더티 댄싱〉 영화에서처럼 뜨거운 바람을 맞으며 "오, 조니!" 하고 남자 주인공 이름을 부르는 거예요. 또 한 번은 도트가 태어나기 전에 엄마랑 런던으로 뮤지컬을 보러 갔어요. 비틀즈가 건널목을 건너는 사진을 찍은 적이 있는데, 엄마는 그곳에 직접 가 보고 싶어 했죠. 비틀즈가 왜 그런 사진을 찍었냐고요? 앨범 사진으로 쓰려고 그랬죠.

그곳은 빨간 버스에 치어 죽을지 모르는데도 길 한가운데서 포즈를 취하며 카메라 셔터를 눌러 대는 관광객들로 가득했어요. 관광객들은 사진 욕심을 내기 마련이지만, 그중 우리 엄마를 따라올 사람은 없었죠. 믿지 못하시겠지만, 엄마는 존 레논처럼 옷을 입은 워킹엄 출신의 남자 팔에 안겨 사진을 찍었죠. 깔끔한 정장 차림으로 "오, 조니!"라고 말하던 여자라면 분명 조니 역을 맡았던 영화배우 패트릭 스웨이지의 비누를 챙겼을 테고, 워킹엄에서 온 남자라면 존 레논의 비누를 챙겼을 거예요. 그러니 아저씨, 제가 애런의 비누를 챙겼다고 해서 너무 이상하다고 생각하지 마세요. 앨리스와 사랑에 빠졌던 아저씨는 첫 번째 저녁 식사를 같이 한 뒤 더 이상한 짓을 했을지도 모르니까요. 어쩌면 아저씨는 일회용 케첩 봉지를 챙겼을지도 모르죠. 집에 토마토소스가 떨어지던 순간에도 그때 챙긴 케첩 봉지는 건드리지도 않고, 지금도 머스터드와 우스터소스와 함께 찬장에 들어 있을지도 모르죠. 아무튼 시간이 별로 없으니까 속도 좀 낼게요. 추우니까 장갑을 낀 손은 스케이트, 편지지는 얼음판이라고 상상하면서요. 맥스의 방에서 상황이 좀 더 진지하게 돌아갔다는 얘기로 돌아갈게요. 맥스가 제 교복 치마 지퍼에 손을 댔을 때, 주차장에 차가 들어오는 소리가 들려왔고 전 정신을 차렸어요.

침대에서 벌떡 일어나 옷을 바로잡는 저를 보고 맥스가 툴툴거렸죠.

"어디 가려고?"

전 휴대 전화를 확인하는 척하고 다시 책상에 올려놓았죠.

"집에 가야지."

현관문이 여닫히는 소리가 나는 동안, 전 신발을 신고 머리카락을 정돈했어요.

"당황할 필요 없어. 우리 집 식구들은 내가 여자 친구를 데려오건 말건 별로 신경 안 써."

"나 진짜 가야 돼."

전 자기 동생과 같이 있는 저를 보고 애런이 어떤 표정을 지을지 생각하며 대답했죠. 계단 발치에 가방을 던지고 텔레비전 켜는 소리가 났어요.

"지금 당장 가야겠어."

맥스가 침대 옆을 두드리며 몸을 떠는 시늉을 했죠.

"잠깐 더 있어 봐. 네가 없으면 춥단 말이야……."

"그럼 셔츠 입어."

맥스가 시무룩하게 천천히 셔츠를 입는 사이, 전 방 안을 서성이며 이 집에서 몰래 빠져나갈 궁리만 했죠.

"너 정말 재미없어."

맥스는 툴툴거리면서도 몸을 일으켰어요. 우리는 아래층으로 내려갔죠.

"너니, 맥스?"

텔레비전 앞에 있던 누군가가 소리쳤어요. 여자 목소리였죠. 전 안도의 한숨을 내쉬었어요.

"아냐, 엄마. 엄마 물건 다 훔쳐 가는 도둑이야."

맥스는 짐짓 연기하는 목소리로 말했죠.

"하하하, 되게 재미있네. 학교는 즐거웠고?"

"똑같지, 뭐. 수학, 지루해. 영어, 지루해. 과학, 지루해."

"네가 조금만 더 재밌어하면 좋을 텐데. 애런은 아직 안 왔어?"

움찔한 전 그걸 숨기려고 코를 문질렀어요.

"응. 애나네 집에 있을걸."

애나. 그 여자애의 이름이었어요.

"나중에 봐."

제가 현관문을 열자 맥스가 말했죠.

"거기 복도에 있는 애를 소개해 주지 않을 거야?"

맥스의 엄마가 소리쳤어요.

"나중에."

맥스는 이렇게 대답했어요. 이게 다였죠. 저와 맥스의 어머니, 샌드라와의 만남은 그렇게 끝났죠.

맥스의 집 앞을 지나가던 수다스러운 이웃 사람은 분명 실망했을 거예요. 우리는 정원에서 작별 인사를 했고, 더는 아무 일도 없었으니까요. 서로 손을 흔든 뒤, 맥스는 바로 문을 닫았어요. 그날 우리는 젖은 폭죽 같았죠. 아저씨, 젖은 폭죽이 뭔지 아세요? 결코 터지지 않는 폭죽이에요.

그 집에서 나왔을 때, 군청색 하늘에 달이 빛나고 있었어요. 달이 하도 밝고 환하고 둥글어서 뭔가 의미심장한 걸 뜻하는 듯이 보였다고 말하고 싶지만, 달은 특별히 반짝거리지도 낭만적으로 보이지도 않았어요. 뭔가 대단한 일이 벌어지리라는 단서가 전혀 없었죠. 그런데도 뭔가 대단한 일이 벌어졌어요. 낡은 파란색 차가 교회 앞 신호등 앞에 서 있었거든요. 어디선가 비둘기 한 마리가 날아드는 바람에 전 움찔 놀라며 몸을 숙였다가 다시 폈어요. 그때 경적 소리가 들려왔죠. 눈부신 전조등 불빛 사이로 애런이 보였어요. 마음이 두근두근 들뜨기 시작했죠.

"버드걸! 비둘기랑 놀고 있네!"

애런이 차에서 외쳤어요. 전 애런의 말을 고쳐 주었어요.

"비둘기한테 공격당한 거야."

"그렇구나. 그러면 내가 태워다 줄게!"

전 대답도 안 했던 것 같아요. 신호등이 초록으로 바뀌자마자 길로 뛰어드는 바람에, 밴을 몰던 어떤 남자가 화가 났는지 창문을 열고 제게 고함을 질렀어요. 전 미안하다는 뜻으로 손을 들어 보이고, DORIS로 달려가 머리부터 먼저 집어넣었어요. 애런은 제가 문을 닫기도 전에 속력을 높였죠. 고개를 숙이고 안전벨트 채우는데 정신 팔려 있는데, 차가 쌩하니 달려 나가는 바람에 애런의 허벅지에 코를 박고 말았죠. 우리는 웃음을 터뜨렸어요.

"잠깐 세워 봐."

제가 말했죠. 옆구리가 아팠고, 발을 허벅지 밑에 깔고 앉아 있었거든요.

"나 온몸이 다 저려."

애런은 중국 포장 음식점 앞에 차를 세웠어요.

제가 제대로 앉자, 애런이 말했어요.

"안녕?"

"안녕."

어둠 속에서 젖지 않은 폭죽이 터지는 듯했죠. 애런은 빛바랜 청바지에 헐렁한 파란색 점퍼를 입고 있었어요. 금발 머리가 특별할 건 없었지만 그저 그의 머리를 덮고 있다는 사실만으로도 끝내주게 멋있어 보였어요.

애런이 물었죠.

"그래서, 우리 어디 가지?"

어딘가 먼 곳으로. 이렇게 말하고 싶었어요. 팀북투라는 곳이 머릿속에 먼저 떠올랐지만, 전 그냥 픽션로드로 데려다 달라고 말했어요. 엄마가 절 기다리고 있을 테니까요. 애런은 어깨너머로 뒤를 확인하더니, 중국 포장 음식점 안에서 여자가 '영업 중'이라는 간판을 내거는 걸 보고 차를 출발시켰어요. 음식점을 밝힌 불빛과 창문에 걸린 초록 용을 보니, 머나먼 나라로 떠나는 모험이 절로 떠올랐죠. 애런의 자동차가 마법을 부려 우리를 팀북투로 데려다 주면 좋겠다는 생각이 간절했어요. 팀북투가 아프리카에 진짜로 존재하는 가난한 마을이 아니라, 나니아에 등장하는 신비한 장소로 여겨졌죠.

"픽션로드라고 했지."

애런이 말했어요. 물론 애런은 제 진짜 주소를 말했지요. 애런이 우리 집 위치를 알고, 가는 방향을 묻지도 않는다는 사실이 좋았어요.

언젠가 아빠가 인간의 적응력에 관한 책을 읽고 이야기해 준 적이 있어요. 무엇에든 금방 익숙해지는 우리가 참으로 놀라운 존재라는 거였죠. 아저씨, 비행기가 남아메리카나 그런 나라 위를 기적적으로 높이 날고 있는데도, 비행기 안에서 잠에 곯아떨어지는 사람들을 생각해 보세요. 수천 미터 높은 곳에 있는 화장실에 가고, 태양을 내려다보기도 하다가요. 애런과 같이 차를 타고 있을 때 그런 기분을 느꼈어요. 처음에는 "우아!" 하는 기분에 빠져 있었지만, 시간이 조금 지나자 익숙해졌죠. 애런의 자동차 안이야말로 제가 있어야 할 곳 같은 이상한 기분이 들었어요. 우리는 짧지 않은 길을 막힘없이 달려갔어요. 마치 중국 식당의 초록 용이 우리가 집에 가는 길을 밝혀 주려고 초록 불꽃을 내뿜은 듯, 때맞춰 초록불이 켜졌죠.

애런이 제 교복을 힐끔 봤어요.

"배스 고등학교? 나도 거기 다녔는데. 내 동생도 거기 다녀."

"정말?"

전 흥미롭다는 표정을 지었지만, 마음속은 차갑게 가라앉았어요. 간도, 비장도, 심장도, 모두 얼어붙었지요.

"맥스 모건이라고, 알아?"

애런이 텅 빈 길에서 속도를 늦추며 우회전을 했어요. 그러고는 다시 좌회전을 했죠.

"맥스……."

전 입을 열었지만, 마침 구급차가 뒤에 나타나 사이렌을 마구 울렸어요. 애런은 길 한쪽으로 차를 몰았어요. 애런이 브레이크를 밟자 뭔가가 유리창을 세게 쳤죠. 백미러에 걸린 작고 빨간 피규어 하나가 유리창에 톡톡 부딪쳤어요. 전 피규어를 손으로 감싸 쥐었어요. 구급차는 서둘러 도로를 빠져나가더니 모퉁이를 돌며 사라졌죠.

"큰일 날 뻔했네!"

애런이 안도의 숨을 내쉬었죠.

"이건……."

"클루도에 나오는 스칼렛 양이지."

애런이 고개를 끄덕거렸어요.

"그리고 미스터리 보드 게임인 클루도에서 쓰는 주사위야. 같은 고등학교 다니는 애들이 전부 변변찮은 털북숭이 인형이나 매달고 다니길래, 난 진짜 주사위를 매달아야겠다고 생각했어. 게다가 클루도는 멋지잖아."

"클루도 좋아하는구나?"

"너도 클루도 좋아해?"

"좋아하지."

우리는 동시에 묻고, 동시에 대답했죠. 그러고는 미소 지었어요.

애런이 입을 열었어요.

"모노폴리보다 훨씬 더 재밌어. 모노폴리는 그냥 둘러앉아서……."

"전진하고……."

"은행에서 돈을 훔쳐서 집을 사고……."

애런의 말에 전 깜짝 놀란 표정을 지었어요. 그러자 애런이 변명

하듯 말했죠.

"다들 조금씩 훔치고 그러잖아."

"난 아냐!"

"너도 분명 그럴걸?"

"정말로 난 안 그래!"

"모노폴리 할 때 정말로 돈 안 훔쳐 봤어? 그런 건 인생이라고 할 수 없어. 언제 한번 내가 가르쳐 줘야겠네."

"좋아."

전 어깨를 으쓱했어요. 심장이 녹아내리면서 온몸을 적시는 것 같았죠.

픽션로드라는 표지판이 보이기 시작했어요. 검은 글씨가 적힌 하얀 표지판 위에 뚱뚱한 갈색 고양이가 앉아 있었죠. 아저씨, 전 지금 창고에 앉아 고양이 한 마리가 어둠 속에서 야옹거리는 소리를 듣고 있어요. 표지판 위에 있던 고양이는 무척 조용했죠. 우리가 가까이 다가가자 고양이는 눈을 빛냈어요. 전 아직 집에 가기 싫었어요. 어쩌면 영원히 가기 싫었는지도 몰라요.

"여기 잠깐 세워 봐."

애런은 제 말에 운전기사 모자를 들어 올리는 흉내를 내며 고양이 옆에 차를 세웠어요.

"고양이한테 인사하자!"

"뭐라고……. 잠깐, 기다려!"

애런은 이미 차 문을 열어 둔 채 밖으로 나간 뒤였죠.

"안녕, 고양이 씨."

애런이 고양이의 뾰족한 귀 사이에 있는 하얀 반점 위를 쓰다듬으며 말했어요.

"로이드야. 옆집 고양이지. 웨버랑 한 쌍이야."

제가 이름을 알려 주었어요.

"로이드 웨버라."

애런이 이렇게 중얼거리는 사이, 고양이는 표지판에서 뛰어내려 가르릉거리며 제 다리에 몸을 비볐어요.

"우리 옆집 사는 개 이름은 모차르트인데."

전 처음 듣는 이야기라는 듯 고개를 끄덕였죠.

"바흐라고 이름 붙이지."

전 이렇게 농담했지만, 실은 그럴 기분이 아니었어요. 애런은 웃음을 터뜨렸죠. 그의 웃음소리는 저를 행복하게도, 슬프게도 했어요. 아저씨, 마치 가면 하나가 배 한복판에, 갈비뼈에 턱 걸린 것 같았죠.

"고양이는 참 예뻐. 안 그래?"

고양이가 덤불 사이로 사라지자 애런이 나직이 말했어요. 전 살짝 떨리는 몸으로 담장에 걸터앉았어요.

"난 모르겠어. 개가 더 좋아."

애런도 훌쩍 뛰어 제 옆에 걸터앉았어요.

"고양이가 훨씬 더 낫지. 더 자유롭잖아. 로이드처럼 여기저기 탐험하면서 돌아다니고."

"하지만 늘 제멋대로잖아. 개들이 더 사교적이야. 막 뛰어오면서 꼬리도 흔드니까."

"고양이는 나무도 탈 수 있어."

"개는 수영을 할 수 있지. 또 고양이는 새를 사냥하잖아. 난 그게 마음에 안 들어."

"넌 새를 좋아하지……."

애런은 한쪽 발을 담장에 올려놓고 무릎에 팔을 얹으며 말했어요.

"난 새가 좋아. 고양이나 개보다, 다른 동물보다도 새가 좋아."

"새를 왜 그렇게 좋아해?"

애런은 너무나 궁금하다는 듯 바라봤어요.

전 잠시 생각했죠.

"글쎄, 날 수 있잖아."

애런은 엄청 놀라는 척했죠.

"정말?"

전 애런을 팔로 툭 쳤어요.

"바보처럼 굴지 마! 그러면 말 안 할 거야."

"알았어. 계속해 봐."

애런이 눈을 반짝였어요.

"좋아. 새들은 날 수 있고……."

전 애런을 의심스럽게 쳐다봤지만, 이번에는 아무 말도 하지 않았어요.

"……좀체 믿을 수가 없어. 새들이 날아올라 어디든 원하는 곳으로 갈 수 있다는 걸. 제비들처럼 말이야. 제비들은 얼마나 멀리까지 날아가는지 몰라."

"걔네들 철새에 속하는 새지?"

전 건성으로 고개를 끄덕였어요.

"겨울이면 철새들은 멀리까지 날아가. 이렇게 작은 새들이 겁도 없이 삼만 킬로미터를 날아서 바다를 건너는 거야. 그러다 날씨가 따뜻해지면 다시 날아서 돌아오고. 모르겠어. 그냥 멋져."

전 말꼬리를 흐리며 끝을 맺었죠.

"정말 멋지네."

애런이 제 허벅지에 손을 얹고 말했어요. 다리에 전기가 오르는 듯했어요. 애런이 손을 치운 뒤에도 몸속에 오래도록 여운이 남았어요.

"아무튼, 이번 주말에 뭐 해?"

애런이 태연한 척하며 물었고 저도 태연한 척하며 대답했어요.

"도서관에서 서가를 정리하는 아르바이트가 있어. 넌?"

"작문 숙제가 있어. 정말 따분하지."

"나도 숙제가 엄청나. 엄마는 좋은 점수를 받으라고 난리야. 법을 전공하고 싶다면 그래야 한다나."

"법을 전공하고 싶어?"

애런이 팔짱을 끼며 물었어요. 전 코를 찡그렸어요.

"아니. 근데 엄마랑 아빠가 둘 다 변호사라서……."

"그래서?"

"글쎄, 좋은 직업이기는 하잖아. 안 그래?"

"좋다는 걸 어떻게 정의하느냐에 따라 다르지. 솔직히 변호사보다 더 나쁜 직업이 어디 있어? 온종일 사무실에 앉아 서류나 뒤적거리고 컴퓨터나 들여다보고."

애런이 절 따분한 애라고 생각할까 봐 두려워졌죠.

"사실 내가 꿈꾸는 직업은 소설가야."

전에는 그렇게 똑 부러지게 말한 적이 없던 전 갑자기 바보가 된 기분이 들었죠.

"그렇다고 내가 소설가가 될 수 있다는 건 아니지만. 설마 되겠어."

"야, 그렇게 말하지 마! 그렇게 냉소적으로 말하기엔 넌 아직 어려."

"냉소적인 게 아니라 현실적인 거야. 글 쓰는 일은 돈이 안 되지."

전 엄마처럼 말하고 있었죠.

"조앤 롤링을 떠올려 봐."

전 웃었어요.

"내 이야기는 《해리 포터》만큼 훌륭하지 않아."

"어쨌거나, 뭘 좀 쓰고 있긴 해? 말해 봐."

"싫어!"

"닭처럼 겁쟁이구나."

애런은 꽥꽥 소리를 내며 날개처럼 펼친 팔을 퍼덕거렸죠.

"애런, 그건 오리야."

애런이 웃었죠.

"내가 새 전문가라고는 할 수 없지만 겁쟁이가 누군지는 알겠네."

"좋아. 제목은 '털북숭이 비즐'이야."

"제목 좋네."

"……콩 깡통 속에 파란 털북숭이가 살고 있는데, 어느 날 모드라는 남자아이가 토스트에 콩을 얹어 먹고 싶다고 생각해서 그 깡통을 열고 접시에 부었더니 비즐이 펑 하고 나타났어. 이 얘기는 지금까지 아무한테도 한 적 없어. 그러니까 나한테 아무 반응도 보이지 마."

애런은 제 말대로 했어요. 문자 그대로 숨도 쉬지 않고 가만히 있었죠. 전 눈동자를 굴렸어요.

"좋아. 조금은 반응해도 좋아."

"휴, 질식할 뻔했어."

애런이 숨을 푹 내쉬고는 힘차게 어깨로 저를 툭 쳤어요.

"재밌겠는데."

"애런은 뭘 하고 싶어?"

전 담장에 걸터앉은 채 애런을 바라보며 화제를 그에게 돌렸어요.

"나? 아직 몰라."

전 깜짝 놀랐죠.

"다들 하고 싶은 게 있잖아."

"난 아냐."

"그럼 뭐야? 일단 고등학교는 졸업할 거고……."

"그리고……."

애런은 허공에 손을 저었어요.

"……그리고 뭐가 있는지 보는 거지. 생각도 좀 해 보고. 서두를 필요 없잖아, 안 그래?"

손가락으로 이끼를 긁어내며 삼십 년 뒤 애런의 모습을 상상해 봤어요. 귀 위에 아빠처럼 새치가 있고 심각하고 지친 표정을 한 애런의 모습은 전혀 상상이 되지 않았죠. 특히 그가 담장에서 일어나 저를 잡고 일으켰을 때는요. 전 담에서 떨어지지 않도록 그의 손을 잡았죠.

"난 담장 위를 걷는 게 좋아."

애런이 불쑥 말했어요. 저도 균형을 잡으며 말했죠.

"음……. 나도 담장 위를 걷는 게 좋아."

"난 겨울이 좋고, 어둠이 좋고, 고양이가 좋고, 비가 좋고, 산을 걷는 것이 좋고, 안개 속에 앉아 있는 게 좋아. 지금은 내 인생에서 이런 것만 알면 돼. 꽤 단순하지. 게다가 이런 걸 경험하는 건 공짜야."

"하지만 애런도 돈이 필요할걸. 다들 돈이 필요하잖아."

"그렇긴 하지. 하지만 생존에 필요할 정도면 충분해. 모험을 하려면 좀 더 필요할 수도 있겠지. 고등학교를 졸업하면 모험을 떠날 거야. 열일곱 번째 생일날에 액수가 엄청난 수표를 받았지. 특별 번호판이 달린 자동차를 사라고 아빠가 주셨어. 물론 DORIS를 사라는 건 아니었지. 하지만 그 차도 그런대로 잘 굴러가. 남은 돈은 전부 아껴 두었어. 뭔가 재밌는 걸 하려고 말이야."

"재미있네."

전 엄마와 아빠가 서로에게 연애편지를 쓰던 초기에 이런 기분을 느꼈을까 궁금했어요.

애런이 고개를 들고 보슬비를 맞으며 말했죠.

"그래. 정말 재밌지."

전 이보다 완벽한 저녁 시간은 없을 거라고 생각하다가, 주차장에서 봤던 광경이 퍼뜩 떠올랐죠. 주차장을 걷던 두 사람. 가로등 아래 멈춰 노란 불빛 아래 포옹하던 두 사람.

"가야겠어."

전 담장에서 뛰어내리며 불쑥 말했죠. 완벽한 저녁 시간이 망한 거예요.

"엄마가 여섯 시까지 오라고 했는데."

애런은 담장 위에서 양팔을 벌린 채 다리 하나로 균형을 잡고 있었어요.

"내가 태워다 줘서 다행이네. 안 그랬으면 늦었을 텐데. 근데 거기서 뭘 하고 있었어?"

"뭐가?"

제대로 들었으면서도 되물었어요. 애런과 눈을 마주치지 않으려고 교복을 털었죠.

"그 시간에 왜 거기 있었어? 나 그 근처 살아."

"할아버지 뵈려고."

전 있지도 않은 먼지를 털면서 중얼거리는 듯 말했죠.

"어느 길에 사시는데?"

길 이름이 하나도 생각나지 않아서 그냥 이렇게 대꾸했어요.

"교통 신호등 근처 묘지에 묻혀 계셔."

"아, 미안."

"아냐, 평화롭게 잠들어 계신걸."

아저씨, 이 말은 어느 정도 사실이었어요. 병원에서 딸기 젤리나 달라고 하는 사람이 스트레스를 받을 리가 없으니까요.

애런은 담장에서 뛰어내렸어요. 전 조수석 문을 열었죠. 제 가방을 드는 그의 이두박근이 단단하게 움직였어요. 애런이 가방을 건넬 때, 우리의 손이 스쳤죠. 십 초 뒤에도 애런은 여전히 제 가방 끈을 쥐고 있었어요. 제 손가락은 그의 다채로운 DNA를 만끽했죠.

애런이 속삭였어요.

"이제 네 전화번호를 알려 줄 때가 됐지. 내가 굳이 묻지 않아도 말이야."

심장이 두근거렸죠. 하지만 긴 빨간 머리 여자애가 생각나서 망설였어요.

"아니면 내 전화번호를 알려 줄게. 같이 은행 털고 싶으면 전화해."

전 씩 웃었어요. 웃음을 참을 수가 없었죠. 제 전화번호를 외우지 못한 터라, 휴대 전화를 꺼내려고 가방에 손을 넣고 뒤졌어요. 교과서, 펜, 고무줄. 가방 구석구석까지 손을 더듬었죠. 클립. 껌. 병뚜껑.

"가방에 없나 봐."

전 당황했어요. 숨이 턱 막혔죠.

"그럼 어디 있는데?"

"학교에…… 놓고 왔나 봐."

애런은 앞좌석 사물함에서 펜을 꺼냈어요. 그러고는 제 손바닥을 쥐고 자기 번호를 적었죠. 펜 끝이 손바닥을 간지럽히며 0, 7, 6, 8 따위의 숫자들을 적었어요. 그 숫자들은 엄지손가락에서부터 새끼손가락까지, 방랑하는 집시들만이 읽을 수 있다는 생명선이니 애정선이니 하는 손금 위를 지나갔죠. 달빛을 받아 검은 잉크가 반짝였어요. 하지만 제 눈앞에는 맥스의 방에 있을 제 전화기만 어른거렸죠. 맥스의 책상에 저와 로렌의 사진이 대기 화면으로 저장된 제 휴대 전화가 놓여 있었어요. 전 손을 빼내고 가방을 어깨에 멨어요. 애런의 미간에 주름이 잡혔죠. 전 당장 달려들어 그의 주름을 베개처럼 부풀려 지워 주고 싶었죠.

"괜찮아?"

아저씨, 애런의 물음에 대답할 수 없었어요. 그날 저녁, 두 번째로 구급차가 나타나는 바람에 대답할 기회가 사라져 버렸거든요.

우리가 조금 전에 보았던 바로 그 구급차가요.

'제가' 사는 곳인 픽션로드에서 구급차 한 대가 파란 불빛을 번쩍이며 나오고 있었어요.

아저씨는 병원 대기실에 가 본 적이 있는지 모르겠네요. 거긴 세상에서 최악의 장소라고 할 수 있죠. 끈끈한 탁자, 푹 꺼진 소파, 꽉 찬 쓰레기통, 텅 빈 물통, 그곳에 있는 환자들보다도 더 심각하게 아파 보이는 축 늘어진 화분. 여섯 개의 금연 표지판과 종양 그림이 그려진 폐암 포스터가 한 장 붙어 있는데도, 화분의 마른 흙 위로 담배꽁초가 수북이 버려져 있었죠. 물통 옆에는 간호사들이 왜 물통을 채우지 않는지를 설명해 주는 방광염에 관한 안내 책자가 놓여 있었어요.

병실 밖에서 들리는 말소리에 소프가 허둥지둥 일어나 문을 열었지만, 엄마도, 아빠도, 도트도 아닌 목에 청진기를 건 의사들이 하얀 가운을 펄럭이며 지나가고 있었어요. 멀리서 사이렌 소리와 금속 트롤리가 덜컹거리는 소리가 들려왔고, 가까운 곳에서는 심장 모니터가 '삐이이이이이이이' 하는 소리를 냈었죠. 전 그 소리가 도트의 심장 모니터에서 나오는 소리가 아니기를 빌고 또 빌 뿐이었어요.

아저씨, 아저씨도 분명 육감이라는 말을 들어 봤겠죠. 갑자기 사랑하는 사람이 위험하다는 느낌이 머릿속을 스칠 때가 있잖아요. 아저씨도 감방에서 그런 낌새를 느껴 본 적이 있을 테죠. 동생 얘기는 듣고 싶지 않으실지 모르겠지만, 만약 아저씨의 동생이 목이 아프면 아저씨는 콧구멍이 아프다든지 하면서요. 그런 느낌이 들었던 전 구급차를 보자마자 달리기 시작했어요. 애런이 절 부르는 소리가 들렸지만 뒤도 돌아보지 않았죠. 제가 현관 진입로로 달려 들어 갔을 때, 도트의 모습은 보이지 않았어요. 대신 소프가 울고 있었죠.

엄마는 소프에게 집에 있으라고 하고는 도트와 함께 구급차를 탔다고 했어요. 뭐, 엄마는 저한테는 그런 말을 하지 않았으니까 전 택시를 불렀어요. 택시를 타고 병원으로 가는 동안 소프는 계속 울고만 있었어요.

"굴렀어. 끝에서 끝까지."

소프가 눈물 젖은 얼굴로 말했어요.

"어디서?"

제가 가만히 물었죠.

"계단에서. 움직이지도 않고 양탄자에 엎어져 있었어. 그리고……"

소프는 병원에 도착할 때까지 말을 맺지 못했죠. 간호사는 딱딱한 얼굴로 우리를 대기실로 데리고 갔어요.

문이 삐걱거리는 소리가 끝없이 들려왔어요. 그러다 마침내 엄마가 나타났죠. 옷자락이 청바지 위로 삐져나와 있었어요.

"도트는?"

제가 물었어요. 소프도 울먹이며 물었죠.

"도트 괜찮아?"

엄마가 의자에 털썩 주저앉았어요.

"그러니까……"

"그러니까?"

전 소프의 손을 잡으며 물었어요.

엄마가 무거운 한숨을 내쉬었어요.

"손목이 부러졌대."

"손목이 부러졌다고?"

소프가 물었어요.

"'그냥' 손목이 부러진 거라고?"

제가 물었죠.

두 번째로 문이 열렸을 때, 우리는 일제히 자리에서 일어났어요. 아빠가 서류 가방을 들고, 붉어진 얼굴로 헉헉거리며 들어왔어요. 중요한 고객을 상대하거나 장례식에 갈 때만 입는 비싼 검정색 양복을 입고 있었죠.

"메시지 받았어! 무슨 일이야? 도트는?"

"손목이 부러졌대."

"하느님 감사합니다."

아빠가 말했죠.

"하느님 감사하다고?"

"메시지를 들었을 때 무슨 생각이 들었냐면…… 아냐, 아무튼 도트는 괜찮아?"

엄마는 자기 무릎을 내려다봤어요.

"내 잘못이야. 내가 잘 봤어야 했는데."

"당신이 도트만 보고 있을 수는 없잖아. 늘 그럴 수는 없지."

아빠가 부드러운 목소리로 말했어요.

"계단에서 굴러떨어졌어. 크리스마스 장식 띠에 걸렸나 봐. 도트가 왜 그걸 걸치고 있었는지 모르겠어. 어쨌거나 도트가 그걸 가지고 놀다가…… 굴렸어. 그리고 기절했나 봐. 도트는 깨어나지 않았어, 사이먼. 숨도 거의 안 쉬면서 그렇게 엎어져 있기만 했다고. 그리고……."

아빠가 엄마 앞에 웅크리고 앉았어요.

"당신 잘못이 아냐, 여보. 그냥 사고였어."

아빠가 엄마의 뺨을 어루만지자 엄마는 깊이 숨을 들이마시고 고개를 끄덕였어요.

"당신은 어떻게 됐어? 좋은 소식 있어?"

엄마가 아빠의 양복을 바라보며 물었죠.

"마지막 두 명에 들었는데, 다른 사람이 뽑혔어."

엄마가 뭐라고 대답하기도 전에 대기실 안으로 복도의 불빛이 들어왔어요. 목에 은색 반짝이 장식 띠를 건 도트가 팔에 깁스를 하고 들어오는 동안 간호사가 문을 잡아 주었죠. 소프가 가장 먼저 도트에게 다가가 무릎을 꿇고 빠르게 수화로 말했죠. 평소보다 훨씬 빠른 속도였어요. 소프가 뭐라고 하는지는 보이지 않았지만, 도트는 고개를 끄덕였어요. 그러자 소프는 보통 때와는 달리 도트를 끌어안았죠. 아빠도 도트를 꼭 안아 주었어요. 엄마는 "조심해, 사이먼."이라고 말했죠. 우리는 그렇게 집으로 돌아갔어요. 아저씨, 잠깐만요. 고양이가 창고 문 앞에서 울고 있어요. 고양이를 안으로 들어오라고 할게요.

죄송하지만 여기서 그만 써야겠어요. 로이드가 무릎에서 가르릉거리고 있어서 계속 글씨를 쓸 수가 없네요. 양쪽 귀 사이에 있는 하얀 반점 부분은 오늘도 무척 부드러워요. 전 그 부분을 계속 쓰다듬으면서 뽀뽀해 주죠. 샤워를 할 때 애런의 전화번호가 지워지지 않도록 비닐봉지로 손을 감싸고 있었다는 얘기도 해야 하는데. 또 이불 속에 숨어서 손을 귀에 가져다 대고 어둠 속에서 다이얼을 눌러 애런에게 전화를 거는 상상을 했다는 얘기도요. 서로 하고 싶은 말은 하늘에 전화선처럼 걸린 제 혈관을 타고 흘러가고 흘러왔지요. 전 맥스의 방에 있는 제 휴대 전화에 대해 설명했고, 그는 여자 친구에 대해 설명했어요. 물론 우리는 서로를 용서하기로 했죠. 우리는 창백하고 아름다운 달빛을 받으며 손바닥 전화로 사랑을 속삭였어요.

조이로부터

안녕, 스튜어트 아저씨.

어제 아저씨께 보낼 카드를 만들었어요. 걱정은 마세요. 가족들이 모여 칠면조 요리를 먹는다든지, 요정의 불빛이 반짝인다든지, 활짝 웃는 눈사람처럼, 행복으로 똘똘 뭉친 그림은 없으니까요. 축제 분위기를 많이 풍기지 않으려고 감방 위를 날고 있는 새를 그렸어요. 구글에서 찾아봤더니 감방은 창고와 거의 비슷한 크기더군요. 하지만 그곳엔 물뿌리개나 겉옷이나 허벅지 살이 배기는 타일 상자는 없겠죠. 아빠의 낡은 운동화 냄새도 안 날 테고요. 사실 아저씨의 감방에는 얇은 매트리스가 깔린 침대 하나와 반대편 구석에 놓인 변기 외에는 아무것도 없죠. 전 그런 감방이 비위생적이라고 생각해요. 건강 복지부에서 일하는 사람들에게 항의 편지를 보내거나 분노가 담긴 시를 쓰셔야 할지도 모르겠어요.

지난주에 아저씨가 쓴 '판결'이란 시를 읽었어요. 2행을 보면, 아저씨는 '유죄'라고 말하는 판사 앞에서 울지 않았다고 하더군요. 동생이 박수를 칠 때도 화내지 않았고, 감옥으로 이송될 때 사람들이 보인 난폭한 반응에도 소리치지 않았어요. 왜냐하면 아저씨의 영혼은 모든 것 위로 날아올라 수갑을 찬 남자를 내려다보고 있었으니까요. 전 아저씨가 쓴 시가 어떤 뜻인지 정확히 알아요. 어제 제 영혼도 비둘기 한 마리랑 떡갈나무 주위를 맴돌며, 검은 외투를 입고 네모난 흰 종이에 무언가를 쓰고 있는 여자애를 내려다보고 있었거든요.

우리가 묘지를 걷는 동안, 전 그곳에 존재하지 않는다는 기분을 느꼈어요. 우리가 화환 옆에 앉았을 때도, 맥스의 어머니가 장갑을 낀 손으로 대리석 묘석을 어루만지며 금빛으로 새겨진 글자들을 하나하나 짚을 때도, 전 그곳에 존재하지 않는다는 기분을 느꼈죠.

"널 영원히 잊지 않으마."

그분이 속삭였어요. 아저씨, 그분이 화환 옆에 새겨진 글자를 읽는 동안, 맥스가 갈색 눈으로 저를 바라보고 있다는 걸 알 수 있었어요.

"엄마 마음속에, 엄마 가슴속에 넌 항상 살아 있단다. 메리 크리스마스, 사랑하는 아들."

제가 말할 차례였어요. 전 입을 열었지만, 그 입은 제 입이 아니었죠.

"메리 크리스마스."

관 뚜껑에 새겨진 글자들이 불타기 시작했어요. 땅속에서 진실이 이글거리며 뿜어져 나왔죠. 전 얼굴이 붉어졌어요.

전 가고 싶지 않았어요. 그날 아침 일찍 맥스의 어머니가 우리집에 오지 않았더라면 전 절대로 가지 않았을 거예요. 그분은 초인종을 세 번이나 눌렀죠.

"조이 안에 있니?"

전 제 방에서 그분의 목소리를 들었어요. 몸이 뻣뻣하게 굳었죠.

"어머, 네. 안에 있어요. 들어오세요, 샌드라."

엄마가 깜짝 놀라 대답했어요.

"고맙지만 괜찮아요. 그냥 조이랑 얘기를 하고 싶어서요."

엄마가 계단을 올라오기 시작했어요. 전 바닥으로 몸을 날려 침대 밑에 숨을 만한 공간이 있는지 살폈어요. 침대 밑으로 기어들어 가기 전에 엄마가 문틈으로 고개를 들이밀었죠. 전 아래층으로 내려갔어요. 물론 공손하게 행동했고, 그분이 묘지에 가자고 했을 때도 머릿속으로는 싫다고 외치면서도 알았다고 대답했어요. 머릿속에서 싫다고 외치는 소리가 그렇게 크게 울리는데도 그분이 듣지 못한다는 게 놀라웠죠.

"정말 가도 괜찮겠어?"

엄마가 걱정스러운 눈빛으로 물었어요. 전 엄마에게 가기 싫다는 마음을 눈빛에 담아 전달하려고 애썼어요.

"물론 괜찮죠."

맥스의 어머니가 대답했어요. 그분은 더 말랐더군요. 아저씨, 그분의 얼굴은 해골 같았고 손가락 뼈마디가 훤히 드러나 있었어요. 적갈색이었던 머리는 하얗게 세어 있었죠.

"조이도 맥스가 보고 싶을 텐데요. 그렇지?"

전 감히 거부할 수 없었어요. 숨이 막혀 왔죠. 전 침을 꿀꺽 삼키고 고개를 끄덕였어요. 혈관을 타고 분노가 퍼졌죠. 죄의식도요. 속이 뒤틀리고 아팠어요. 아직까지도 배 속에 통증이 남아 있죠.

아저씨, 맥스가 제 배 속에 진실을 써 놨나 봐요. 미친 소리처럼 들리겠지만 가끔 그런 기분이 들어요. 글자들이 제 배 속에 발톱을 박아 넣는 소리가 들릴 때가 있어요. 붉고 따갑고 아픈 글자들을요. 아마 피도 흐르고 있을 거예요. 통증을 가라앉히는 유일한 방법은 그 글자들을 여기에 적는 거예요. 아저씨에게 이야기하는 거죠. 오늘 밤, 좀 피곤하기는 하지만 다시 이야기를 시작할게요. 도트가 손목이 부러졌던 다음 날부터 쓸 거예요.

제7장

현관 계단을 내려가다 말고 서서 어마어마한 날씨에 마음을 단단히 먹고 있는데, 엄마가 학교까지 데려다 준다고 했어요.

"엄만 너희들이 감기에 걸리는 게 제일 싫어."

엄마의 얼굴은 창백했고, 눈 밑은 거무스름했어요. 우리는 비를 뚫고 출발했죠. 영국에서 내리는 비는 빗방울이 아니라 빗줄기로 떨어져요. 비구름은 엄청나게 두껍죠. 엄마가 너무 천천히 운전하는 바람에 이웃집 사람이 경적을 울리면서 옆으로 비키라고 했죠. 엄마는 깜짝 놀라며 무슨 말인가를 중얼거렸어요. 밤새도록 이리저리 뒤척이다가 눈을 붙이지 못한 것 같았어요.

앞유리창에서 와이퍼가 열심히 움직였고, 타이어는 웅덩이 물을 튀기며 굴러갔어요. 로이드는 물에 빠진 생쥐 꼴로 보도를 뛰어다니고 있었죠. 빗물에 흠뻑 젖은 로이드의 몸집은 평소의 절반으로 줄어 있었어요. 전 어서 애런에게 "적어도 개들은 비를 맞고 돌아다닐 만큼 멍청하지 않아."라는 말을 해 주고 싶었죠. 애런이 제 휴대 전화를 발견했을지, 맥스와 애런이 싸우다 결국 어느 하나가 상대방에게 주먹을 날렸을지, 한 백 번쯤 궁금해하고 있었어요.

엄마는 얼굴을 운전대에 붙이다시피, 몸을 앞으로 바짝 숙이고 있었어요. 도트는 뒷좌석에 단단히 붙박여 있었죠. 찌푸린 얼굴로 다친 손목을 붙든 채 엄마가 자기를 보는지 힐끔 봤어요. 엄마는 도트에게 학교를 하루 쉬어도 된다고 말했죠. 소프도 덩달아 목이 아프다며 학교를 빼먹으려고 했어요. 엄마는 집에서 나오기 전에 소프의 목 안쪽을 확인했죠.

"괜찮은 것 같은데. 체온도 정상이고."

소프는 초등학교 교문 앞에 내렸어요. 다녀오겠다는 인사도 하지 않고 그냥 터벅터벅 앞으로 걸어갔어요. 그래도 도트는 아픈 쪽 팔로 소프에게 손을 흔들었죠.

그날 처음으로 맥스와 마주친 곳은 학생 식당이었어요. 맥스를 보자마자 숨이 멎을 것 같았죠. 정말 놀라웠어요. 그 전까지는 멀쩡하게 숨을 쉬고 있었는데, 팔 아래 축구공을 낀 그가 젖은 머리로 들어오는 걸 보고 폐가 멎어 버렸거든요. 우리는 "다음 사람!" 이라고 소리치는 급식 아줌마 앞에 줄을 서서 마주 바라보며 웃음을 지었죠.

제가 풀만 가득한 접시를 쟁반에 올려놓자 로렌이 말했어요.

"웬 샐러드? 넌 샐러드 싫어하잖아."

전 로렌에게 날카롭게 대답했죠.

"무슨 소리야. 나 샐러드 엄청 좋아해."

로렌은 맥스의 존재를 완전히 망각한 채, 저를 똑바로 쏘아보았어요.

"역사 시간에 배가 고프다며 할머니라도 잡아먹겠다고 해 놓고! 감자튀김이랑 으깬 콩 요리도 곁들인다며!"

맥스는 굴욕적인 표정을 한 저를 보고 미소 지었어요. 전 샐러드를 치우고 쟁반에 다른 음식을 담았죠.

남은 점심시간 동안, 라디에이터가 덥고 건조한 열기를 내뿜는 교실에서 로렌과 함께 앉아 있었어요. 다이어리에 뭔가를 끼적거리며, 애런이 아닌 맥스에 대한 얘기를 했죠. 로렌은 화장지 얘기를 듣고 웃음을 터뜨렸어요. 복도에서 맥스의 어머니와 만났던 어색한 순간을 과장해서 이야기했죠. 맥스는 이제 편하게 이야기할 수 있는 대상이었어요. 하지만 애런은 그렇지 않았죠. 맥스네 집에서 있었던 파티, 모닥불 파티, DORIS를 탔던 날 생긴 일들은 모두 어둠 속에서 일어났고, 그래서 입 밖에 내기가 껄끄러웠죠. 특히 남자애들이 형광등 불빛 아래 플라스틱 원반을 던지고 노는 교실에서는요. 로렌은 집을 그렸어요. 전 웃는 얼굴을 그렸죠. 로렌은 하트를 그렸어요. 전 서로의 꼬리를 커다란 리본 모양으로 만든 미친 개와 고양이를 그렸어요.

"귀엽다."

로렌이 커다랗게 입을 벌리고 하품을 했죠. 그 순간, 어디선가 원반이 날아와 로렌의 코를 때렸어요.

로렌은 양호실로 뛰어갔어요. 전 양호실 밖에서 로렌을 기다리며 청소년 임신에 관한 안내 책자를 보았죠. '부모님께 어떻게 말씀드려야 할까?'라는 항목을 읽고 있을 때, 때맞춰 뒤에서 인기척이 느껴졌어요. 돌아보니 맥스가 있었죠. 우리와는 상관없는 일인데도 맥스는 놀라서 눈을 동그랗게 뜨고 안내 책자를 보고 있었어요.

"가브리엘이라는 천사가 날 찾아왔거든. 빛이 나고, 날개가 큰 천사야."

맥스는 어리둥절한 표정이었지만 재미있어 했죠.

"네 농담은 늘 못 알아듣겠더라. 그래도 네 농담이 좋아."

맥스는 다리를 쭉 펴고 바닥에 주저앉았어요. 교복 셔츠에는 진흙이 잔뜩 묻어 있고, 잔디 냄새와 비 냄새가 섞인 애프터셰이브 향이 났죠. 한 학년 아래 여자애들이 양말을 벗는 맥스 옆을 지나쳤어요. 서로 웃고 속삭이던 여자애들은 맥스를 향한 흠모의 눈길을 감추지 못했죠. 전 여자애들을 힐끔 보고, 부어 있는 맥스의 발을 부드럽게 쓰다듬었어요. 여자애들은 당연히 날카로운 눈빛을 보냈죠. 전 그 눈빛을 즐겼어요.

"기분 좋은데."

맥스가 중얼거렸어요. 전 다시 발을 쓰다듬어 주었죠.

"내 휴대 전화 가지고 있지 않니? 네 집에 두고 온 것 같아."

맥스는 발이 아팠는지 눈을 감고 이를 악물었어요.

"응. 내 사물함에 있어. 거기서 학교 끝나고 볼까?"

맥스의 목소리를 들으니 애런이 제 휴대 전화를 발견한 것 같지는 않았어요. 맥스의 얼굴을 가까이서 들여다봐도 멍든 곳은 없었죠.

마지막 수업이 끝났을 때, 전 맥스와 키스할 생각을 전혀 하지 않았어요. 하지만 다른 선택이 없었죠. 아저씨, 누군가의 입술이 거칠게 공격해 온다고 생각해 보세요. 힘센 팔로 아저씨를 벽으로 밀치면서요. 아저씨는 벌써 이런 일을 경험했을지도 모르겠네요. 불행히도 남자 교도소에서 무슨 일이 벌어지는지 소문을 들은 적이 있거든요. 전 저항하려고 했지만 맥스의 입술이 제 입술에 부딪히는 바람에 해야 할 말들은 서로의 침에 젖어 길을 잃고 말았어요. 저도 애써 말하려고 하지 않았고요.

그날 밤에도 엄마와 아빠는 그 주 내내 계속해 온 말싸움을 또 하고 있었어요. 주방에서도, 거실에서도, 엄마가 욕실에서 이를 세게 닦는 동안에도. 엄마가 칫솔질을 하도 맹렬하게 해서 이가 다 뽑힐 것만 같았어요. 아빠는 엄마가 일자리를 구하기를 바라고 있었고, 엄마는 완강히 거부하고 있었어요.

"애들은 이제 다 컸고 예전만큼 당신을 필요로 하지 않아!"

토요일 아침에도 아빠는 그렇게 외쳤죠. 아마 스무 번째였을 거예요.

"도트가 어떻게 됐는지를 봐! 난 집에 있어야 해!"

엄마가 싱크대에서 요란하게 그릇을 달그락거리며 말했죠.

"정확히 누굴 위해서?"

"대체 무슨 뜻이야?"

"애들은 학교에 가잖아, 제인. 당신은 온종일 집에 있을 필요가 없어. 그런데 누굴 위해서 집에 있겠다는 거야?"

수도꼭지에서 물이 흐르기 시작했어요.

"난 엄마야, 안 그래? 난 집에서 일을 한다고!"

"당신이 일하러 나간다고 엄마가 아닌 건 아냐. 시간제로 일할 수도 있잖아. 집에 그렇게 붙어 있지 않아도 된다고. 전에는 둘 다 잘 해냈잖아."

"그래서 어떻게 됐는지 몰라?"

엄마가 소리를 질렀어요. 전 엄마가 무슨 말을 하는지 알 수 없었어요. 그래서 엄마와 아빠의 말소리에 귀를 기울이며 침대에서 몸을 일으켰죠.

"내가 일을 할 때 무슨 일이 일어났는지 모르겠냐고, 사이먼!"

엄마가 찬장 문을 홱 열었을 때, 유리잔이 타일 위로 떨어져 박살났어요.

"그런 위험을 감수하기는 싫어. 그러니까 이제 그만 좀 해."

머리가 사방으로 뻗친 소프가 잠옷 차림으로 제 방에 들어왔죠.

"엄마랑 아빠는 이젠 서로 사랑하지 않는 거야."

전 콸콸 쏟아지는 물소리를 들으며 이불을 머리 위로 뒤집어썼어요. 도서관 아르바이트를 가기 전까지 최대한 침대 속에 파묻혀 있고 싶었죠.

"엄마랑 아빠는 서로 사랑해. 사랑하는 게 다른 것들에 파묻혀 보이지 않을 뿐이야."

전 정확히 알지도 못하면서 이렇게 말했어요.

"뭐에 파묻혔는데?"

"돈 걱정, 직장 걱정 그리고 할아버지 걱정……."

다른 부부들도 이런 일들을 겪는지, 언제 어떻게 겪는지 궁금했던 전 말꼬리를 흐렸어요. 문득 흑백 사진 속의 할아버지와 할머니가 떠올랐어요. 전 별이 된 엄마를 상상했죠. 아빠가 멀어지면서 엄마의 은색 별빛이 흐려지는 장면을요.

"난 어른이 되고 싶지 않아. 절대로."

소프의 말에 전 현실로 돌아왔죠. 소프가 한 말은 바로 제가 생각하고 있던 말이었어요. 소프가 제 침대로 올라왔죠.

"평생 아홉 살로 지내고 싶어?"

제가 이불 속에서 물었어요.

"아니, 절대로 아니지. 아홉 살이 최악이야."

"그럼 넌 아이도 어른도 되고 싶지 않아?"

소프에게 더 정확히 물어봤어요.

"그러네. 그러면……, 그거 말고 뭐가 있지?"

전 이불을 아래로 끌어내렸죠.

"죽는 거."

전 웃음을 터뜨렸어요. 하지만 소프는 웃지 않았죠. 잠시 뒤에 소프가 가슴 위로 팔짱을 끼며 말했어요.

"훌륭한 시체가 되어야지. 관 속에서 거짓말하는 것도 멋지겠네."

"지루해질걸."

"아냐."

"맞아. 어쨌거나 언니는 네가 보고 싶을 거야."

소프가 좀비처럼 팔을 들어 올렸어요. 그러고는 유령 목소리처럼 으스스하게 말했죠.

"죽어서도 언니는 찾아올게. 언니 너한테만 찾아올 거야."

그러고는 평소 목소리로 덧붙였어요.

"엄마랑 아빠는 안 찾아갈 거야. 도트도."

저는 도서관에 가서 책을 연대기 순으로 꽂으며 역사 분야 서가를 정리했어요. 모닥불 파티 때와 마찬가지로, 지금 이 대목도 제가 꾸며 낸 게 아니에요. 아까까지만 해도 안 보였는데, 어느 순간 애런이 있었죠. 전 서가 뒤쪽에 서 있었고, 애런은 몇 미터 떨어진 책상에 앉아 있었어요. 전 진정하려고 책 선반을 붙들고 눈을 열 번쯤 빠르게 깜빡깜빡했어요. 헛것을 보지는 않았나 해서요. 전 나치의 갈고리 십자가 문양 주위로 코를 들이민 채, 나치 관련 책들 사이로 애런을 바라봤죠. 가방을 열고, 공책을 꺼내고, 몇 페이지를 넘긴 뒤, 무언가를 쓰기 시작한 애런을요.

전 즐거운 표정으로 애런이 앉은 책상으로 다가가다가, 마지막 순간에 마음을 바꿔 먹고 서가로 돌아왔죠. 가슴이 두근두근 요동쳤어요. 저를 겁쟁이라고 부르셔도 좋아요. 하지만 지난번에 그의 번호를 받자마자 어둠 속으로 내뺐던 일이 생각났어요. 게다가 애런한테 전화 걸지도 않았죠. 또 아무도 없는 탈의실에서 5분 동안 그의 동생과 키스했다는 걸, 또 제가 그 순간을 즐겼다는 걸 어떻게 설명해야 좋을지 몰랐어요.

애런은 펜 끝을 물고 있다가 공책에 무언가를 적었어요. 그러다 갑자기 고개를 드는 바람에 전 선반을 움켜쥐며 몸을 숨겼죠. 심장이 갈비뼈를 뚫고 튀어나올 것만 같았어요. 다시 천천히 몸을 펴고 책 사이로 애런을 지켜봤어요. 어찌나 긴장했던지 목의 힘줄이 전부 굳어 있었죠. 전 떨리는 숨을 내쉬었어요. 애런은 무언가를 쓰고 있었죠. 그는 도서관에서, 아마 이 세상에서 가장 하얗게 빛날 흰 티셔츠를 입고 있었어요. 어깨가 넓었죠. 전 중력에 이끌리듯 그에게 이끌렸어요. 그는 이 세상의 중심에서 빛나고 있었으니까요. 적어도 먼지 쌓인 서가 사이에 있기보다는 애런에게 다가가는 편이 더 재미있었으니까요.

전 입술을 깨물며 다가갔지만, 애런은 자기 일에 정신이 팔려 있었어요. 전 초조함을 감추지 못한 채로 그에게 똑바로 다가갔죠. 그러다 실수로 애런의 가방을 밟았고, 가방을 밟다가 다리가 애런의 팔에 스쳤어요. 애런의 두 눈이 만화처럼 '띠용' 하고 튀어나오는 소리가 들리는 듯했죠. 전 황급히 안내 데스크로 달려가서는 뭔가 할 일이 있는 사람처럼 반납 상자를 들어 올렸어요. 손이 마구 떨렸죠.

전 거칠게 상자를 뒤집었어요. 책들이 책상 위로 쏟아졌죠. 제게 일을 맡긴 심슨 부인이 컴퓨터 뒤에서 못마땅하다는 표정을 지었어요. 《폭풍의 언덕》《황폐한 집》《벌집을 발로 찬 소녀》 그리고 베를린 장벽에 관한 책과 두꺼비에 관한 책.

"버드걸."

속삭임이 들려왔어요. 전 고개를 들고 애런을 보았죠. 애런의 얼굴이 바로 코앞에 있었어요. 제가 얼굴을 붉히자 애런이 웃었어요.

"책을 다시 꽂을 거니, 말 거니."

심슨 부인이 눈을 내리깔며 말했어요. 전 아무거나 두 권을 골라 애런의 소맷자락을 잡아끌었죠.

찰스 디킨스의 《황폐한 집》.

D.

2층 문학 서가.

제가 어지러웠던 이유가 나선형 계단 때문이었는지, 뒤에서 따라오는 애런의 발소리 때문이었는지 잘 모르겠어요. 계단을 다 오른 뒤 좁다란 서가 사이로 들어갔죠. 우리 둘뿐이었어요. 몸 전체가 빨갛게 타오르는 것 같았죠.

"전화 안 했더라."

애런이 말했어요.

"응. 동생이 손목을 다치는 바람에 정신이 없었어."

제가 속삭였죠.

"용서해 줄게."

애런은 서가에 꽂힌 《크리스마스 캐럴》을 바라보며 대답했어요.

"몇 주 뒤에 저걸 보러 가야 돼. 스크루지가 주인공인 뮤지컬 버전으로. 엄마가 좋아하시거든. 그걸 보러 우리를 데리고 극장에 가시지. 맥스는 툴툴거리고."

"난 크리스마스가 좋아."

전 화제를 맥스에서 다른 걸로 돌리려고 황급히 말했죠.

"칠면조랑, 선물이랑, 장식들이."

"가장 좋아하는 건 뭔데?"

애런이 서가에 팔을 걸치며 물었죠.

"별거 없어. 일곱 살 때 프랑스에 갔었는데 거기서 눈사람을 만들었지."

"눈으로?"

전 빈 틈에 《황폐한 집》을 꽂았어요.

"당연하지. 또 크루아상으로."

"크루아상이라고?"

"응. 바나나 같은 걸로는 입을 만들 수 없었거든. 그러다 크루아상을 발견하고 입을 만들었지. 난 있는 걸 잘 활용하거든."

"눈사람 이름은 뭐라고 붙였어? 피에르?"

"프레드."

"프랑스 냄새 풀풀 나는 이름이네."

"프레드처럼 생겼었거든!"

"프레드는 어떻게 생겼는데?"

"귀엽게 생겼지."

전 잠깐 말을 멈추었어요.

"그리고 노인이었지. 우린 눈사람 머리에 납작한 모자를 씌우고 크루아상 사이에는 파이프를 물렸어. 뭐, 나뭇가지로 만든 가짜였지만…… 왜?"

애런이 반짝이는 눈으로 절 보길래 물었어요.

"아무것도 아냐."

애런은 아무것도 아닌 게 아닌 듯이 말했죠. 뭔가 좋은 의미로.

애런이 손끝으로 책등을 어루만지자 덩달아 제 등이 움찔거렸어요. 전 앞으로 조금 다가갔고, 애런도 조금 다가왔죠. 아저씨, 우리 사이에는 책 한 권쯤 되는 공간밖에 없었어요. 제 손에는 베를린 장벽에 관한 책이 들려 있었죠(아저씨도 그 벽을 넘기가 얼마나 힘든지 잘 알고 계시겠죠). 애런과 전 30센티미터라는 거대한 공간을 사이에 두고 웃음을 나누었어요. 그러다 점차 진지한 표정이 되었죠. 심장이 터질 것만 같았어요. 전 가까이 다가갔어요. 그리고…….

"실례합니다."

우리는 동시에 고개를 돌렸어요. 파카를 입은 할머니가 보였죠.

"집에 손녀딸이 올 거라서 그 애한테 줄 책을 찾고 있어요. 추천 좀 해 줄래요?"

전 짜증이 나서 얼굴을 찌푸리며 나선형 계단을 내려가 어린이 서가로 갔죠. 거기서 가장 먼저 손에 걸린 책을 할머니에게 건넸어요. 《몰리가 음매음매》라는 그림책이었죠. 할머니가 눈을 깜박였어요.

"우리 손녀는 열여섯 살이고 채식주의자예요."

제가 적당한 책을 찾았을 때쯤, 꽃 모양 단추가 달린 연노랑 카디건을 입은 심슨 부인이 나타났어요.

"정리할 서류가 많아, 조이."

반듯반듯 잘라 헬멧 같은 단발머리가 심슨 부인의 뾰족한 얼굴을 감싸고 있었죠.

"하지만 이 책을 다시 꽂아야 해요."

전 베를린 장벽에 관한 책을 흔들어 보이며 말했어요.

"또 문학 서가도 정리해야 하고요."

심슨 부인은 제 시선을 쫓았어요. 애런은 제가 돌아오기를 기다리며 D섹션에 서 있었죠.

심슨 부인이 콧방귀를 뀌었죠.

"내가 하면 돼. 넌 네가 할 일이나 해."

심슨 부인은 제가 일하는 모습을 지켜보고 있었어요. 전 애런이 작별 인사도 안 하고 가 버릴까 봐 책상 앞에서 빛보다 빠른 속도로 서류를 정리했어요. 사무실 유리창 밖을 일곱 번째로 내다보았을 때, 애런이 앉아 있던 책상은 텅 비어 있었어요. 가방도 없었죠.

전 의자에 주저앉았어요. 하지만 엉덩이가 의자에 막 닿았을 때, 창문을 두드리는 소리가 들렸어요. 아저씨, 애런이 오로지 제게 오려고 덤불을 헤치고 나온 사람처럼 머리는 마구 헝클어져 있고, 앞머리에는 나뭇잎도 하나 붙이고 있었다고 말하고 싶네요. 하지만 그렇게 말하면 거짓말이 되죠. 애런은 자동차가 지나가는 평범한 길에 서 있었을 뿐이니까요. 특별할 게 없는데, 제 심장만이 그걸 모르고 두근두근 뛰고 있었죠. 심장이 금방이라도 튀어나와 하늘 위로, 온통 파란 하늘 위로, 빨갛게 빛나며 날아가 버릴 것 같았죠.

애런이 손을 흔들었고, 저도 손을 흔들었어요. 유리창에 손을 대는 애런을 따라 저도 유리창에 손을 댔죠. 장난기 가득한 얼굴로, 마치 우리가 특별한 순간을 함께하고 있다는 듯이 눈을 크게 뜨고 눈꺼풀을 파르르 떨었어요. 그런데 재밌게도 실제로 그 순간은 우리에게 특별했고 우리 둘 다 그렇게 느끼고 있었죠. 우리의 양볼이 타오르는 듯이 붉어져 있었으니까요.

조이로부터

안녕, 스튜어트 아저씨.

크리스마스 날이 된 지 한 시간이 지났어요. 너무 추워서 입김이 나올 정도예요. 모자와 스카프와 아빠의 외투가 있어서 기뻐요. 창고에 오래 있지는 않을 거예요. 손가락이 얼어서 감각이 사라진 데다, 분명 도트는 새벽이 올 때쯤 산타가 다녀갔는지 확인하려고 일찍 일어날 테니까요. 전 제가 아저씨를 생각하고 있다는 사실을 아저씨가 알아주기를 바랐어요. 지금쯤 아저씨가 감방에서 아기 예수처럼 고요히 잠들어 있기를 바라고요. 비록 아저씨는 얼굴에 흉터가 있고, 빡빡머리고, 금과 유황과 몰약을 가져다줄 손님도 없겠지만요. 걱정 마세요. 그런 건 별거 아니니까요. 특별 활동 시간에 몰약이 끈끈한 나무 진액의 일종이란 걸 배웠어요. 세 번째 동방박사가 이 세상의 구세주에게 나무 수액을 가져다준 거였죠. 동방

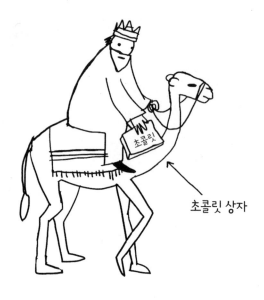

초콜릿 상자

박사가 낙타를 타고 사막을 횡단해서 아기 예수에게 순록 모양의
초콜릿을 가져다줬더라면 더 좋았겠죠. 아저씨한테 드릴 순록 모양
초콜릿을 이 편지 봉투에 넣었어요.

　도트는 어젯밤 마구 들떠서 손으로 순록 뿔 모양을 만들어 머리
에 대고 거실 안을 휘젓고 돌아다녔어요. 그런 도트를 보니 마음
이 쓰렸어요. 어쩌면 아저씨도 그렇겠죠. 아저씨도 산타를 위해 동
생이랑 벽난로 위에 셰리주 한 잔과 민스파이를 올려놓던 시절이
있었을 텐데, 지금은 아저씨 홀로 감방에 있고, 동생 분은 어딘가
멀리 있을 테니까요. 아마도 동생 분은 장식할 기운도 없어서 헐
벗은 크리스마스트리 옆에 아저씨의 아내 사진 한 장만 달랑 벽에
걸어 놨을지도 모를 테죠.

어쨌든 이렇게 시간을 낭비할 게 아니라 도트가 일어나기 전에 이야기를 시작해야겠어요. 오늘은 크리스마스니까, 지난 크리스마스 이야기로 시작할게요. 그때도 땅은 얼어붙어 있었고, 공기도 차가웠어요. 분위기가 좋지 않았죠. 아빠는 일자리를 구하지 못했고, 엄마는 신경이 날카로웠거든요.

제8장

"구두점을 잘못 찍었잖아."

엄마가 말했어요. 아빠는 손가락으로 책상을 톡톡톡 두드렸죠.

"아냐."

"잘못 찍었어."

아빠가 삭제 버튼을 눌렀어요.

"내 이력서를 고치는 대신 당신이 직접 당신 이력서를 쓰는 게 어때? 당신 전문이잖아."

엄마가 고개를 숙이고 키보드를 두드렸어요.

"이미 끝난 얘기야. 다시 시작하기 싫어."

엄마는 다 쓴 머그컵 세 개를 들고 밖으로 나갔어요.

집은 평소보다도 훨씬 깨끗해졌어요. 화장실 수도꼭지는 반짝거렸고, 가구에서는 광택제 냄새가 났죠. 잠드는 시간은 더 엄격해졌고, 숙제도 꼼꼼하게 검사받았죠. 엄마는 제게 역사 에세이를 다시 쓰게 했어요. 냉전 시대에 대해 빼 버린 내용들을 전부 다 넣어서요. 전 소련과 미국 사이에 무슨 일이 있었는지 하나도 몰랐기 때문에 너무 힘들었죠. 냉전 시대란 마치 선수 두 명이 실제 싸우는 일 없이 링 반대편에 앉아 근육만 풀고 있는 권투 경기 같았어요.

엄마는 학교가 끝난 뒤 거의 매일같이, 아빠가 그만 좀 하라고 말할 때까지 도트에게 입술 읽기를 연습시켰어요.

"당신이 나 대신 해 주지도 않는데 내가 어떻게 쉴 수 있겠어?"

"도트가 힘들어하잖아."

아빠가 이렇게 말했죠. 도트는 팔을 늘어뜨리고 가죽 소파에 축 늘어져 있었어요.

"제발, 제인. 오늘은 그만 됐어."

"아직도 서툴잖아."

엄마는 도트를 제대로 앉히며 말했죠.

"한 시간도 넘게 했다고!"

"한 시간 이십이 분이지."

소프가 피아노 앞에서 툴툴거렸어요. 소프가 마이너 음계를 치며 너무 끔찍한 소리를 내자, 전 그 애를 끌고 2층으로 올라가 엄마의 옷장으로 들어갔죠.

우리가 신발 사이를 비집고 들어가 자리를 잡는 통에 옷걸이에 걸린 엄마의 원피스가 나풀거렸어요. 전 소프를 달래려고 필통을 열고 제가 가장 좋아하는 만년필을 건넸죠.

"무슨 일이야?"

어둠 속에서 제가 물었어요. 달이 밝지 않은 금요일 밤이었고, 옷장 속은 깜깜했죠. 전 크레용을 쥐고 깊이 빨아들였어요. 소프는 입술을 깨물었죠.

"좋아, 이렇게 하자. 네가 비밀을 말해 주면 언니도 비밀을 말해 줄게."

한동안 생각에 잠겨 있던 소프가 말했어요.

"애들이 날 놀려."

"누가?"

"우리 반 여자애들 전부 다. 그리고 오늘 밤 파자마 파티를 할 거래. 유령 부르기 놀이를 하면서 포티아는 유령한테 내 비밀을 물어볼 거래."

"선생님한테 말씀드렸어?"

소프는 미쳤냐는 표정으로 저를 쳐다봤어요. 전 크레용을 아빠 신발에 던져 넣고 소프의 손을 잡으며 말했어요.

"누군가한테 알려야 돼."

소프가 얼굴을 찡그렸어요.

"꼭 그래야 돼. 선생님이 아니라면 엄마나 아빠한테라도."

제가 똑똑히 말했죠.

"알았어."

소프가 희미하게 고개를 끄덕이며 속삭였어요.

"만약 더 나빠지면, 엄마한테 얘기할지도 몰라."

제가 비밀을 털어놓을 차례였죠. 전 맥스 이야기를 했어요.

"자꾸 학교 끝나고 사물함에서 보자고 해."

"그래서 언넌 거기로 가?"

"맥스 모건이잖아. 안 된다는 말을 어떻게 해."

"거기서 뭘 하는데?"

전 눈동자를 굴렸죠.

"뭘 할 것 같니?"

"그래서 언니 네가 걔 여자 친구라는 거야, 아니라는 거야, 뭐야?"

소프가 만년필 끝을 빨며 물었어요.

"아니라는 거겠지. 걘 나한테 데이트하자고 한 적도 없거든."

"그러니까 둘이서 그냥 키스하고 이야기하고 그리고……."

"우린 이야기도 안 해. 그냥 키스만 하지. 매일은 아니야. 맥스가 원할 때만. 그래도 난 맥스가 날 조금은 좋아한다고 생각해."

"언니는 어때? 언니도 걜 좋아해?"

"응, 그럼."

전 맥스의 짙은 갈색 머리카락과 짙은 갈색 눈동자와 한쪽 입꼬리가 올라간 웃음을 떠올리며 대답했죠. 그 웃음이 제게로 향할 때, 다른 여자애들을 질투심에 휩싸이고 말죠.

"그럼 언니가 데이트하자고 하는 건 어때?"

소프의 말에 전 엄마를 떠올리며 망설였어요. 하지만 아저씨, 아시겠지만 엄마 때문에 곧장 대답하지 않은 건 아니었어요.

애런은 창문을 두드린 날 이후로 도서관을 세 번 찾아왔어요. 그는 에세이를 썼고, 전 서가를 정리했지만, 사실 우리는 그렇게 하는 척만 하고 있었죠. 우리의 두 눈은 비밀스러운 춤을 추었어요. 시선이 얽혔다가 흩어지고, 마주쳤다 멀어지고, 마주쳤다 멀어지고, 깜박이고, 깜박이고, 깜박이고……. 그러다 둘이 수줍게 미소 지으면 이 과정은 처음부터 다시 시작되었죠. 우리는 시시콜콜한 이야기를 나눴어요. 서가 사이에서, 애런의 책상에서, 한번은 제가 독서 모임 포스터를 붙이던 로비에서 속닥거렸죠. 전 그의 여자친구에 대해 묻지 않았고, 애런도 그 여자애를 입에 올리지 않았어요. 솔직히 제가 어떤 위치에 있는지 알 수 없었어요. 그저 앞으로 어떤 일이 일어날지를 기다리며 지금 상황을 즐기기로 했죠. 전 '그래서 나쁠 거 없잖아.' 하고 생각했어요. 애런과는 끌어안거나 키스한 적이 없고, 맥스와는 제가 원해서 키스한 것이 아니니까, 전혀 나쁜 짓을 하는 게 아니라고 생각했죠.

크리스마스 전, 마지막으로 도서관에서 일하게 된 날은 12월 19일이었죠. 눈이 엄청나게 왔어요. 15센티미터나 쌓였죠. 깨끗하고 보송보송한 하얀 눈은 마치 하얀 눈으로 뒤덮인 크리스마스 풍경을 표현하려고 카드에 붙인 솜뭉치 같았죠. 회전문이 돌아갈 때마다 전 웃음 띤 얼굴로 그쪽을 쳐다봤어요. 하지만 애런은 9시에도, 10시에도, 11시에도 오지 않았어요. 12시가 되었는데도 애런이 나타나지 않자, 전 축 늘어진 산타 모자를 쓴 채 컴퓨터 앞에 축 늘어졌죠. 전 책 대출 현황을 컴퓨터에 입력하고 있었어요.

"이제 가도 돼."

시계가 1시를 가리키자 심슨 부인이 말했어요.

"괜찮아요. 입력할 게 좀 남았어요."

전 화면을 들여다보는 척하며 말했죠.

"내가 끝내면 돼."

"아뇨, 정말 괜찮아요."

아저씨, 컴퓨터 마우스가 진짜 쥐였다면 '찍찍' 하고 비명을 질렀을지도 몰라요. 제가 엄청 꽉 쥐었거든요. 심슨 부인은 커피 잔을 내려놓더니 파리 쫓듯 제게 손짓을 했죠.

"가. 아빠가 기다리시겠다. 아, 조이, 이거 볼래?"

심슨 부인은 평소와 달리 생긋 웃으며 카디건에 반듯하게 단 배지를 눌렀어요. 배지에서 '호, 호, 호!' 하는 산타의 웃음소리가 났고, 심슨 부인은 잘 가라는 뜻으로 손을 흔들어 주었죠.

도서관은 시내 중심가에 있었어요. 거리는 크리스마스 쇼핑객과 관광객으로 넘쳐 났어요. 아빠는 절 기다리느라 짜증이 났을 터였죠. 전 무거운 숨을 내쉬며 도로를 따라 걸었어요.

"조이?"

오른쪽에서 누군가가 절 불렀어요.

"조이!"

애런이 외투와는 어울리지 않는 장갑을 끼고, 도서관 정원 한가운데서 제게 손을 흔들고 있었어요.

"여기 있었네! 안 온 줄 알았어……. 안녕!"

전 기쁨을 숨기지 못하고 외쳤죠.

"모자 예쁜데."

애런이 제게 손짓했어요. 전 모자를 약간 뒤로 젖혀 방울 장식이 턱 근처에서 대롱거리게 했죠.

"고마워."

애런이 자기 발치를 가리키며 말했어요.

"너를 놀래 주려고 만든 거랑 잘 어울리는 복장이네. 자, 메리 크리스마스!"

"응……. 메리 크리스마스!"

전 그의 허리께에 닿는 눈덩이 하나를 보고 뭐라 말해야 좋을지 몰라 하며 대답했죠.

"좀 더 크게 만들었어야 했는데. 게다가 납작한 모자랑 파이프도 못 찾았어."

애런이 안타까운 표정으로 저를 바라봤죠.

"이건 프레드야! 네가 프랑스에서 만들었던 눈사람 프레드."

애런은 비닐봉지에서 크루아상을 꺼내 눈뭉치 한가운데에 꽂왔죠.

"짜잔!"

"그런데 머리는 어디 있어? 눈은? 코는?"

"시간이 없었어."

크루아상이 떨어져 눈 위를 나뒹굴었어요.

"우, 세상에. 너무 불쌍하다. 안 그래?"

"약간."

전 웃으면서 대답하다가, 저를 쳐다보며 도리질을 치는 애런을
보고 웃음을 멈추었죠.

"세상에, 넌 진짜 섹시하게 웃는다."

얼굴은 차가웠고, 발가락은 얼어 있었지만, 전 속으로 세상에서
가장 따뜻한 온기를 느꼈어요.

"네 웃음소리는…… 우리 아빠가 재채기하는 소리랑, 완두콩 봉
지에서 나는 쌕쌕거리는 소리와 함께 내가 가장 좋아하는 소리가
되었어."

"아빠가 재채기하는 소리라고?"

전 뭐라 대답해야 좋을지 몰라 이렇게 물었어요. 애런은 큰 소리
로 '에에에에에', 그다음에는 잠깐 멈추었다가, 그다음에는 높이 '취
이이이이' 하는 소리를 냈고, 그다음에는 입으로 손을 막았죠. 전
깔깔거리며 고개를 끄덕였어요.

"정말 큰 소리다."

"밤마다 아빠가 재채기하는 소리를 들었어. 우린 진짜 못생긴 고양이를 길렀는데……."

"못됐어!"

"네가 못 봐서 그래! 진짜로 뚱뚱하고 쭈그러진 얼굴에 털도 너무 많았어. 그래도 난 고양이를 잘 돌봐 줬지. 우리 아빠도. 아빠는 고양이 알레르기가 있었는데도 언제나 고양이를 무릎에 앉혔어. 저녁 내내 재채기를 해 대면서 말이야. 엄마는 아빠가 바보 같다며 고양이를 주방으로 보내라고 했지만, 아빠는 고양이가 너무 좋다고 말했어. 고양이도 아빠를 좋아했지. '진실한 사랑에는 희생이 따르는 법이지.' 아빠는 이렇게 말했어."

"예수님도 그렇게 말씀하셨지."

"그래. 하지만 예수님은 자신이 한 말을 완전히 뒤집고 문을 박차고 나가지는 않으셨지."

갑자기 애런의 목소리가 쓸쓸해졌어요. 전 깜짝 놀라서 이렇게 조잘거렸죠.

"예수님도 그랬을지 몰라. 난 성경에 웃긴 얘기가 다 빠졌다는 생각이 들어. 예수님도 사람이었잖아, 안 그래? 화장실에도 가고 트림도 하고."

전 눈썹을 씰룩거렸어요.

"아무도 안 볼 때 거기도 긁었을걸. 바람을 피웠을지도 모르지."

애런은 크루아상을 넘어 제 바로 앞까지 다가왔어요.

"넌 정말 독창적이야."

전 고개를 절레절레 저었어요.

"맞다니까, 조이. 신의 아들이 트림을 한다고? 또 파란 털북숭이 비즐은 또 뭐고?"

애런이 비즐이라는 이름을 기억하고 있다니, 감격했죠.

"또 어떤 상상을 하니?"

"몰라. 하지만 예수님이 트림하는 소리는 꼭 듣고 싶어."

애런이 웃었어요. 그러자 그의 따뜻한 숨결이 얼굴에 닿았죠.

"또 다른 건?"

전 코끝을 찡그리며 생각했죠.

"새들이 날아갈 때의 날갯짓 소리. 멋진 소리일 거야."

"자유로운 소리지."

"그래."

제가 설명하지도 않았는데 이해하고 있다니, 놀라워하며 대답했죠.

"아, 그리고 또 무슨 소리가 있는지 알아?"

이렇게 운을 뗐지만, 스컬이 주방 타일을 뛰어다니는 소리를 알려 줄 기회를 놓쳤죠. 애런의 휴대 전화가 울렸거든요. 듣기 싫은 소음이었죠. 우리 둘 다 화면에 떠오른 이름을 쳐다봤어요.

애나.

"난 가야겠다."

제가 불쑥 말했어요.

"아냐. 괜찮아. 나중에 하면 돼……."

애런은 조용해진 전화기를 주머니에 넣었어요.

"하지만 우리 엄마한테 나중은 없지."

애런은 제 어깨너머를 흘깃 보더니 실망한 목소리로 말했죠. 적
갈색이 섞인 검은 머리의 통통한 여자가 보였어요. 그분은 우리를
뚫어져라 쳐다보며 서둘러 도서관으로 걸어오고 있었죠.

"내가 집에 갈 때 태워 달라고 했거든."

"괜찮아. 우리 아빠도 금방 오실 거야."

애런은 몸을 숙여 크루아상을 집더니 눈사람에게 다시 붙여 주
었어요.

"잘 가, 버드걸."

"잘 가."

전 엄마를 향해 달려가는 애런을 보며 미소 지었어요. 그의 말
이 귓가에 맴돌았죠.

나중에 하면 돼.

전 안달 난 여자애처럼 보이지 않으려고 간신히 저녁까지 미루
기는 했지만, 애런에게 문자를 보내지 않을 수가 없었어요.

놀라웠고 고마웠어. 누가 뭐래도 프레드는 세계에서 가장 멋진 눈사람이야.

애런은 바로 답장을 보냈죠.

그건 잘 모르겠어. <스노우맨>이라는 영화 봤어? 마지막에 어린 소년이 눈 더미 위에서 깨어나는 영화 말이야. 그거야말로 가장 훌륭한 눈사람이라고 할 수 있지.

말도 안 돼! 걘 결국 콧물만 질질 흘리다 죽잖아. 완전히 녹아서. 진창으로 변해서. 프레드가 더 나아.

프레드는 네 말에 고마워할 거야. 하지만 프레드는 남극으로 날아가는 눈사람과는 경쟁할 수 없어.

북극 말하는 거지?

아무튼, 아무튼. 그는 하늘로 날아갔잖아.

하지만 프레드의 미소는 빵으로 만들어진 거잖아. 그게 특별하다고……

전 고무장화를 신고 비틀거리며 걸으면서도 계속 애런과 문자를 주고받았어요. 다음 날 아침에 새들이 먹을 수 있게 모이통에 먹이를 넣으러 가던 참이었어요. 모이를 통에 쏟아부을 때 허벅지께에서 전화기가 진동했죠. 전 웃으면서 주머니에서 휴대 전화를 꺼냈어요.

너의 키스가 그리워.

제 얼굴이 굳어졌죠. 맥스였어요. 전화기가 다시 울리자 전 깜짝 놀라 펄쩍 뛰다시피 했죠.

물론 특별하지. 내가 보증할게. 좋은 꿈꿔, 버드걸. 추신: 프레드가 크루아상 입으로 잘 자라고 말하네.

전 웃었어요. 머릿속으로 두 형제가 한방에서 반대편에 앉아 같은 여자애에게 문자를 보내는 줄도 모른 채 휴대 전화만 들여다보는 장면이 떠올라서 웃을 수밖에 없었어요. 전 별을 올려다봤어요. 가지에 매달린 새 모이통이 흔들렸죠. 애런은 절 좋아했어요. 저도 애런을 좋아했죠. 그리고 제가 여자 친구인지 아닌지는 모르겠지만, 어쨌든 전 맥스에게 진실하지 못했고요. 전 다음 며칠 동안 맥스에게 냉정하게 굴다가 크리스마스 뒤에는 완전히 끝내기로 결심했어요.

놀랍게도 엄마랑 아빠는 계속 싸우기만 했죠.

"그 칠면조가 어떻게 자랐는지 당신이 어떻게 알아? 그냥 겉포장에 자유 방목이라고 쓰여 있는 것뿐이야. 값을 두 배나 받으려고……."

"자유 방목이라고 적혀 있으면 자유 방목을 한 거지."

엄마는 카트에 당근 몇 개를 던져 넣고 앞으로 가며 아빠의 말을 잘랐어요.

"법적으로 그래. 당신도 변호사니까 잘 알 거 아냐."

"당신은 변호사 아니었나?"

아빠가 대답했어요. 저는 지긋지긋해서 뒤에서 따라갔죠. 엄마의 이마, 아빠의 얼굴, 팔짱을 낀 아빠의 손, 카트를 끄는 엄마의 손을 차례대로 바라보았어요. 어느 쪽도 상대방의 말을 인정할 생각이 없는 듯이 보였죠. 아저씨, 우리가 야채 코너에서 감자를 사는 동안 이런 것이 바로 냉전이라고 생각했어요.

"돈을 절약해야 하는 시점에 칠면조에 돈을 낭비할 필요는 없잖아."

아빠가 말했죠.

"돈이 없는 건 당신이 직장에서……."

채소 한 봉지를 집어 들던 엄마는 마지막 말을 하지 않았죠.

"계속해. 말해 보라고. 어디 한번."

아빠가 잡아먹을 듯이 말했어요.

"이거면 충분할까?"

엄마는 손으로 채소 봉지의 무게를 재며 물었어요.

결국 엄마는 칠면조를 샀어요. 크리스마스 날 아침, 우리가 선물을 교환하는 동안 칠면조는 오븐에서 근사한 냄새를 풍기며 금색으로 맛있게 구워지고 있었어요. 이번에는 할아버지가 돈이 들어 있는 카드를 보냈어요. 비록 카드에 적힌 글씨는 아빠의 필체였지만. 아빠는 소프가 20파운드 지폐를 잠옷 바지 고무줄 밑에 끼우는 모습을 보고 환하게 웃었죠. 아빠는 크리스마스 다음 날 우리를 데리고 병원에 가 봐도 되겠느냐고 물었어요. 하지만 엄마는 그저 손목에 새 향수를 뿌리고 냄새를 맡으며 눈을 감았죠.

"산타 할아버지는 바보야. 내 편지는 읽지도 않았나 봐."

엄마와 아빠가 또 싸우러 거실에서 나가자 도트가 말했어요. 이제 깁스를 푼 도트는 쉽게 수화로 말할 수 있었죠.

"뭘 달라고 했는데?"

"아이팟."

"넌 음악을 못 듣잖아."

"아니면 새 휴대 전화를 달라고 했는데."

도트는 고장 난 계산기를 집어 슬픈 표정으로 버튼을 눌렀어요.

저녁 때 다시 활기가 넘친 도트는 옷도 안 입고 새 샤워젤 냄새를 맡아 보라며 제 방으로 달려왔어요. 전 도트를 욕실로 데려가 욕조 물에 퐁당 내려놓고 냄새를 맡아 보았죠.

"오렌지야?"

제가 수화로 물었어요.

"아니면 복숭아? 아니면 딸기? 아니면 바나나랑 키위?"

제 농담에 소프가 얼굴을 찡그렸어요. 소프는 비듬 방지 샴푸랑 비누 두 개로 장애물을 만들어 스컬에게 뛰어넘게 하고 있었어요. 도트는 물속에서 찰방거리며 학교에서 같은 반 친구들과 좋아하는 물건을 타임캡슐에 담아 땅에 묻기로 했다는 계획을 들려주었죠.

"난 딱 하나만 넣을 거야. 민들레를 넣을 거야."

"민들레?"

"백 년 뒤의 외계인에게 지금 우리가 가진 꽃을 보여 주려고."

소프와 전 미소 지었죠. 도트는 거품을 묻힌 채 환하게 웃었어요. 전 도트가 뭘 그리 재밌어하는지 알 수가 없었죠.

"백 년 뒤에 민들레는 죽을걸."

소프가 큰 소리로 말했어요.

"쉿!"

제가 주의를 주었어요. 그래도 소프는 킬킬거렸죠.

"도트, 민들레는 썩을 거야."

소프가 수화로 말했죠. 도트는 얼굴을 찌푸렸어요.

전 또 끼어드려는 소프를 노려보면서 수화로 말했죠.

"네가 조심해서 잘 묻으면 괜찮을 거야."

"외계인들도 민들레를 좋아할까?"

도트가 물었어요.

전 도트를 물속에서 안아 올려 수건으로 감쌌어요.

"물론 아주 좋아할 거야."

도트가 물기를 닦았어요. 전 도트를 제 침대로 데려갔죠. 아래층에서는 누가 설거지를 할 것인가를 두고 엄마와 아빠가 옥신각신하고 있었죠. 도트에게 이불을 덮어 주고, 신호등 속에 사는 작은 초록색 남자 이야기를 수화로 들려주었어요. 이야기가 끝나갈 때쯤, 도트는 또 들려 달라고 졸랐죠.

"욕심쟁이!"

전 도트의 옆구리를 간질이며 말했어요.

"대신 언니한테 크리스마스 선물을 줄게."

도트는 제가 대답하기도 전에 양탄자에 통통한 무릎을 꿇고, 침대 밑에서 비닐봉지를 하나 꺼냈어요.

"책이네!"

"선물은 책이 아니야."

도트가 책 표지를 조심스럽게 열며 말했죠.

"꽃은 안 썩어, 언니. 봐."

첫 두 페이지 사이에 납작해진 마른 민들레가 끼워져 있었어요.

213

노란 민들레

"전에 정원에서 언니가 가장 좋아하는 꽃이라고 했잖아."

"맞아. 언니가 가장 좋아하는 꽃이야."

아저씨, 갑자기 튀어나온 말이긴 했지만 거짓말은 아니었어요.

"메리 크리스마스."

도트가 수화로 말했어요.

"메리 크리스마스."

저도 말했죠. 아저씨, 이제 저도 아저씨에게 메리 크리스마스라는 인사를 전해야겠네요.

사랑을 담아

조이로부터

1월의 편지

To.
미국 텍사스 77351 리빙스턴
폴런스키 교도소(사형수 수감동)
수감 번호 993765
스튜어트 해리스 아저씨 앞

안녕, 스튜어트 아저씨.

뭐, 물이라도 한 잔 들고 새해 인사를 하고 싶지만, 그래서는 안될 것 같네요. 아저씨의 수감자 친구들은 다른 사람들처럼 새해가 시작되는 자정을 기다리지 않겠지요. 축하할 것이 없으니까요. 보통 12월 31일이 되면 사람들은 한 해 동안의 좋은 일들을 생각하고, 학교를 졸업하거나 운전면허를 따거나 대학에 진학하는 등 새해에 생길 좋은 일들을 기대하죠. 하지만 죄수들은 이런 일들을 전혀 기대할 수 없겠죠. 특히 사형수 수감동에 있는 죄수들은 그저 사형 집행일이 하루 더 가까워졌다고만 생각할 거예요. 아니면 그래도 새해를 축하할 수도 있겠죠. 창고만 한 감방에서라도 사는 편이 더 나을 테니까요.

아저씨, 《크리스마스 캐럴》이 생각나면서 슬퍼지네요. 아저씨가 디킨스의 소설을 읽었는지 모르겠어요. 제가 설명해 드릴게요. 밥 크래칫은 무척 가난했어요. 그래서 가족들은 크리스마스 날 아주 작은 거위 고기밖에 먹을 수 없었어요. 하지만 아이들은 식탁에 놓인 거위 고기가 하얗고 통통하고 몇 주일은 두고 먹을 수 있을 정도로 살이 많다는 듯이 박수를 치면서 바라보았죠. 고깃덩어리의 실제 크기에 비해서는 과한 박수였어요. 아저씨도 마찬가지죠. 주황색 죄수복을 입은 아저씨가 홀로 손을 맞잡고 '올드 랭 사인 (Auld Lang Syne)'을 부르며 아주 조금 남아 있는 감방에서의 삶을 축복한다는 건요.

궁금해하실지도 모르니까 알려 드릴게요. 지리 선생님이 그러셨는데 '올드 랭 사인'은 스코틀랜드의 옛 노래라고 해요. 지리 선생님 말씀이 맞을 거예요. 왜냐하면 '하기스'라는 스코틀랜드의 전통

랜 할아버지의 눈

음식을 가장 좋아하시거든요. 저 혼자 생각했던 것과는 달리, 옛사람들과 함께했던 좋은 시절을 기억하고 싶을 때, 새해 전날 밤 자정에 그 노래를 부른대요. 일 년 전, 로렌이 가사를 정확하게 알려 줬어요. 오늘 밤, 그때부터 이야기하려고 해요. 제가 발음만 듣고 잘못 이해하는 바람에, 모든 사람들이 '랜 할아버지의 눈(Old Lan's Eye)'에 관한 노래를 부르며 한 해의 마지막 날을 기념한다고 생각한 걸 알고는, 로렌은 배꼽을 잡고 웃어 댔지요.

제9장

"랜 할아버지의 눈이라니! 그렇게 생각했을 줄이야!"

"닥쳐 줄래."

전 풍선으로 로렌을 때리며 말했어요. 우리는 로렌네 집에서 열릴 파티 준비를 하고 있었죠. 로렌의 엄마가 그날 아침에 갑자기 남자 친구와 런던으로 주말여행을 간다는 얘기를 하는 바람에 로렌은 부랴부랴 친구들을 초대했어요.

"더러워. 호텔에서 붙어먹으려는 거지."

로렌이 전화로 이렇게 말했어요.

전 풍선을 불었어요.

"오늘 몇 명이나 와?"

로렌은 제 손에서 풍선을 가져가 끝부분을 묶어 다른 풍선들 더미에 던졌어요.

"모르겠어. 아는 애들은 다 불렀어. 많이들 오면 좋겠는데. 오빠는 오빠 친구들도 불렀어."

로렌은 제 옆구리를 쿡 찔렀죠.

"맥스도 온대."

제가 아무런 대답이 없자 로렌이 말했어요.

"설레지?"

"응, 당연하지."

전 억지로 웃으며 대답했어요. 크리스마스 내내 맥스가 보낸 수많은 문자와, 제가 거의 대꾸하지 않은 사실을 떠올렸죠. 예의를 잃지 않을 정도로만 답장을 보냈거든요. 맥스에게 흥미를 잃고 있다는 건 분명했죠.

"뭐, 좋아! 네가 맥스를 버리면 내가 가질 거니까. 진짜야. 지난 학기 내내 화장실에서 여자애들이 네 얘기를 하더라. '세상에, 걘 진짜 운도 좋다.'라고. 목이 이상하게 생긴 베키도 맥스를 삼 년 동안이나 좋아했다고 하던데. 하지만 그런다고 베키한테 가능성이 있었겠니. 맥스가 백조를 좋아하는 이상한 취향이 아닌 바에야."

전 이번에도 적당히 웃어 주었죠.

"좋아. 다 됐어."

로렌은 마지막 풍선을 풍선 더미에 던지며 말했어요.

"먼저 샤워해. 네가 좋아하는 애를 위해서 좀 꾸미고 있어야지."

아저씨, 제가 어떻게 파티에 갈 수 있었는지 궁금하시겠죠. 엄마
는 파티에 관해서는 전혀 몰랐어요. 여자애들끼리 모여서 놀 거라
고 했더니 그럼 로렌네 집에서 자고 와도 좋다고 허락하셨죠. 혹시
나 해서 말씀드리는데, 크리스마스에 말다툼이 벌어진 뒤로는, 거
짓말을 하면서도 아무런 죄책감이 들지 않았죠.

"자고 온다고? 뭘 하게?"

엄마가 물었죠.

"매니큐어도 칠하고, 영화도 보고."

"단정한 걸로 칠해. 며칠 뒤엔 학교에 가야 되니까. 그리고 공포
영화 같은 건 보지 말고. 보고 싶으면 괴물이 나오는 만화 영화 있
으니까 그걸 가져가."

몇 시간 뒤, 〈슈렉〉은 로렌의 침대 위에 내팽개쳐져 있었죠. 집
안은 꽉 찼어요. 여행을 갈 때 짐을 너무 꽉꽉 채워 넣는 바람에
여행 가방 지퍼가 다 잠기지 않은 듯이 집 안은 애들로 꽉 차 있었
죠. 술이 놓인 식탁에 아이들이 몰려 있었어요. 저도 그쪽으로 가
다섯 명의 아이들 사이로 손을 밀어 넣으며 과자 한 줌과 포도주
한 병을 집으려고 했어요. 코르크를 딸 때 엄마 생각이 났지만, 전
아랑곳하지 않고 커다란 잔에 포도주를 한가득 따랐어요. 솔직히
제 손에 쥔 포도주 잔은 아주 근사해 보였어요. 포도주와 제 손톱
은 똑같은 루비레드 색이었거든요.

음악이 울렸어요. 애들은 복도나 현관이나 거실에서 아무나 붙들고, 쿵쿵거리는 박자에 맞추어 춤을 추기 시작했죠. 머그잔이나 플라스틱 컵에 담긴 술을 마시고 쏟으면서요. 로렌네 집에 유리잔이 바닥나 우유 단지로 술을 마시는 애도 있었죠. 엉덩이를 흔들고, 어깨를 흔들고, 머리가 너울거렸어요. 집 안에 있던 모든 애들은 하나가 되어 움직이고 있었고, 난생 처음으로 그 한복판에 제가 있었죠. '우우우우' 하고 소리를 지르고, 토스터 옆 주방 한가운데에서 두 팔을 흔들어 댔어요. 그런데 사람의 눈이란 얼마나 똑똑한가요. 앞만 바라보고 있는데도 옆에 있는 것이 얼마나 잘 보이는지요. 반짝이는 탑을 입은 로렌이 바로 옆에서 몸을 흔들고 있는데도, 검은 외투를 불꽃처럼 감싼 빨간 머리가 곁눈으로 딱 보였죠. 전 속이 뒤틀렸어요. 애나가 커다란 점퍼를 입은 애런을 뒤에 달고 주방에 들어왔어요. 로렌의 오빠가 애런을 불렀나 봐요. 그제야 납득이 된 전 춤추는 것도 잊어버리고 애런을 보고 또 봤어요. 눈사람까지 만들어 가며 절 꾀어 놓고……. 애나가 무슨 말인가를 귓가에 속삭이자 애런은 웃음을 터뜨렸죠. 그 모습을 보고 전 주먹을 불끈 쥐었어요. 그는 거짓말을 했어요, 아저씨. 새해 전야에 아무 계획도 없다고 했거든요. 물론 저도 아무 계획이 없다고 말했죠. 맥스가 가는 파티에 저도 간다는 걸 알리고 싶지 않았거든요. 하지만 그래도요. 전 속이 뒤집힌 채, 애나의 팔을 만지며 뭘 마시겠느냐고 묻는 애런을 바라봤어요. 애런은 바로 제 옆에 있던 맥주와 보드카가 가득 놓인 식탁을 가리키고 있었죠.

'안 돼!'

애나가 고개를 끄덕인 뒤 애런이 제 쪽으로 걸어올 때, 제가 안 된다는 말을 큰 소리로 내뱉었는지, 아니면 생각만 했는지는 모르겠어요. 본능적으로 숨어야겠다는 생각이 들었죠. 하지만 어디로? 저쪽 구석에 있는 소파 뒤로? 펄쩍 뛰어 찬장 속 시리얼 상자 옆으로? 당황한 저는 애런이 로렌을 지나칠 때 여드름이 잔뜩 난 키 큰 남자애 뒤로 숨었어요. 맥박이 빨라졌죠. 애런이 술이 놓인 식탁 앞까지 왔어요. 심장이 터질 것 같았죠. 애런이 1미터 앞에 있었어요. 그의 눈에 띄어서는 안 됐죠. 애런은 다른 여자애와 여기 와 있고, 맥스도 분명 이 집 어딘가에 있을 테니까요.

전 애런이 식탁 앞을 떠날 때까지 몸을 웅크리고 다른 쪽을 보고 있으려고 했어요. 하지만 그게 말처럼 쉽지 않다는 건 오르페우스의 교훈을 통해서 알 수 있었죠. 아저씨가 모르실지도 모르니까 잠깐 설명해 드릴게요. 오르페우스는 그리스 신화에 나오는 인물이에요. 오르페우스는 지하 세계에서 아내를 구한 뒤, 그곳을 빠져나올 때까지 고개를 돌려 뒤따라오는 아내를 봐서는 안 되었어요. 하지만 오르페우스는 지하 세계를 빠져나오기 직전에 어깨너머로 아내를 돌아봤고, 아내는 허공으로 사라지고 말았지요. 저도 마찬가지였어요. 전 애런 쪽을 돌아보고 말았죠. 그러나 애런은 허공으로 사라지지도, 제 시야에서 없어지지도 않았어요. 애런은 나초를 먹고 있었죠. 거리가 너무 가까워서 나초 씹는 소리까지 들렸어요.

애런은 맥주 두 병을 들고 흔들며 빨간 머리 여자애한테 돌아갔죠. 전 까치발을 들고, 여자애의 등을 두드리며 자기가 돌아왔다는 걸 알리는 애런을 바라봤죠. 애런의 DNA가 여자애의 어깨에 전해지고 있었어요. 제 눈에 눈물이 차올랐어요. 사라져 버리고 싶다는 절망감으로 가득 차, 고개를 숙이고 애들을 밀치며 주방 밖으로, 복도로 나갔어요. 제가 계단을 올라가는데, 누군가가 제 손을 잡았죠.

전 손가락을, 그다음에는 손바닥을, 그다음에는 손목을, 그다음에는 팔을 바라봤어요. 심장이 빠르게 뛰었죠. 그 손이 애런이 아니라 맥스의 손이라는 걸 알고 정말 죽고 싶었어요. 그는 제 손을 단단히 쥐고 있었어요. 애들이 우리를 밀치고 계단을 오르내리는 동안, 맥스의 얼굴이 가까워졌다 멀어졌다 했죠. 그는 제 손목을 단단히 붙들고 뭐라고 소리쳤어요. 전 처음에는 싫다고 했죠. 하지만 그는 제 손을 억지로 끌며 계단을 내려갔어요. 애런 쪽으로. 제가 미끄러지는 바람에 포도주가 잔 밖으로 넘쳤죠.

"밖으로 나가자."

맥스가 큰 소리로 말했죠.

결국 맥스가 금속 문손잡이를 잡았어요. 손잡이를 세게 미는 동시에 저도 세게 끌어당겼죠. 맥스는 절 정원으로 데리고 나갔어요. 발밑에서 눈이 뽀드득거렸어요. 창틀에는 고드름이 매달려 있고,

앙상한 나뭇가지는 주황색 가로등 불빛을 받아 가느다란 검은 선처럼 보였어요. 맥스는 저를 전나무 뒤로 이끌었고, 집은 시야에서 사라졌어요.

"집 안은 너무 정신없어."

제가 말했어요. 이상하리만치 침착한 목소리가 나왔어요.

"여긴 좋네. 손 여기 넣어."

맥스가 제 손을 자신의 파란 외투 안으로 끌어당기며 대답했죠.

맥스의 외투 안으로 손을 넣다가 포도주를 쏟았어요. 꽁꽁 언 새하얀 땅이 붉게 번졌어요.

"널 보니까 좋다."

"그러게."

제가 말했죠. 아저씨, 정말로 그랬어요. 맥스는 다행이라는 듯 웃으면서 저를 자기 다리 사이로 끌어당겼어요. 전 내버려 뒀죠. 맥스가 절 세게 끌어당긴 데다가, 어차피 애런은 다른 여자애랑 집 안에 있었으니까요. 전 포도주 잔을 내려놓고 맥스의 목에 팔을 둘렀어요.

"크리스마스 잘 보냈어?"

"지루했지."

맥스는 이렇게 툴툴거리면서 곧장 제게 키스하기 시작했어요. 그의 입술은 부드럽고, 포근하고, 친숙했죠.

오른쪽 어디선가 기침 소리가 났어요. 애런일까 봐 두려웠던 전 재빨리 맥스에게서 떨어졌죠. 하지만 개를 데리고 산책하며 모퉁이를 돌아가는 남자였어요.

현관문이 열리는 소리에 전 다시 맥스에게서 떨어졌죠. 전나무 가지 하나를 밀치면서요. 어떤 여자애가 문 앞에서 담배에 불을 붙이더군요.

맥스가 제 팔을 어루만졌어요.

"왜 그렇게 초조하게 굴어."

전 윗입술을 깨물다가 말했어요.

"둘만 있을 수 있는 곳으로 가는 게 어때?"

맥스는 킬킬 웃으며 제 차가운 코끝에 키스했어요.

"무슨 생각을 하는 거야?"

전 얼굴을 옆으로 돌렸지만 맥스는 제 목에 입을 맞추며 제 엉덩이에 손을 댔죠.

"음…… 아무것도…… 그냥, 여긴 보는 눈이 너무 많아. 그리고 추워."

맥스는 잠깐 생각을 하는 것 같더니 "여기서 기다려."라고 말하고는, 제가 미처 뭐라 말하기도 전에 어디론가 뛰어갔죠.

잠시 뒤, 맥스는 뭔가 은색으로 반짝이는 걸 들고 돌아왔어요. 그는 열쇠를 흔들어 보였죠.

"형 차가 저쪽에 주차되어 있어."

제 입이 벌어졌죠.

"그럴 수는 없어!"

"괜찮아. 우리 형은 쿨한 사람이야. 내가 물어봤어."

맥스가 차 쪽으로 걸어가며 말했죠.

전 그 자리에 멈춰 섰어요. 심장이 가슴을 뚫고 튀어나올 것 같았죠.

"형한테 물어봤다니? 뭐라고 물었는데?"

맥스는 다시 제게 다가오며 손가락을 흔들어 보였어요.

"내 여자 친구랑 좀 따뜻한 곳에 있고 싶다고. '그냥 얘기만' 할 거라고. 그러니까 형은 내가 무슨 생각을 하는지 다 알겠다는 것처럼 웃더라."

전 너무나 당황해서 맥스를 따라갔어요.

"내가 누구라고 말했어? 내 이름 말했어?"

대답하려던 맥스가 잠시 아무 말도 하지 않았죠.

"왜?"

전 머뭇거리며 대답했어요.

"그냥…… 뭐, 그 사진 사건 이후로 남의 입에 오르내리기 싫어."

맥스는 제 등을 상냥하게 감싸고 차로 데려갔어요. DORIS가 보였죠. 거울에 매달린 주사위, 스칼렛 양이 떠올랐어요.

"다시 집 안으로 들어가는 게 좋을 것 같아."

맥스는 제 등을 감싼 손에 더욱 힘을 실었죠.

"괜찮아, 걱정하지 마. 형한테 네 이름 말 안 했어."

"그래도. 이건 별로 좋은 생각이 아닌 것 같아."

맥스가 기운이 빠졌다는 듯 한숨을 쉬었죠.

"왜 아닌데?"

"음, 그냥…… 그냥…… 잘 모르겠어. 좀……."

"괜찮아, 조이."

맥스가 짜증 난 목소리로 말했어요. 그의 손길이 더는 상냥하게 느껴지지 않았죠.

"크리스마스 내내 서로 못 봤잖아. 난 지금……."

"넌 지금 뭐?"

전 완강히 버티며 물었어요.

"너도 알잖아."

맥스가 건방진 말투로 말했죠.

"그리고 너도 원하잖아."

맥스가 이렇게 속삭였죠.

"다시 안으로 들어가자."

제가 애원했어요. 맥스가 얼굴을 찌푸리자 전 이렇게 덧붙였죠.

"빈 방을 찾아보자."

이러는 제가 싫었지만, 애런의 차에 타지 않으려면 무슨 말이든 해야 했어요. 전 한 발짝 다가가며 목소리를 낮추었어요.

"침대가 있는 빈 방을."

맥스는 열쇠를 청바지 주머니에 넣었어요.

"네가 그렇게까지 말한다면."

우리는 걷기 시작했죠.

담장이 있었어요. 나무도. 담배 피우는 여자애도.

현관 진입로가 나왔어요. 그리고 문. 그리고 어둠이라고는 찾아볼 수 없는, 애들로 꽉 찬 집. 애런은 어디에나 있을 수 있었죠.

그런데 아저씨, 애런은 어디에나 있는 게 아니었어요. 바로 눈앞에, 우리를 등지고 현관을 바라보며 서 있었죠. 전 그의 뒷모습을 보고 겁에 질려 눈이 커다래졌어요. 맥스가 애런을 가리켰어요.

"저기 우리 형이 있네."

"다른 길로 가자!"

제가 다급하게 외쳤어요. 그러고는 대답도 기다리지 않고 맥스를 정원으로 떠밀었죠. 맥스는 가슴을 활짝 펴며 입을 벌렸어요. 맥스가 곧 애런을 부르리라는 걸 깨닫고 공포에 휩싸였죠.

"형!"

애런이 돌아보기 직전, 전 맥스의 손을 놓았어요. 애런의 귀가 보이고, 코가 보였죠. 전 오른쪽으로 2미터나 펄쩍 뛰어 그늘 속으로 몸을 숨겼어요.

"벌써 온 거야?"

애런이 물었어요. 자동차 열쇠가 휙 날아가는 소리가 났죠.

"우린 마음을 바꿨어."

"우리라고?"

애런이 또 누가 있나 고개를 쭉 빼고 이쪽저쪽 살피는 모습을 떠올렸어요. 그러고 싶지 않았지만 전 고개를 돌렸고, 애런을 보고 말았죠. 그때 진심으로 애런이 지하 세계의 어둠 속으로 빨려 들어가기만을 빌었어요.

"형, 얜 조이야."

"조이?"

이렇게 되묻는 애런의 목소리를 듣자 가슴이 아팠어요. 전 어둠 속에서 걸어 나왔죠. 게임이 끝난 거예요, 아저씨.

"조이."

애런이 제 이름을 또 불렀죠.

"내 동생하고 온 거야?"

"오늘만."

제가 다급하게 말했어요. 맥스가 제 어깨에 팔을 두르며 말했죠.

"뭐, 그리고 다른 때도 언제나."

"다른 때라고? 언제?"

애런은 이 질문이 이상하게 들릴 걸 알았는지 억지로 웃음을 지었어요.

"얼마나 오랫동안 비밀리에 사귄 거야?"

"얼마 안 됐어. 9월부터야."

맥스는 뻐기듯 대답했죠.

"9월이라고?"

맥스는 형이 왜 놀라는지 잘 모르는 것 같았어요.

"형, 다들 비밀이 있잖아. 형도 형 여자 친구에 대해서는……."

"난 말할 게 없어."

애런이 대답했어요. 전 어처구니없다고 생각했죠. 제가 순수하진 않았지만, 그건 애런도 마찬가지였어요.

"그 여자애……."

전 '애나'라는 이름을 입에 올릴 뻔했지만, 의심을 살 수 있겠다는 생각에 간신히 참았어요.

"누구?"

전 집을 가리키며 말했어요.

"네 여자 친구. 빨간 머리 여자애."

"애나?"

맥스가 놀란 목소리로 말했어요.

"걔가 형 여자 친구야?"

"우린 그냥 친구야. 네 살 때부터 알고 지냈어."

애런이 대답했어요. 전 가슴이 무너졌죠.

"하지만……. 하지만 둘이 같이 있는 걸 봤단 말이야. 모닥불 파티 때. 둘이 끌어안았잖아."

제가 식식거리며 말했어요.

"걘 남자 친구랑 얼마 전에 헤어졌어."

애런이 말을 받았죠.

"내가 위로해 주고 있었던 거야. 우린 그냥 오누이 같은 사이야."

"그랬구나."

속으로는 길길이 날뛰면서도 전 놀랍게도 침착하게 대답했어요.

"너희 같은 사이는 아니지."

애런이 주머니에 손을 찌른 채 정원을 서성거리며 말했죠.

"왜 숨겼어, 맥스? 부끄러워서 그랬던 거야?"

애런이 조용히 놀리는 듯 묻자 맥스가 웃었어요.

"무슨 소리야. 우리 집에도 왔었어. 형이 집에 없던 날."

전 눈을 감았어요.

"뭐라고?"

애런은 애써 밝은 목소리로 말했지만, 긴장감이 느껴졌죠.

"언제?"

"잘 몰라. 11월인가 언제. 그때 잠깐 왔었지, 맞지?"

전 천천히 눈을 떴어요.

"응, 응. 그랬지."

제 몸을 감싼 맥스의 외투 자락이 강하게 불어오는 바람결에 휘날렸죠. 아무리 추울지언정 맥스의 외투를 찢어 땅바닥에 내동댕이치고 싶었죠.

"안으로 들어가자."

맥스가 제 손을 잡으며 말했어요.

전 그 손을 빼내며 대답했어요.

"실은 기분이 좋지 않아. 그냥 집에 갈래."

전 맥스의 외투를 벗었어요.

"눕고 싶어. 혼자."

맥스가 윙크를 하는 바람에 '혼자'라는 말을 덧붙였어요.

전 두 형제를 보지도 않고 정원에서 나가려고 했어요. 엄마나 아빠에게 빨리 데리러 오라고 전화할 생각뿐이었죠. 맥스가 뒤에서 소리쳤어요.

"네 외투랑 다른 물건들은?"

전 발걸음을 멈추고 속으로 구시렁거렸어요.

"아, 로렌 방에 있는데 좀 가져다줄래?"

맥스는 그다지 즐거워 보이지 않는 얼굴로 애런과 저를 남겨 두고 집 안으로 들어갔어요.

우린 둘 다 아무 말도 하지 않았어요.

애런의 심장도 제 심장처럼 마구 뛰고 있는지 궁금했어요.

"미안해. 내가 말했어야 했는데."

결국 제가 입을 열었죠.

"사과할 필요 없어. 우리 사이에 아무 일도 없었잖아."

애런이 콧방귀를 뀌었죠.

전 침을 삼키고 손가락만 꼼지락거리며 잠시 아무 말도 하지 않았죠.

"있긴 있었지……."

애런은 황당한 표정이었어요.

"뭐가?"

전 앞으로 다가가며 중얼거렸어요.

"알잖아."

애런은 팔짱을 꼈어요.

"넌 그냥 몇 번 마주친 여자애일 뿐이야. 내가 잘 모르는."

그 말을 듣자 속이 뒤틀렸죠.

"설마."

애런은 오랫동안 고개를 끄덕였어요.

"맞아. 그리고 내 동생이랑 잘 어울리네."

"우린 사귀는 사이 아냐."

"내가 보기엔 사귀는 거 맞는데."

전 눈가에서 머리카락을 떼어 냈어요.

"미안하다니까!"

애런이 냉정한 목소리로 대답했어요.

"아까도 말했지만 사과할 필요 없어. 넌 네가 원하는 사람을 만날 자유가 있으니까. 안 그럴 이유가 뭐야?"

"왜냐하면 우리는……."

"친구지. 그래, 우리가 친구라고 하자."

애런이 제 말을 잘랐어요.

"좋아!"

"그래, 좋아."

애런은 제가 미친 사람처럼 행동한다는 듯 바라봤어요. 전 애런을 노려보았죠. 아저씨, 제게 화를 낼 자격이 없었는지도 모르지만, 끓어오르는 화를 참을 수가 없었어요.

"네가 원하는 게 그런 거라면!"

"그런 거야."

애런은 여전히 냉정한 목소리로 대답했어요. 웃음 띤 얼굴이었지만, 눈은 전혀 웃고 있지 않았죠.

"내 동생이랑 재미있게 놀아."

애런은 이렇게 말하고 파티 장소로 들어갔어요. 애런이 들어가는 모습을 보며, 맥스와 제대로 재미있게 놀겠다고 다짐했죠.

새해 첫날 아침은 저의 분노가 하늘에서 타오르듯, 붉고 환한 일출로 시작했어요. 애런의 대화를 곱씹으며 뒤척이느라 잠을 거의 못 잤죠. 나중에는 애런이 무슨 말을 했는지, 제가 무슨 말을 했는지 생각나지 않을 정도였어요. 하지만 애런이 못되게 굴었다는 건 분명했어요. 아저씨, 다시 한 번 말하지만 그가 나쁘게 군 건 사실이에요.

전 복수를 꿈꾸며 냉장고 문을 벌컥 열고 우유를 콸콸 따랐어요. 맥스를 제게 완전히 넘어오게 해서 같이 안개가 자욱한 산꼭대기까지 올라가리라 생각했어요. 거기서 제가 숙제나 하고 있지는 않겠죠. 전 싱크대에서 스푼을 꺼내 우유를 저었어요.

"새해 복 많이 받아, 언니."

소프가 한 입 가득 시리얼을 넣고 우물거렸어요.

"식탁 예절 좀 지켜, 소프."

엄마가 노트북에서 고개를 들고 소프에게 주의를 줬죠.

도트만 기분이 좋았나 봐요. 도트는 커다란 종이에 크레용으로 새해 계획을 써서는 그걸 들고 사방을 돌아다녔어요.

"가장 중요한 목표는 다이어트야."

도트는 통통한 배를 가리키면서 수화로 말했어요.

"두 번째는 새들을 보고 나는 법을 배우는 거야. 세 번째는 선생님과 낯선 사람들을 빼고 모든 사람들을 친절하게 대할 거야. 날 유괴할지도 모르니까. 네 번째는……."

이렇게 계속하던 도트는 제 무릎에 찰싹 달라붙어 계획이 뭐냐고 물었어요.

"아무것도 없어."

"열심히 공부해서 기말 시험을 잘 보는 게 어떠니?"

엄마는 달팽이관 이식에 관한 사이트에 시선을 고정한 채 물었죠.

"그런 시험은 별로 중요하지 않아."

"그런 시험도 중요해, 조이. 네가 법을 전공하려고 한다면……."

"누가 법을 전공한대?"

전 버럭 소리치며 대들었죠.

"뭐, 그러면 대신 뭘 할 건데?"

엄마는 빠른 속도로 키보드를 두드렸어요.

"글을 쓰겠지. 아닐 수도 있고. 아직 몰라. 그런 계획은 필요 없어."

"한심하구나."

엄마가 자판을 누르며 한숨을 쉬었어요.

"한심하기는. 서두를 필요 없잖아, 안 그래? 고등학교를 졸업할 때 다시 생각해 볼래."

전 퉁명스럽게 말했죠. 엄마가 얼굴을 찡그리자 저도 얼굴을 찡그리고는 건방진 태도로 계단을 올라갔어요.

전 어질러진 방을 정리하지도 않고 애런이 사과하기를 기다리며 책상 앞에 축 늘어져 있었어요. 아저씨, 휴대 전화가 언제 발명되었는지 모르겠어요. 아저씨가 사형 선고를 받기 전이었는지, 그 뒤였는지. 어쩌면 아저씨는 몇 시간 동안이나 메시지를 기다려 본 적이 없을지도 모르겠네요. 만약 그렇다면, 감사히 여기셔야 해요. 메시지 알림 소리가 환청으로 들리고, 전화기를 확인할 때마다 희망은 자꾸 부풀어 오르는데, 정작 텅 빈 화면을 확인하고는 가슴이 무너져 내리고 심장이 산산이 부서지는 건 고문이 따로 없거든요.

그날 시간은 천천히 흘러갔어요. 텔레비전도 별 도움이 되지 않았죠. 옛날 영화만 자꾸 나왔어요. 〈바람과 함께 사라지다〉는 못 보셨을 것 같아요. 설령 봤다고 해도, 그렇게 긴 영화를 졸지도 않고 보지는 않았겠죠. 영화가 길어서 중간에 화장실을 두 번이나 다녀왔어요. 제가 소파에서 자꾸만 꼼지락거리자 엄마는 "얌전히 좀 있어."라는 말을 여러 번 했죠. 전 네 시간 동안이나 사랑에 빠진 연인들을 지켜봤어요. 그러다 결국 레트라는 남자가 스칼렛이라는 여자를 떠났을 때 얼마나 실망했는지 상상도 못 하실 거예요. 전 '말도 안 돼!'라는 표정으로 엄마를 바라봤고, 레트가 돌아오지도, 스칼렛이 그를 따라 뛰어나가지도 않은 채 영화는 끝나 버렸죠.

〈바람과 함께 사라지다〉는 〈대탈출〉보다도 더 큰 실망(그들은 탈출하지 않아요)을 안겨 주었어요. 그래서 전 엄마의 손에서 리모컨을 빼앗아 버튼을 눌러 댔죠.

"마음에 안 드니? 위대한 사랑 이야기인데."

엄마가 말했죠.

"뭐, 우울해."

"〈타이타닉〉보다는 덜 우울하네."

소프가 끼어들었어요.

"적어도 레트는 바다 한가운데 가라앉아 얼어 죽지는 않잖아."

도트가 문을 쾅 열고 스컬과 함께 들어왔어요. 도트는 털썩 무릎을 꿇고 앉았고, 어깨 위로 토끼의 귀가 삐죽이 솟아올랐죠.

"바람이 가 버렸어?"

"제목이 〈바람과 함께 사라지다〉야."

엄마가 제대로 알려 주었어요.

"난 왜 그런 제목인지 알아."

도트가 깔깔 웃었어요. 농담 하나를 생각해 낸 게 분명했죠.

엄마는 열심히 생각했어요.

"바람과 함께 사라졌다는 건 레트가 마지막에 떠나 버린 걸 의미하는 게 아닐까."

엄마는 진지하게 수화로 말했어요.

도트가 활짝 웃으며 머리를 흔들었어요.

"그건 그 남자가 마을을 떠나기 전에 똥을 싸서야."

그날 밤, 화도 나고 비참한 기분으로 이불 속에 누웠어요. 침대 옆 탁자에 손을 뻗어 마지막으로 휴대 전화를 쥐었어요. 녹색으로 빛나는 화면은 텅 비어 있었죠. 초록색 휴대 전화 불빛 속에서 벽에 그림자 인형을 만들었어요. 고양이가 책장으로 휙 다가가자, 책장 앞에서 개가 멍멍 짖었어요. 개와 고양이는 원수 사이라지만, 제가 만든 고양이와 개는 사전 위에서 친하게 지냈어요. 전 애런을 생각하며 개와 고양이 그림자를 바라봤어요. 애런이 너무나 보고 싶어서 아플 정도였죠. 바람이 불어오자 창문이 흔들렸어요. 아저씨, 애런이 바람과 함께 사라지고 있을지도 모른다는 이상한 생각에 사로잡혔죠.

사랑을 담아
조이로부터

열세 번째 편지
1월 22일

안녕, 스튜어트 아저씨.

방금 소식을 접했어요. 오늘 저녁에야 컴퓨터를 켜는 바람에 며칠 전에 발표된 소식을 이제야 알았어요. 인터넷을 할 때마다 아저씨의 이름을 검색해 보곤 해요. 오늘은 〈텍사스 온라인 크로니클〉에 아저씨에 관한 뉴스가 떴더군요. 사형 집행일이 5월 1일로 결정되었다는 뉴스였어요.

5월 1일이라니, 아저씨. 믿을 수가 없어요.

아빠가 정원 용품 가게에서 세일할 때 산 듯한 새 접이의자에 앉아 있는데도 손이 떨려서 글을 쓰기가 힘들어요. 아저씨 기분이 어떨지 짐작조차 가질 않아요. 시간 계산을 해 보니, 아저씨는 여기 영국보다 여섯 시간 빠른 텍사스에서 이제 막 잠자리에서 일어났을 거예요. 하지만 아침 식사는 거의 넘기지 못하겠죠. 아저씨를 돕기 위해서라면 무엇이든 하겠다는 말을 꼭 해 드리고 싶어요. 학교를 찾아와 사형 제도에 대한 이야기를 해 주신 수녀님께 연락해서 청원서를 보내자고 하거나 서명 운동을 벌이자고 할 수 있을지도 몰라요. 수녀원을 찾아가면 수녀님 백 명의 서명쯤은 받아 낼 수 있을 거예요.

텍사스 정부가 아저씨를 영원히 잠들게 할 수는 없어요. 절대로 그렇게 할 수 없어요. 지난주에 아저씨가 쓴 '용서'라는 시를 읽었어요. 그 시를 보니 아저씨가 '다른 누구도 아닌 아내를 칼로 찔러 목숨을 빼앗은 것을 얼마나 후회'하는지 잘 알 수 있었어요. 전 아저씨가 구원받아 마땅하다고 생각해요. 제가 미국 대통령이라면, 물론 감옥은 그대로 남겨 두겠지만, 범죄자들을 희망도 없이 죽게 놔두기보다는 그들을 도울 방법을 찾겠어요. 누구도 한 사람의 생명을 그렇게 앗아 갈 수는 없어요. 한 사람의 영혼을 깊이 들여다보면, 좋은 점은 하나도 없고 온통 나쁜 점밖에 없다고 말할 수 있는 사람은 아무도 없어요.

아무튼 전 시작한 이야기를 끝내야겠죠. 시간이 없으니 이제 서둘러야겠어요. 5월 1일 전에는 이야기를 마쳐야 하니까요. 아저씨가 마지막으로 하게 될 식사처럼, 제 편지가 최후의 준비를 하는 데 도움이 될 수 있기를 바랄게요. 어쩌면 마지막 식사로 나올 치즈 버거와 감자튀김, 빨대 두 개가 꽂힌 밀크셰이크와 일회용 케첩을 보며 좋았던 시절을 떠올리겠지요. 어쨌거나 시간이 별로 없으니까 이야기를 마저 할게요. 커다란 손 하나가 시곗바늘을 1년 전인 지난 1월로 되돌리고 있다고 생각해 보세요. 로렌과 제가 학교 앞 계단에 앉아 있는 장면부터 시작할 거예요. 우리는 외투를 입고 거기 앉아서 떨고 있었어요. 새 학기 첫날, 쉬는 시간이었죠.

제10장

"그래서 파티는 어떻게 끝났어?"

제 물음에 로렌은 양손을 모으고 입김을 불어 넣었어요.

"좋았어. 끝내줬지. 그래도 맥스는 네가 보고 싶다고 하더라. 네가 가 버리고 나서 걘 축 처진 얼굴로 돌아다녔어. 마리가 걔한테 집적거리는데도 싫다고만 하더라."

"뭐라고?"

제가 날카롭게 소리쳤죠.

"걱정하지 마. 맥스는 아무 짓도 안 했어. 그냥 마리가 계속 그런 거야. 솔직히 마리 걘 정말 골치야. 자기가 뭘 하는지도 모르면서 여기저기 들쑤시고 다녀. 오늘 아침에는 현관 앞에 개가 온통 토해 놓은 걸 찌르레기가 쪼아 먹고 있더라."

"어떻게 된 거야?"

"그냥 날아와서 토사물을 쪼아 먹기 시작했……."

"아니, 그거 말고."

제가 말을 잘랐죠.

"맥스가 어떤 식으로 싫다고 했어?"

제 물음에 로렌은 마리가 맥스에게 달라붙어 키스하려고 했지만 맥스가 고개를 돌려 버렸다는 얘기를 해 줬어요. 그때 맥스는 아마 저를 생각하고 있었겠죠.

"아니면 마리한테서 토한 냄새가 났거나. 아무튼, 난 맥스가 널 좋아한다고 생각해."

파티 이후 축 처져 있던 기분이 약간 들뜨기 시작했어요. 하지만 애런이 맥스에게 그날 일에 대해 묻지 않았는지 궁금했죠. 애런은 분명 제게 호감이 있었고, 그러니까 맥스에게 당연히 꼬치꼬치 캐물었을 것 같았죠. 그래서 전 그날 마지막 수업이었던 프랑스어 시간이 끝나자마자 교실을 뛰쳐나갔고, 계단을 마구 내려가 맥스가 마지막 수업을 듣고 있던 연극반으로 갔어요. 맥스는 과자를 입안에 쏟아부으며 교실에서 나오고 있었죠. 손을 흔드는 저를 보고 맥스가 다가와 물었어요.

"너 괜찮아?"

"응. 아주 좋아. 무척 행복해. 새 학기가 시작되어서가 아니라, 너도 알잖아. 널 봐서."

맥스는 뺨에 묻은 과자 부스러기를 닦으며 활짝 웃었어요.

"나도 그래. 파티에서 계속 네가 보고 싶었어, 조이."

"그렇게 가 버려서 미안해."

전 맥스의 벨트에 손을 얹었어요.

"막 재밌어지려고 했는데, 빈 방을 찾지 못해서 안타까웠어."

전 벨트 버클로 장난을 쳤죠. 평소와는 달리 무모하게도 그의 넥타이 끝을 잡아당겼어요.

"그래서 말인데, 이번 주에 학교 끝나고 나랑 놀래? 집으로 가도 돼?"

맥스는 깜짝 놀랐는지 눈을 깜박이면서 갈라지는 듯한 목소리로 말했어요.

"어, 그럼. 너만 좋다면……."

"나야 좋지. 수요일은 어때?"

"수요일에는 아빠를 만나러 가야 돼. 목요일은 어때?"

로렌이 11월에 제게 했던 말이 떠올랐어요. "내리막길은 위험해."라고요. 아저씨, 전 미끄러운 급경사를 내려가기로 했죠. 전 한 걸음 다가가서 맥스의 뺨에 키스했어요.

"아주 좋아."

목요일 저녁, 엄마는 로렌네 집까지 태워 줬어요. 로렌과 함께 강 관련 숙제를 해야 한다고 말했거든요.

"너무 오래 *끄는* 거 아니니?"

"나일 강이 길잖아."

전 차에서 내리며 시원스레 대답했죠.

지금 다시 생각해 보니, 엄마가 내려 준 로렌네 집 앞에서 모자를 쓰지도 않고 바로 방향을 바꾸어 건널목을 건너고 중국 음식점의 초록 용을 서둘러 지나치던 제가 어떻게 그렇게 침착할 수 있었는지 모르겠어요. 오해하지는 마세요. 맥스네 집 현관 앞에 도착하자 떨리기 시작했으니까요. 애런네 집이기도 해서요. 하지만 물러서지 않았어요. 애런은 제가 만나고 싶은 사람을 만나라고, 자기 동생과 재미있게 놀라고 말했죠. 전 기운을 잔뜩 내서 나무 문을 두드렸어요.

문고리가 돌아가면서 경첩이 끼익거리는 소리가 났어요. 전 입술을 적시고 웃음을 머금었죠. 제가 서 있던 자리가 밝아지고, 아홉 살쯤 되었을 금발의 여자아이가 면 원피스 차림으로 나타났어요.

"누구야?"

제가 입을 열기도 전에 그 애가 물었죠.

"난 조이야. 넌 누구니?"

"피오나야."

전 웃어 주었지만 피오나는 못 본 척했죠.

"애런 보러 왔어, 맥스 보러 왔어?"

좋은 질문이었어요.

"맥스를 보러 왔어. 안에 있니?"

피오나는 몸을 획 돌리더니 문도 닫지 않고 계단 쪽으로 갔어요. 현관 매트에 놓여 있던 남자용 운동화 두 켤레를 보고 잠시 머

245

뭇거렸지만, 마음을 굳게 먹고 신발을 지나쳐 따뜻한 집 안으로 들어섰죠. 텔레비전이 켜진 주방에서 녹은 치즈와 마늘 냄새가 풍겨왔어요. 유리잔이며 접시가 부딪히는 소리가 났죠. 누가 요리를 하는 모양이었어요.

"안녕하세요?"

전 어색한 기분으로 말했어요.

"조이가 온 모양이구나."

목소리가 먼저 들려왔고, 이어 주방 문간에 통통한 여자가 나타났죠. 적갈색과 검정색이 뒤섞인 머리카락은 하나로 묶여 있었어요. 맥스의 어머니는 미소 지으며 미간을 좁혔죠.

"우리가 만난 적이 있나?"

"아뇨."

재빨리 대답해 놓고, 도서관 앞에서 본 적이 있다는 걸 깨닫고 화들짝 놀랐죠. 눈사람 옆에서. 애런과 함께 있을 때요.

"정말? 낯이 익은데."

제가 쾌활하게 말했어요.

"뵌 적이 없는 건 아니에요. 지난 9월에 온 적이 있는데, 사실 만났다고는 할 수 없⋯⋯."

"그래서 그런가 봐! 아무튼 들어오렴."

전 그분을 따라 주방에 들어갔어요.

"레모네이드 괜찮지?"

그분은 제가 대답하기도 전에 레모네이드를 따르며 "맥스!" 하고 소리쳤죠.

"어서 앉으렴. 맥스는 금방 내려올 거야."

전 그분의 말대로 했어요. 주방 한 구석의 작은 식탁 앞에 어색하게 앉아 꼼지락거리며 텔레비전 쇼를 재미있게 보는 척했죠. 진행자는 피부가 푹 익은 소시지처럼 보였어요. 선탠을 너무 많이 해서 주름이 많은 얼굴이었죠. 그는 거짓말 탐지기를 써야 할 때라고 말하고 있었어요.

"내가 좋아하는 프로그램이지."

맥스의 어머니가 중얼거렸어요.

"피자 괜찮지?"

"네, 좋아요."

"오븐에서 굽는 중이야. 샐러드도 먹자꾸나."

맥스의 어머니가 비닐봉지를 흔들어 보였어요. 비닐봉지 안에 상추와 잘게 썬 당근과 비트로 보이는 보라색 조각이 가득 들어 있었죠.

"뭐, 이미 다듬어진 걸 가게에서 사 왔지만. 그래서 오늘 저녁은 '슈퍼마켓 정식'이란다."

맥스의 어머니가 농담을 하고 있다고 생각해서, 그분이 은색 그릇에 야채를 쏟아 식탁에 놓는 동안 웃어 드렸어요.

"우리 다섯 명이 먹는데 이거면 충분하겠지."

나, 어머니, 맥스, 피오나 그리고 애런.

식탁 밑에서 다리가 긴장했어요. 양 무릎이 서로 꽉 죄어들었죠. 이런 일이 생기고 말았어요. 이런 일이 생기고 만 거예요. 정신을 똑바로 차려야 했죠.

"……맥스가 네가 올 거라는 얘기를 조금 전에 한 탓에 준비를 제대로 못 했어. 아무튼 피자는 다들 좋아하니까. 안 그러니?"

"네. 그렇죠. 당연히 좋아요."

"맥스!"

맥스의 어머니가 다섯 사람 분의 식기를 꺼내며 다시 소리쳤어요.

"피오나! 애런! 와서 저녁 먹자!"

위층 어딘가에서 나무 바닥이 삐걱거리는 소리가 났어요. 두 형제가 침대에서 내려오고 있었죠. 두 형제의 발이 양탄자를 밟고 있었어요.

뒤에서 소리가 들려왔어요. 잔뜩 긴장하고 있는데, 피오나가 들어왔죠. 그 애는 혼자 오렌지 주스를 따르고는 식탁 건너편에서 저를 쳐다봤어요.

복도에서 또 다른 발소리가 들려왔어요. 더 무거운 발소리. 두 사람의 발소리.

전 고개를 돌렸고, 그들을 봤어요. 아니, 그를. 아저씨, 제 눈에는 애런만 보였어요. 애런은 평범한 티셔츠에 회색 청바지만 입고도 멋있어 보였어요. 그의 길고 곧은 발가락이 양탄자를 밟고 있었죠.

우리 사이에 어떤 긴장감이 흘렀어요.

"쟤한테 뽀뽀해."

피오나가 주방에 들어오는 맥스를 보더니 갑자기 깔깔 웃어 대며 말했어요.

"피오나!"

맥스의 어머니가 주의를 주었죠.

맥스는 제 어깨를 꽉 잡더니 오른쪽에 앉았어요. 제 왼쪽 자리는 비어 있었죠.

"엄마한테 우린 뭐 안 먹어도 된다고 말했는데."

"괜찮아."

전 이렇게 말했어요. 애런도 놀란 표정을 가라앉혔죠.

"안 괜찮아. 너무 부끄러워."

맥스가 중얼거렸어요.

전 맥스의 허벅지에 손을 얹으며 조용히 말했어요.

"걱정하지 마."

"우우, 속삭인다, 속삭인다."

피오나가 말했어요. 그 애는 접시에서 상추 하나를 집어 입에 넣었어요.

"빨리 키스해라. 빨리 키스해라."

애런은 컵 선반에서 유리잔 하나를 꺼내더니 수돗물을 세게 틀었어요. 물이 사방으로 튀었고, 티셔츠도 젖었죠. 맥스는 흠뻑 젖어 행주로 물기를 닦는 애런을 보며 웃었어요. 애런은 천천히 싱크대에서 식탁 쪽을 돌아보더니, 제 옆자리와 피오나 옆자리에 한 번씩 눈길을 줬어요. 마침내 코를 문지르며 피오나 쪽으로 향했죠.

맥스의 어머니가 샐러드 접시 옆에 피자를 올려놓았어요. 뜨거운 피자 때문에 은색 샐러드 접시에 김이 맺혔죠. 피오나는 허공에 하트를 그려 제게 날려 보내는 시늉을 했어요.

"페퍼로니. 햄과 파인애플. 마르게리타. 반 판씩 있어."

맥스의 어머니가 말했어요.

"내 거야."

피오나가 치즈와 토마토를 낚아채며 말했어요. 맥스는 페퍼로니한 쪽을 집어 들었죠. 맥스의 어머니는 햄과 파인애플을 골랐어요. 제가 손을 내밀 때, 애런도 손을 내밀었죠. 우리 둘 다 마르게리타를 집는 바람에, 같은 피자 조각을 각각 양 끝에서 잡게 되었어요.

"네가 먹어."

애런이 피자를 내려놓으며 말했어요.

"나눠 먹을래?"

애런은 그날 저녁 처음으로 저를 똑바로 바라봤어요.

"아니."

피오나는 피자를 먹으면서 카메라를 가지고 놀았어요. 그 애가 카메라 액정 화면을 맥스의 어머니에게 보여 주었죠.

"어제 찍은 사진이야. 그리고 학교에 가기 전에 잔디밭 찍은 사진도 있어. 봐. 햇빛 때문에 물방울이 빛나잖아."

피오나는 넋을 놓고 텔레비전을 보는 맥스의 어머니한테 말했어요.

"예쁘네."

맥스의 어머니가 피오나에게 대답한 뒤 제게 설명했어요.

"크리스마스 선물로 사 준 거야. 피오나는 꿈나무 사진가거든."

"치이즈!"

피오나가 갑자기 외치면서 카메라를 제게 들이댔어요. 제가 미처 포즈를 취하기도 전에 플래시가 터졌죠.

"정말 웃기게 찍혔다."

피오나는 킬킬킬 웃으며 버튼을 누르고 애런에게 사진을 보여 줬어요.

"정말 웃긴데."

애런이 맞장구를 쳤죠.

"웃을 시간을 줘야지."

맥스가 페퍼로니를 집어 먹으며 말했죠.

"한 장 더 찍어."

맥스는 제 어깨에 팔을 두르고 미소 지었어요. 선택의 여지가 없던 저도 미소를 지었죠. 제 손과 입술은 딱딱하게 경직되었고, 애런은 눈길을 돌렸어요.

피자를 먹는 동안 정적이 흘렀어요. 딱딱한 피자 끝부분과 쩍쩍 늘어나는 치즈를 씹는 소리만 들려왔죠. 텔레비전에서 첫 번째 출연사가 거짓말 탐지기를 통과하는 장면을 보자 안도감이 들었어요. 청중들이 일제히 일어나 야유를 퍼부어 댔죠.

"왜 저러는 거야?"

피오나가 물었어요.

"거짓말을 했거든. 못된 사람들처럼."

맥스의 어머니가 텔레비전에서 눈길을 떼지 않고 말했어요.

"누구를 거짓말로 했는데?"

애런이 피오나의 표현을 고쳐 주었어요.

"'거짓말을'이라고 해야지. 또 '누구한테'…… '누구한테 거짓말을 했는데?'라고."

전 입에 들어 있던 피자를 힘들여 삼켰어요.

"맞아. 누구한테 거짓말을 한 거야?"

피오나가 손가락으로 접시의 피자 부스러기를 긁어모으며 물었어요.

"여자 친구한테."

애런이 대답했어요.

"어떻게 했는데?"

피오나가 물었어요.

애런은 나이프와 포크를 내려놓았어요. 아저씨, 그의 나이프와 포크가 제게 똑바로 향하고 있었어요.

"다른 사람이랑 키스했어."

"다른 여자랑 잤다고 하는 게 맞겠지."

맥스가 말했어요.

피오나가 깔깔거리기 시작했어요.

"잤대."

그 애가 말했죠.

"고맙구나, 맥스. 아홉 살밖에 안 된 애한테."

맥스의 어머니가 한숨을 내쉬었어요.

애런이 갑자기 일어났어요. 자신의 접시와 피오나의 접시, 어머니의 접시를 모아 식기세척기에 넣었어요. 맥스의 어머니는 포도주 한 잔을 따랐죠.

"푸딩 먹을 사람? 아니면 차 마실까?"

맥스는 배를 두드리며 잔뜩 먹었다는 표시를 했어요.

"나랑 조이는 올라갈 거야."

"자러 가는 거……."

"그만해라."

맥스의 어머니가 피오나에게 주의를 주었어요.

"잘 먹었어요, 엄마."

애런은 이렇게 말하고 뒤도 돌아보지 않고 주방에서 휙 나갔어요.

"걱정하지 마라, 아들. 다시 한 번 복습 잘 하고."

맥스의 어머니가 애런에게 소리친 뒤 제게 말했죠.

"애런은 내일 시험을 보거든. 역사 시험이야. 우리 애런은 꽤 똑똑한 아이란다."

맥스가 자랑스러움 반, 질투심 반이 섞인 목소리로 말했어요.

"그렇지. 형은 뇌 용량이 크고 난……."

"그만해라! 엄마 앞에서 무슨 소릴 하려고!"

맥스의 어머니가 눈을 크게 뜨고 말했어요.

"마음이 크다고 하려고 했어."

맥스가 가슴에 손을 얹으며 농담하듯 말했죠.

맥스의 어머니는 콧방귀를 뀌고는 텔레비전으로 눈길을 돌렸어요. 우리는 주방을 나왔어요.

어머니가 집에 있으니, 맥스와 제가 방에서 할 수 있는 건 많지 않았어요. 침대에 앉아 어색하게 잡담을 나누었죠. 긴 침묵이 세 번째로 이어지자 전 다른 화제를 찾아 방 안을 둘러보았어요.

"저 분이 아빠야?"

전 벽에 걸린 커다란 사진을 가리키며 물었어요. 사진 속에는 수염을 기른 남자가 무릎에 남자아이를 올려놓고 앉아 있었죠.

"너 귀엽다."

"내가 입고 있는 옷을 보고도 그래?"

전 조그만 노란 반바지를 보고 웃었어요.

"몇 살 때야?"

맥스가 침대에서 일어나 사진을 바라봤죠.

254

"몰라. 한 일곱 살쯤."

"아빠가 그리워?"

"그럴 리가."

맥스가 큰 소리로 대답했죠.

"좋은 분 같아. 저 커다란 수염만 빼고."

"이제는 수염 안 길러. 새 여자 친구가 안 좋아하는 모양이야."

"뭐 물어봐도 돼?"

제가 불쑥 말했죠.

"얼마든지."

"두 분이 헤어질 때 무서웠어?"

맥스가 움찔하길래 나직이 덧붙였어요.

"대답하지 않아도 돼. 미안. 그냥 우리 엄마랑 아빠가 계속 싸우고 있어서 가끔 난, 너도 알지, 어쩌면 두 분이 아마도……. 뭐 어쨌든 아마 헤어지지는 않겠지."

맥스는 책상 밑으로 발을 넣어 공을 꺼내서는 드리블하며 방 안을 돌아다녔어요. 저와 눈을 마주치지 않으면서요.

"잘하네."

"그렇게 잘하는 건 아니야."

맥스는 엉망이 된 옷장 쪽으로 공을 차며 중얼거렸어요.

"말도 안 돼! 넌 학교에서 제일 잘하잖아. 너도 알잖아."

"그렇긴 하지. 하지만 영국에 학교가 얼마나 많은데?"

맥스는 발로 공을 쉽게 다루며 물었어요.

"모르지."

"맞춰 봐."

"이만 개? 삼만 개?"

"이만 오천 개라고 치자. 나 같은 애들이 이만 오천 명 있는 거야. 학교에서 제일 잘한다는 애들이."

"이만 오천 명. 그중 얼마나 많은 아이들이 축구 선수가 될까?"

맥스는 제게로 공을 찼고, 전 놀랍게도 그 공을 똑바로 받아 찼어요.

"잘 모르겠어. 하지만 무슨 말인지 알겠어. 통계적으로 힘들다는 거지."

"뭐든 잘하는 우리 형하고 난 달라. 난 축구만 잘해. 하지만 그걸로 살아갈 수 있을 정도로 잘하지는 못하지."

"짜증 나네."

"그렇지."

이번에는 맥스가 패스한 공을 놓쳤어요. 공은 침대 아래로 굴러갔죠. 전 몸을 숙이고 공을 꺼내다가 어둠 속에 숨겨져 있던 무언가를 발견하고 멈칫했죠.

"이거 혹시……"

"아냐!"

"맞네!"

전 침대 밑에서 반쯤 완성된 지그소 퍼즐을 가리키며 외쳤어요. 오백 개쯤 될 퍼즐 조각들이 받침대에 흐트러져 있었어요. 완성된 부분에는 수천 명의 팬들 앞에 나선 축구 선수가 보였죠.

"그거 꺼내지 마!"

퍼즐을 침대 위에 올려놓자 맥스가 소리쳤지요.

"진짜 멋지다."

맥스가 못 믿겠다는 표정으로 저를 바라봤어요.

"멋져?"

"진짜로, 정말로, 멋져."

"그냥 지그소 퍼즐인데."

맥스가 중얼거렸어요. 하지만 기쁜 표정이었죠.

"아냐. 이건 그냥 지그소 퍼즐이 아냐. 이건 증거야."

전 고개를 저으며 말했어요.

"무슨 증거?"

전 눈을 깜박거리며 말했죠.

"위대한 맥스 모건이 사실은 괴짜라는 증거."

"말도 안 돼."

우리는 서로 미소를 지으며 함께 퍼즐을 맞추기 시작했어요.

재미있었어요. 어렵기도 했고요. 조각들이 많은 데다가 전부 녹색이었거든요. 한 시간을 꼬박 퍼즐을 맞춘 끝에 우린 코너 플래 그까지 완성했고, 만족스러운 기분으로 퍼즐을 바라봤죠. 둘이 거실로 내려가니 맥스의 어머니는 입을 크게 벌리고 소파에서 잠들어 있었어요.

맥스가 어머니를 흔들어 깨웠어요.

"떨어질 뻔했네."

맥스의 어머니가 잠긴 목소리로 말했죠.

"감사했어요. 피자도요."

제가 외투를 집으며 말하자, 맥스의 어머니는 졸린 얼굴로 미소를 지으며 "감사는 무슨." 하고 대꾸하셨죠.

"집에는 어떻게 갈 거니?"

"그냥 걸어서요."

맥스의 어머니가 발로 커튼을 걷었어요.

"그러면 안 돼, 얘야. 밖이 칠흑처럼 컴컴한데. 춥고."

전 현관으로 향하며 말했어요.

"괜찮을 거예요. 아무튼 지금 가야 돼요. 엄마가 열 시까지는 오라고 하셨거든요."

맥스의 어머니가 손가락으로 머리를 빗었어요.

"내가 마음이 안 놓여서 그래. 태워다 주고 싶지만 내가 포도주를 너무 많이 마셨네."

"애런 형이 데려다 주면 어때?"

죄책감이 느껴지자 배 속이 뒤틀리기 시작했어요. 초조했죠. 그러면서도 기대가 됐어요. 맥스의 어머니는 벌써 일어나 애런의 방으로 가고 있었어요.

아저씨, 애런이 DORIS에 타는 동안, 집 밖에서 작별 인사를 하던 제 긴장감을 상상하실 수 있어요? 같이 즐거운 시간을 보냈을지라도 맥스와 키스하고 싶지 않았어요. 애런의 차가 전조등을 켜고 다가오는 동안, 맥스는 제 뺨을 만지며 입술에 키스했어요. 전 애런의 시점에서 이 장면이 어떻게 보일지를 생각했죠. 이렇게 복수할 수 있다니 기분이 좋아야 한다고 생각하면서도, 뭔가 허무하다는 느낌이 들면서 이런 복수는 하나 마나 하다고 생각했죠.

맥스는 집으로 들어갔어요. 저와 애런 둘뿐이었죠. 애런과 저, 둘뿐이었어요. 입속에서 뺨을 깨물며 차에 탔어요.

"이렇게 돼서 미안해."

애런은 대답하지 않았어요. 앞만 바라보던 그는 제가 문을 닫자 다시 시동을 걸었죠.

"태워 줘서 고마워."

애런은 자동차를 후진시켜 진입로를 빠져나갔어요.

"너무 춥다."

전 한 번 더 말을 걸었죠. 애런은 라디오를 켰어요.

우리는 말없이 앉아 있었어요. 횡단보도를 지나고, 교회와 중국음식점을 지나쳤죠. 초록 용이 창문을 밝히고 있었어요. 애런은 허리를 쭉 펴고 팔을 직각으로 뻗어 운전대를 잡고 있었죠. 전 라디오 볼륨을 줄이며 말을 붙이려고 했어요.

"시험공부는 잘 했어?"

애런이 볼륨 조절 다이얼을 높은 쪽으로 홱 돌렸어요. 스피커는 이에 반발하며, 가수가 **사랑** 어쩌고 하는 부분을 크게 내지를 때 삑 하는 소리를 냈지요. 그 소리가 크고, 고통스럽고, 무섭게 들려왔어요.

우리는 신호등 앞에 잠시 멈춰 섰어요. 애런이 브레이크를 너무 세게 밟는 바람에 백미러에 매달려 있던 스칼렛 양이 유리를 때리고 빙그르르 원을 그리며 돌았어요. 전 스칼렛 양을 톡 쳐서 제자리로 돌아오게 했어요.

"그거 만지지 마!"

전 다시 스칼렛 양을 톡 쳤어요. 애런은 고개를 흔들며 라디오를 갑자기 꺼 버렸어요. **사랑**······.

"넌 정말 어린애구나. 너한테는 전부 다 게임이지, 안 그래?"

전 팔짱을 꼈어요.

"저 클루도 인형도 어린애 같아."

애런이 잔뜩 화난 눈으로 도로를 노려보며 사납게 말했어요.

"다른 얘기를 하는 거야. 다른 얘기를 하는 거라고. 너도 알잖아. 대체 무슨 게임을 하는 거야? 내 집에 불쑥 찾아와 저녁을 먹는 게임이야?"

전 그의 말을 고쳐 주었어요.

"네 동생 집이기도 하지! 네 '동생' 집이기도 하다고."

초록 불이 켜졌어요. 애런은 브레이크에서 발을 뗐고, 차가 미끄러져 나아갔죠.

"그래서 이러는 거야?"

애런이 소리를 질렀어요.

차가 모퉁이를 돌 때, 거의 계기판에 엎어지다시피 하면서 대답했어요.

"네가 말했잖아. 우리가 잘 어울린다며. 나보고 재밌게 놀라고 했잖아. 그래서 이러는 거야. 재밌게 놀려고!"

"알았어!"

애런이 소리를 질렀죠.

"나도 알았어."

전 애런이 파티에서 한 말을 고스란히 되돌려 주었지만, 씁쓸한 기분은 어쩔 수가 없었어요. 손이 떨렸고, 목이 타들어 가는 것 같았어요. 손을 어떻게 해야 좋을지 몰랐죠.

"난 잘못한 거 없어, 애런. 내가 만나고 싶은 사람 만나는 거야. 그러라고 했잖아."

눈물이 차올랐어요. 전 눈물을 닦아 내고 픽션로드를 노려보았죠.

픽션로드.

엄마가 집 밖에 나와 있었어요. 로렌네로 가려는 거였죠. 애런이 속도를 줄이며 어느 집이 우리 집인지 찾고 있었어요. 당장이라도 엄마가 이쪽을 보고 저를 알아볼지도 몰랐어요.

"달려!"

제가 쥐어짜듯 말했어요. 엄마가 애런의 차를 볼까 봐 무서웠거든요.

"제발, 그냥 달려!"

애런은 망설이며 입술을 깨물었어요. 그러다 액셀을 밟았고, 우리 집을 지나쳤죠.

"왜 그래?"

"로렌네 집으로 가야 했어! 내가 미리 말했어야 했는데. 우리 엄마였어. 엄마는 내가 친구네 집에 있는 걸로 알고 있어."

애런에게 로렌네로 가는 방향을 알려 주었어요. 우리는 엄마를 앞지를 수 있도록 빠른 길을 택했죠. 로렌의 집으로 향하는 동안, 제가 인생이라는 경주에 나선 기수 같다고 생각했어요. 우회전. 미끄러지듯 좌회전. 빠르게 직진.

애런이 콧방귀를 뀌었어요.

"거짓말은 그만해야지. 나쁜 버릇이잖아."

전 믿기지 않는 얼굴로 바라봤죠.

"정말 지금 그 얘기를 하고 싶어?"

"그냥 말하는 거야. 거짓말 좀 그만해. 넌……."

"내가 뭐?"

애런은 잠시 말을 잇지 않았어요. 그러더니 숨을 들이마시고, 분명히 말을 이었죠.

"철이 없어."

전 억지로 웃음을 터뜨렸어요.

"철이 없다고? 백미러에 스칼렛 양이나 달고 다니는 사람이 누군데? 유령이며 악어며 뱀으로 가득한 검은 구멍 얘기를 한 사람이 누군데? 계획도 없고 앞으로 뭘 할지도 모르는 사람이 누군데?"

"말 돌리지 마. 엄마한테 거짓말을 하는 건 나빠. 그 얘기야."

애런이 으르렁거리듯 말했어요.

"왜 나한테 그런 얘기를 하는데? 나보다 나이가 많아서? 그냥 날 놔둬, 애런. 나한테 이래라저래라 할 자격 없어. 내가 엄마한테 뭐라고 하든지, 너랑 상관없다고. 전혀."

애런이 어깨를 으쓱했어요.

"그럴지도 모르지. 하지만 네가 '나한테' 한 말은 꽤 중요해. 근데 날 완전히 속였지."

바로 앞에서 빨간불이 켜졌어요. 전 속으로 욕을 내뱉으며 휴대전화로 시간을 확인했죠. 9시 55분이었어요.

"할아버지가 돌아가셨다고 한 적 있지."

빨간불

빨간불

빨간불

파란불

"가!"

전 소리를 질렀고 우리는 다시 속도를 높였어요. 9시 56분.

"그런데 내가 널 봤던 날 넌 할아버지 묘소를 찾아갔던 게 아니었어."

"그래, 하지만……."

"넌 내 집에 와 있었던 거야. 내 집에!"

그는 이제 소리를 지르고 있었고, 그의 말 하나하나가 제 귓가를 울렸어요.

"내 동생이랑!"

"나도 알아. 하지만……."

"그 애 방에. 그런데도 넌 뻔뻔스럽게도 내 차에 올라타서는……."

"그만 좀 해!"

전 주먹으로 허벅지를 내려치며 소리를 질렀어요.

"그만, 됐어."

9시 59분.

로렌네 집이 가까워졌어요. 잔뜩 겁을 먹은 전 몸을 앞으로 내밀고, 엄마 차가 벌써 와 있는지 길을 살폈죠. 차는 한 대도 보이지 않았어요. 전 문을 열고 내리려고 했죠.

"고맙다는 인사는 됐어."

애런이 비꼬듯 말했어요.

"철 좀 들어."

전 차에서 내리며 이렇게 말했죠. 달아오른 얼굴에 차가운 공기가 닿았어요.

"데려다 줘서 너무나 고마워. 정말이야."

"네가 어떻게 그럴 수 있는지 모르겠어, 조이!"

애런이 소리쳤죠. 그의 두 눈이 어둠 속에서 불타고 있었어요.

"네가 어떻게 그렇게 '싸구려 계집애'처럼 굴었는지 모르겠다고!"

"나한테 설명할 기회도 주지 않았잖아!"

제가 문을 쾅 닫았을 때 시계는 10시를 가리켰죠. 애런은 다시 시동을 걸고 가 버렸어요. 전 그에게 큰 소리로 욕을 퍼부었죠. 떠오르는 욕이란 욕은 다 했어요. 바람이 불어왔고, 날이 추웠지만, 잔뜩 열 받은 몸속에서는 피가 끓어올랐죠.

"재밌었니?"

잠시 뒤 엄마가 도착했고, 분노를 숨긴 채 앞 좌석에 주저앉는 제게 물었어요. 또 거짓말을 해야 해서 잠시 머뭇거렸지만, 애런의 말을 생각하고 아무렇게나 대답했죠.

"재미는 무슨. 지리 숙제 한 거잖아."

그다음에 생긴 일도 쓰고 싶지만, 여기서 그만 쓸게요. 눈을 뜨고 있기도 힘들거든요. 지난 며칠 동안 계속 나쁜 꿈을 꾸느라 잠을 푹 못 잤어요. 빗줄기가 퍼붓고, 연기가 피어오르고, 사라지는 손이 등장하는, 차갑고 축축한 꿈을 꾸고 벌떡 일어나는 거죠. 아직 그 얘기는 하고 싶지 않지만, 그래도 할 거예요. 너무 늦지 않게요. 약속할게요.

5월 1일이 되기 전까지는 그래도 조금이나마 시간이 있어요(수녀님이 그 일을 막지 못해서, 결국 그 일이 일어나게 된다면요). 하지만 우리는 뭔가를 할 수 있을 거예요. 그러니 벌써부터 포기하지 마세요. 아저씨가 저지른 실수 때문에 당연히 그런 벌을 받아야 하는 거라고 생각하지 마시고요. 아시다시피 저도 그런 짓을 저질렀어요. 아저씨, 아저씨는 혼자가 아니에요. 그러니까 얇은 매트리스에 누워 온 세상이 아저씨의 악한 영혼을 탓하고 있다고 생각하지 마세요. 영국에 사는 한 소녀가 아저씨의 영혼에도 좋은 점이 있다는 걸 알고 있으니까요.

사랑을 담아
조이로부터

2월의 편지

To.

미국 텍사스 77351 리빙스턴

폴런스키 교도소(사형수 수감동)

수감 번호 993765

스튜어트 해리스 아저씨 앞

아저씨, 안녕?

몇 주 동안이나 거미를 보지 못했어요. 하지만 문간에 새 거미줄
이 쳐져 있네요. 전 그늘 속에 숨은 거미가 편지를 쓰는 저를 훔쳐
보며, 제가 적고 있는 말들을, 제 비밀들을, 은색 비단실로 천장에
고스란히 옮겨 적고 있다는 상상을 해요. 그냥 망상일 수도 있죠.
오늘 학교에서 돌아왔을 때, 이제는 별로 놀랍지도 않은 일이 있었
어요.

전 수업이 끝나고 잠깐 기다렸다가 예전 특별 활동 선생님을 만
났어요. 이 이야기를 하면 아저씨도 기뻐하실 거예요. 전 수녀님에
게 편지를 보내고 싶다고 말했어요.

"수녀님께 편지를 쓰려는 이유가 뭐니?"

앤드루스 선생님이 물었어요. 선생님은 다음 날 오전 수업을 위

해 칠판에 미리 예수님과 관련된 내용을 보라색 마커로 쓰고 있었죠.

"왜냐하면……."

전 미리 생각해 둔 대로 말을 하려고 잔뜩 용기를 냈죠.

"왜냐하면……?"

앤드루스 선생님은 십자가에 매달린 빼빼 마른 남자를 그리면서 제 말을 따라 했어요.

"하느님을 찾았거든요."

"어디서?"

선생님은 예수님 옆에 말풍선을 그리더니 그 안에 큰 글자로 '아아아악'이라고 썼어요. 저야말로 '아아아악'이라고 생각했죠. 그런 질문은 미처 예상하지 못했거든요.

"제…… 필통에서요, 선생님."

"하느님께서 지우개를 빌리러 오신 거니?"

"아뇨. 수학 시간에 필통을 열었더니 뚜껑에서 빛이 번쩍 튀어나와 책상 위에 십자가를 그렸어요."

"감동적이구나. 정말로 감동적이야."

선생님은 책상에 마커를 내려놓았어요.

"재닛 수녀님은 에딘버러에 있는 세인트 캐서린 수녀원에 계신단다."

재닛 수녀님은 곧 제 편지를 받으실 거예요, 아저씨. 그러니 걱정하지 마세요. 쏟아지는 햇살을 맞으며 학교에서 집으로 돌아가는 동안, 몇 달 만에 처음으로 긍정적인 기분을 느꼈어요. 전 생각해 둔 계획을 실행하려고 집까지 마구 뛰었죠. 아저씨가 쓴 시를 출력해서 아저씨의 장점을 적은 목록이랑 같이 수녀님께 보내 드리겠다는 계획이었어요.

남의 말을 잘 들어 준다.
이해심이 많다.
창의력이 있다.
해리 포터와 닮았다. 그 이유는……

그때 뭔가가 보였죠.
DORIS.
우리 집 앞에 서 있었어요.
갈색 눈동자가 보도를 걸어오는 저를 훑고 있었죠.
"안녕하세요."
전 건너편 길에서 말했어요.
"어디 갔다 와? 기다리고 있었는데."
날 기다렸다니?
"특별 활동 선생님한테…… 선생님한테 드릴 말씀이 있었거든요. 왜 운전을……. 그러니까, 왜 그 차를 타고 오셨어요?"

"내 차는 수리 중이야."

맥스의 어머니가 말했어요.

"그래서 몇 달 동안 차고에만 처박혀 있던 이걸 타고 왔지."

전 차에서 눈을 뗄 수 없었어요.

낡은 파란 차 문. 세 개뿐인 바퀴.

"잘 지내셨어요?"

맥스의 어머니는 제게 가까이 오라는 손짓을 했죠.

차창에 제 모습이 비쳤어요. 창백한 뺨. 움푹 꺼진 눈. 생각보다 마른 몸.

그분이 갑자기 미소를 지었어요. 이상한 미소였죠. 너무 강렬했거든요.

"좋은 소식이 있어."

그분이 안전벨트를 풀고 차에서 내렸어요. 전 움찔했죠.

"추모식을 할 거야."

"뭐라고요?"

"오늘 오후에야 생각났지 뭐니. 그래서 네게 곧장 말해 주려고 왔어. 첫 번째 추모식을 챙기고 싶어. 그 애를 위해 뭔가 특별한 걸 하자."

겁에 질린 제 표정을 완전히 오해한 그분은 제 어깨에 뼈만 남은 손을 얹었어요.

"걱정하지 마. 너도 당연히 참여해야지. 뭘 읽는 게 어떠니."

"싫어요!"

제가 이렇게 말하자 그분이 눈을 깜박였어요. 하지만 미소를 잃지 않았죠.

"제가 할 수 있을지 모르겠어요. 사람들 앞에서요."

그분은 제 어깨에 얹은 손에 힘을 주었어요.

"힘들 거라는 거 알아. 하지만 우린 그 애를 기억 속에서 살아 있게 해 줘야지."

아저씨, 전 크게 웃음을 터뜨릴 뻔했어요. 그렇게 안 해도 그에 대한 기억은 사라지지 않을 거였으니까요. 그러기가 쉽나요. 맥스의 어머니는 차 안으로 몸을 숙이고 핸드백을 뒤져 공책 하나를 꺼냈어요.

"몇 가지 생각을 좀 해 봤어."

맥스의 어머니는 엉망인 글씨로 가득한 페이지를 여러 장 넘겼어요.

"잠깐 얘기할 시간 있니?"

"플루트 레슨이 있어요."

전 아무렇게나 둘러댔죠.

그분은 공책을 덮었어요.

"아, 그래. 그럼 됐어. 다음에 얘기하자."

전 가능한 빠르게 걸으며 말했어요.

"그래요. 다음에 뵐게요."

273

현관 진입로로 들어서는데, 등 뒤에서 맥스의 어머니가 소리쳤어요.

"정확히 언제?"

전 그 자리에 얼어붙었죠.

"아무 때나요."

전 몸을 돌리지도 않고 대답했어요.

"내가 전화해도 될까? 네가 우리 집에 와도 좋고. 이번 주말은 어떨까. 같이 계획을 세워 보자."

전 솟아오르는 분노를 감추려고 애를 쓰며 눈을 감았어요.

"이번 주말에는 바빠요."

"주말 내내?"

"뭐, 아뇨. 하지만······."

"그럼 내가 전화할게."

전 고개를 돌리고 스칼렛 양을 건드리며 차에 타는 그분을 어깨너머로 봤어요. 빨간색 스칼렛 양이 양쪽으로 흔들리고 있었어요. 전 뼈마디마다 치통처럼 파고드는 고통을 느끼며 애런을 떠올렸죠. 아저씨, 1년 전에도 전 똑같은 기분을 느꼈어요. 우리가 싸우고 난 뒤에 그가 전화하지 않았을 때 말이에요. 그는 전화하지 않았어요. 절대로 전화하지 않았죠.

제11장

애런이 그런 말까지 한 이상, 제가 그의 동생인 맥스를 만나지 않아야 할 이유는 완전히 사라졌어요. 게다가 같이 지그소 퍼즐을 맞춘 날 이후로 저와 맥스의 관계에도 진전이 있었어요. 우리는 땅콩버터와 젤리의 조합처럼, 좀 이상하게 보이기는 해도, 언제나 같이 다니는 공식 커플이 되었죠(아저씨도 땅콩버터와 젤리를 좋아하시리라 생각해요). 물론 전 맥스의 집에는 가지 않았어요. 하지만 제가 엄마에게 둘러댈 구실을 생각해 낼 때마다, 늘 시내를 벗어나 강가로 갔어요. 거긴 조용하기도 했고, 나무 아래서 비를 피할 수 있는 벤치도 있었거든요.

병원에서 퇴원한 할아버지는 요양 시설로 갔어요. 아빠는 가능한 자주 할아버지를 찾아가서, 할아버지가 요양 시설에 적응하시도록 도와드렸어요.

밸런타인데이에 아빠는 카드 한 장을 들고 아래층으로 내려왔어요. 엄마는 주방에서 다림질을 하고 있었고, 저는 학교 가기 전에 아침을 먹고 있었죠. 아빠는 카드를 다림질거리 위에 올려놓았어요. 엄마는 전혀 알아차리지 못한 채, 가방을 내려놓고 토스터에 빵을 넣는 아빠와 김을 뿜으며 도트의 바지를 다리는 다리미만 바라보았죠.

"또 거기 가는 거야?"

엄마가 한숨을 쉬었죠.

"사진을 더 보여 드리려고. 솔직히 효과가 있는 것 같아. 말씀하시는 것도 전보다 낫고. 지난번에는 거의 틀리지도 않고 주기도문을 외우셨어. 간호사들이 애를 좀 썼나 봐. 정말 놀랐어. 간호사들이 나를 너무 잘 도와줘서……"

"그 사람들이 당신한테 돈이라도 줘?"

"물론 일자리도 계속 찾고 있어."

아빠가 토스터에서 빵을 꺼내며 대답했어요.

"일자리를 요양원에서 찾나 보지?"

엄마는 청바지를 개다가 옷 더미에 놓인 카드를 발견하고 봉투를 열었어요. 잠시나마 엄마의 얼굴이 부드러워졌죠.

"고마워, 사이먼."

토스트에 버터를 바르는 아빠의 얼굴도 즐거워 보였어요.

아저씨, 미국에서도 밸런타인데이를 기념한다고 들었어요. 분명 영국보다 더 크게 즐기는 날이겠죠. 미국 사람들이 축제를 얼마나 열광적으로 즐기는지 텔레비전에서 본 적 있어요. 미국에서도 2월 14일은 즐거운 날일 거라는 생각이 들어요. 아저씨의 아내가 아저씨의 동생과 바람을 피웠다는 얘기를 하기 전까지, 아저씨도 아내를 위해 뭔가를 했겠죠. 촛불과 꽃으로 장식한 발코니에서 식사를 한다든가, 일회용 케첩들로 길을 표시해서 치즈 버거와 감자튀김, 빨대 두 개가 꽂힌 밀크셰이크가 있는 곳으로 인도한다든가 하면서요.

전 맥스를 사랑하지 않았지만 카드를 주지 않을 수가 없었어요. 그래서 비키니 차림의 북극곰이 그려진 카드를 사서 점심시간에 건넸죠. 카드에는 '넌 나를 달아오르게 만들어.'라고 적혀 있었어요. 그 아래 '지구 온난화처럼.'이라고 제가 덧붙여 놨죠. 맥스는 멍청한 표정으로 그 문구를 읽었어요. 애런이라면 분명 웃음을 터뜨렸겠죠. 전 심사가 뒤틀린 채로 식판을 들고 자리에 앉았어요. 그런 잔인한 생각을 떠올린 것에 마음속으로 자신을 꾸짖으며, 평소보다 더 열심히 치킨 너겟을 씹었어요. 맥스의 농담에 웃음을 터뜨려 주고 싶어 죽을 지경이었지만, 맥스는 농담이라고는 한 마디도 하지 않았죠. 감자튀김만 몇 개 집어먹는 맥스는 기분이 몹시 나빠 보였어요.

학교가 끝난 뒤, 맥스와 한 시간 동안 같이 있었어요. 엄마가 도트를 언어 치료실에 데려갔거든요. 우리는 강가로 갔어요. 되새들이 나무 사이를 날아다녔어요. 우리는 늘 앉던 벤치에 앉았고, 맥스는 돌멩이 하나를 집어 나무에 뭔가를 새기기 시작했어요. 갑자기 왜가리 한 마리가 가까운 곳으로 날아왔어요.

"저것 좀 봐!"

전 노란 부리를 물속에 처박는 커다란 왜가리를 가리켰어요. 하지만 맥스는 고개도 들지 않았죠. 전 짜증이 났어요.

"무슨 일 있어? 종일 시무룩하네."

"괜찮아."

"괜찮지 않아 보여."

돌멩이를 만지작거리던 손이 멎었죠.

"오늘 수요일이야."

"그래서?"

"보통은 수요일에 아빠를 만나. 보통은. 하지만 뭐."

맥스는 벤치를 다시 돌멩이로 긁기 시작했죠.

"여자 친구랑 식사하러 간대. 그래도 난, 뭐, 괜찮아."

맥스가 빠르게 말했어요.

"별로 신경도 안 쓰여."

전 부드럽게 말했어요.

"물론 신경이 쓰이겠지. 당연한 거야."

맥스는 건성으로 고개를 끄덕였어요. 저도 맥스가 그런 반응을 보일 거라고 생각하고 있었죠. 그런데 갑자기 맥스가 고개를 번쩍 들었어요. 왜가리는 날개를 펼쳐 물 위로 솟구쳤고, 맥스는 돌멩이를 던져 버리고 벤치를 가리켰어요.

MM＋ZJ

2월 14일

"밸런타인데이 축하해, 내 여자 친구."

맥스가 중얼거리듯 말했어요.

"물론 네가 내 여자 친구가 되고 싶다면."

맥스가 너무나 어색하고 초조하게 보인 나머지 전 그의 손을 잡으며 이렇게 말했어요.

"물론이지."

그렇게 말하기는 했지만 뭔가 잘못되고 있다는 기분을 느꼈어요. 소프도 그걸 알았죠. 소프는 침대 모서리에 고개를 젖히고 누워 저를 거꾸로 쳐다보고 있었어요. 얼굴로 피가 몰려 뺨이 붉어졌죠.

"그래서 언니는 이젠 여자 친구가 아닌 게 아니라는 거야?"

"그렇지."

"별로 신 나 보이지가 않은데."

"아냐."

전 거짓말을 했어요.

"당연히 기분 좋아. 맥스의 여자 친구잖아. 안 그래? 다들 걔랑 사귀고 싶어서 얼마나 안달인데."

"엄마한테 말할 거야?"

전 소프 옆에 나란히 누워 고개를 아래로 떨어뜨렸어요. 제 머리카락이 양탄자에 닿았죠.

"죽고 싶지 않거든."

"아마 별로 뭐라고는 안 할걸. 엄마는 도트 걱정하느라 너무 바쁘니까."

"아빠 때문에도 그렇고."

엄마는 할아버지한테 간 아빠가 아직도 오지 않아 이를 갈고 있었어요. 단기 일자리가 있다며 임시 구직 센터에서 아빠 휴대 전화로 전화를 걸어 왔는데, 아빠가 전화기를 놓고 가는 바람에 그 일을 날려 버렸거든요. 엄마가 아래층에서 서성거리다, 커튼을 확 젖히고 현관 앞을 확인하는 소리가 계속 들렸어요.

"아빠가 빨리 직장을 구하면 좋겠어. 아니면 할아버지가 좋아지시거나."

"아니면 돌아가시거나."

"소프!"

"농담이야!"

소프는 침대에서 깔개로 미끄러져 내려갔어요. 그러고는 혈액 순환이 제대로 될 때까지 여러 번 고개를 흔들었죠.

"하지만 할아버지가 우리한테 유산을 좀 남겨 주시면 좋을 텐데."

"그걸로 뭘 하게? 몇만 파운드라도 받게 되려나?"

소프는 바닥에 등을 대고 누워 양팔을 활짝 벌렸어요.

"햇빛 잘 들고 수영장도 있는 집으로 이사를 가는 거야. 학교도 가깝고 토끼도 몇백 마리쯤 키울 수 있는 곳으로."

"그건 어떻게 됐어? 이제 좀 괜찮아?"

애런과 맥스만 신경 쓰느라 그 일을 미처 챙기지 못해서 마음이 켕겼어요.

소프는 손가락에 낀 기분 반지를 계속 만지작거리며 머뭇거렸어요.

"아직도 괴롭혀?"

"약간."

"약간이라니, 무슨 말이야?"

"한동안 안 그러더니 이젠 더 나쁜 별명으로 날 불러."

전 침대 위에서 몸을 뒤집으려고 했어요.

"이를테면?"

"말하기 싫어."

소프는 저와 눈을 마주치지 않으려고 피하면서 양탄자의 보풀을 잡아 뜯었어요.

"지난주에는 포티아라는 애가 날 때렸어."

"때렸다고? 어디서?"

"세게 때린 건 아냐."

소프가 황급히 대답했어요.

"멍이 들거나 할 정도는 아니었어. 하지만 아직도 아파."

"엄마한테 말해야겠다. 정말로, 소프."

소프가 천천히 고개를 끄덕였어요. 전 오랫동안 소프 곁에 있었어요. 소프가 침대로 올라왔을 때 전 텔레비전을 켰죠. 아빠가 오면 분명 엄마랑 또 싸울 텐데, 소프가 못 듣게 하고 싶었어요. 하지만 제 생각대로 되지 않았죠. 두 분이 싸우는 소리는 텍사스에 있는 아저씨한테까지 들릴 정도였을 거예요.

"잊어버렸어, 됐어? 실수였다고!"

"일부러 집에 전화를 두고 간 거지? 그래서 일부러 전화를 받지 않……."

"나도 취직이 되면 좋겠어! 내가 이력서를 수백 장 쓰는 거 몰라?"

"과장하지 마! 수백 장은, 무슨!"

엄마가 목소리를 높였어요. 전 계단에서 그 소리를 듣고 있었죠.

"글쎄, 난 당신보다는 확실히 노력하고 있어."

"난 이 집을 지키고 있는 거야! 만약 그렇지 않았다면……."

"만약 그렇지 않았다면, 우린 숨 좀 쉬고 살 텐데! 당신은 너무 통제하려고 해, 제인. 그리고 하나 말해 줄까? 난 이제 내가 원하는 대로 할 거야. 나도 지쳤어."

전 두 분이 방 반대편에서 서로에게 눈을 부라리는 모습을 떠올렸죠.

"당신 아버지 얘기야?"

"부분적으로는."

아빠는 여전히 냉랭한 목소리로 대답했어요.

"더는 내 아이들이 우리 아버지를 못 보게 막을 수 없어, 제인.

그건 부당해."

엄마가 으르렁거리듯 말했어요.

"당신 아버지한테 애들을 보낼 수 없어! 당신 말에 따를 수 없어, 사이먼. 우리 애들이 요양원까지 가서 미친 사람한테……."

"내 아버지를 그런 식으로 말하지 마."

아빠가 엄마에게 경고했어요. 엄마에게 손가락을 흔들어 보이는 아빠 모습을 떠올렸죠.

"감히 어떻게."

"감히 어떻게라니!"

엄마가 소리를 질렀어요.

"나한테도 의견이라는 게 있어. 당신이 쓰는 돈은 우리 돈이야. 그 사람을 보려고 날마다 멀리 차를 몰고 가다니. 당신이 뭔가 쓸모 있는 걸 해야 할 시간에!"

"내가 번 돈이야!"

"당신이 더는 벌지 않는 돈이지."

엄마가 아빠의 말을 정정했어요.

"우리가 쓰면 안 되는 돈. 당신이 그 빌어먹을 일자리를 못 구하고 있으니까!"

"일하지 않겠다고 한 사람한테서 그 따위 충고를 들을 생각 없어."

"내 직장은 여기야. 애들하고 있는 게 내 일이고. 애들을 돌봐 주고, 당신이 애들한테 그런 위험한 일을 시키지 못하게 하는 게 내일이라고."

"애들이 할아버지를 만나는 게 뭐가 위험해!"

"웃긴 일이기는 하지!"

"웃긴 건 당신이야! 애들한테 해가 될 건 하나도 없어. 당신 때문에 애들이 독립적으로 성장하지 못하고 있어. 애들한테 이 세상을 경험하지 못하게 하는 거지."

"난 도트가 들을 수 있게 돼서 이 세상의 온갖 것들을 들려주고 싶은 사람이야!"

"도트는 행복해! 정말로 행복하다고!"

"도트는 노력하고 있어, 사이먼. 말하기 선생님이 오늘 그렇게 말했어. 생각보다 도트가 입술 읽기를 잘 못해. 그리고……."

"도트는 수화를 할 수 있잖아. 그리고 학교에서도 잘 하고 있고. 그 애를 또 병원에 보내서 괴롭힐 필요는 없어."

"그래도 도트가 듣게 되면 좋을 거야."

엄마가 불안한 목소리로 말했어요.

"음악도 듣고, 텔레비전 소리도 듣고, 내 말도 듣고."

"도트는 진짜 세상 소리는커녕 지지직거리는 이상한 소음만 잔뜩 듣게 될걸. 당신도 지난번에 어떤 일이 벌어졌는지 잘 알잖아! 절대로 안 돼! 그런 위험을 감수할 필요 없어. 이기적으로 굴지 마."

아빠가 확고한 목소리로 말했죠.

"이기적이라고? 우리 딸을 위해서 이렇게 하는 거야!"

"당신 자신을 위해서 그러는 거잖아. 그렇다는 걸 우리 둘 다 잘 알고 있지."

아빠가 못을 박았죠.

"그게 무슨 뜻이야?"

"무슨 말인지 몰라서 물어? 도트가 들을 수 있게 되기를 원하는 건, 그 애가 그렇게 된 게 당신 잘못이라서……."

"나가!"

엄마가 갑자기 엄청나게 소리를 질렀어요. 그 소리는 집 안 전체에 꽝꽝 울렸죠.

"나가라고!"

전 아빠가 설마 집에서 나가리라고는 생각하지 않았어요. 하지만 거실 문이 꽝 닫히더니 현관문도 그렇게 닫히는 소리가 났죠. 전 떨리는 숨을 몰아쉬면서 난간을 붙잡았어요. 뭘 해야 좋을지 몰라서 발만 내려다봤죠.

삐걱거리는 소리가 나더니, 빼꼼 열린 문틈으로 겁에 질려 두 눈을 크게 뜬 소프 모습이 보였어요. 소프에게 다시 자라고 말하는데, 거실에 있던 엄마가 울기 시작했어요. 우린 둘 다 계단을 뛰어 내려 갔어요.

"엄마? 엄마, 괜찮아?"

제가 조용히 물었어요.

엄마는 등을 떨면서 가죽 소파에 몸을 웅크리고 있었어요.

"엄마는……, 엄마는 괜찮다."

소프가 저 대신 엄마의 무릎에 기어올라 가 엄마를 꼬옥 끌어안 았어요.

"대체 다 무슨 일이야?"

전 기운 빠진 목소리로 물었죠. 일부러 말을 돌릴 필요가 없었 어요. 할아버지와 엄마와 엄마의 직장과 도트, 이것을 어떻게 관련 지어 생각해야 할지 몰랐죠.

"엄마 잘못이란 게 뭐야?"

"아무것도 아냐."

엄마가 떨리는 목소리로 말하며 눈물을 닦았어요.

"아무것도 아니라니! 아빠가 집을 나갔잖아!"

전 폭발하고 말았죠. 엄마한테 잔뜩 화가 난 표정을 지었어요.

"마음을 가라앉히고 나면 금방 다시 들어올 거야."

엄마가 소프를 무릎에서 내려놓으며 대답했어요.

"넌 좀 무겁구나, 얘야."

엄마는 몸을 일으키고 숨을 깊이 들이마시며 소맷자락으로 코 를 닦았어요.

"네 아빠가 너무 고집을 부려. 도트가 다시 들을 수 있게 되기를 바라지 않나 봐. 게다가 그런 일이 있었는데도 너희들을 할아버지한테 데려가려고 해."

"무슨 일이 있었는데?"

"글쎄, 그 일이 엄마를 그만 괴롭히면 좋겠어. 정말 싫어."

제 말은 하나도 들리지 않는지, 엄마는 귀 뒤로 머리카락을 넘기며 이렇게만 대답했죠.

그 말끝에 제가 말했어요.

"아이들이 소프를 괴롭혀. 진짜 괴롭히고 있다고. 같은 반 여자애들이."

엄마는 고개를 돌려 소프를 바라보았어요. 소프는 잠옷 소매를 만지작거리고 있었죠.

"한참 됐어. 더 나빠지고 있고. 엄마가 뭔가를 해야 돼. 그냥 놀리고 그런 정도가 아니라 심각해. 포티아라는 여자애가 소프를 때렸대."

"뭐라고?"

"진짜야."

충격을 받은 엄마의 표정을 보고, 엄마가 정신을 차리길 바라며 대답했어요.

"엄마 아빠랑은 별개로, 우리한테도 여러 일이 생긴다는 걸 엄마가 알아주면 좋겠어."

그때 아빠가 신문을 팔 밑에 끼고 돌아왔어요. 색깔이 옅은 쪽의 눈은 아직도 화난 듯이 보였죠. 엄마랑 아빠는 둘 다 사과하지 않았어요.

엄마는 안락의자에 앉는 아빠를 쳐다보고, 아빠는 라디에이터에 올려놓은 옷을 쭉 펴는 엄마를 쳐다봤죠. 두 분이 대체 무슨 생각을 하는지 도무지 알 수가 없었어요. 다만, 아저씨, 금색 비단 실이나 호수나 별빛을 생각하고 있지 않는다는 건 저도 알았죠.

사랑을 담아
조이로부터

3월의 편지

To.
미국 텍사스 77351 리빙스턴
폴런스키 교도소(사형수 수감동)
수감 번호 993765
스튜어트 해리스 아저씨 앞

아저씨, 안녕?

두 달이 채 남지 않았네요. 아저씨가 5월 1일에 X 표시를 해 놨을지, 아니면 '오후 6시, 독극물 주사'라고 써 놨을지 궁금해요. 아저씨가 바늘을 두려워하지 않으면 좋겠네요. 로렌은 학교에서 예방 접종 주사를 맞다가 두 번 기절하면서 혀를 깨물 뻔했지요. 자신이 언제 죽을지 안다는 건 분명 이상한 기분일 거예요. 잔뜩 긴장되겠죠. 칠면조 요리 없는 크리스마스를 기다리는 기분처럼요. 아저씨가 마지막 식사로 칠면조 요리를 달라고 한다면 어떨지 모르겠지만요. 아무튼 그런 일은 일어나지 않을 테니 벌써부터 생각하지 않기로 해요. 왜냐하면 수녀님이 나설 거고, 그러면 아저씨는 몇 년쯤 더 살 수 있을지도 모르잖아요. 한두 달 안에 좋은 일이 생길지도 몰라요. 이 말은 다가오는 추모식을 떠올리고 초조해질 때마다 제 자신에게 하는 말이기도 해요.

　궁금하실지도 모르니까 말씀드릴게요. 추모식은 5월 1일에 학교에서 열릴 거예요. 맥스의 어머니가 학교 측에 허가를 받아 강당을 빌렸거든요. 두 가지 요리가 나오는 저녁 식사를 곁들이고, 일할 사람도 따로 고용했다고 하더군요.

　"분명 멋질 거예요."

　지난 주말, 그분이 온실에서 말했어요. 우리 엄마는 미소를 보내 주었지요. 전 스펀지케이크라도 마구 던져 주고 싶었고요.

　"학교를 위해서 기부금도 걷을 거예요. 표 한 장당 15파운드."

　맥스의 어머니는 제 허벅지에 손을 얹으며 이렇게 덧붙였어요.

　"물론 넌 공짜란다."

　전 무릎이 아픈 척하며 다리를 빼냈죠.

　"추모식 때 뭘 읽을지 생각해 봤니?"

　전 대답하지 않았어요. 대답할 수 없었죠. 구름 사이로 해가 타오르고 있었어요. 금빛 햇살이 날카로운 옷핀처럼 소파에 앉아 있는 저를 찔러 대고 있었죠.

　"수업 때문에 할 일이 많은 모양이구나, 그러니?"

　우리 엄마가 땀을 흘리는 제게 말했어요.

　"전 조이가 직접 써서 읽어 주었으면 해요. 마음에서 우러나온 거 말이에요."

　그분은 제가 거기 없다는 듯 말했죠.

"잘 쓸 수 있을 거야, 조이. 넌 글재주가 있잖니."

엄마가 제 손을 잡으며 말했어요.

듣기 좋은 말이기는 했죠. 아저씨, 전에 써 보지 않은 건 아니에
요. 하지만 맥스의 이름 아래 밑줄 다섯 개를 그은 게 전부였어요.
전 화가 나서 종이를 구겨 쓰레기통에 던져 넣고, 발로 꾹꾹 밟았
어요. 발이 아팠지만, 전 아파도 싸니까 밟고 또 밟았죠. 저 때문
에 일어난 일과 제가 저지른 짓 때문에 통증을 느끼면서요. 비와
나무와 사라지는 손을 잊을 수 있다면 축복일 거예요. 할아버지가
한 번 쓰러지시고 난 뒤 의식이 희미해져서는, 다른 기억은 한쪽으
로 제쳐 두고 딸기 젤리만 달라고 하시는 것처럼요.

잊을 수 없다면 이겨 내야겠죠. 아저씨, 우리는 시간이 별로 없
으니까 제가 더 용기를 내야 할 거예요. 아무리 어렵더라도 전 이
야기를 계속해야 해요. 저를 이해해 줄 사람은 아저씨뿐이고, 5월 1
일 전까지 손을 쓸 수 없다면 제 이야기를 들어 줄 사람도 사라져
버릴 테니까요. 아저씨는 제가 얼마나 나쁜 아이인지 알지 못한 채
죽을지도 몰라요. 그래서 저만 아저씨의 나쁜 면을 알고 있다면,
그건 공정하지 않잖아요. 걱정하지 마세요. 우리는 이렇게 함께 있
잖아요. 전 아저씨가 끝까지 마음을 기댈 곳을 찾을 수 있도록, 바
깥 세계와 멀리 떨어진 작은 감방 안에 홀로 있다는 생각을 하지
못하도록, 이야기를 계속할 거예요.

제12장

도트의 여섯 번째 생일이었던 2월 16일부터 시작할게요. 제 기억이 맞는다면 도트가 제 방으로 와서 침대로 뛰어드는 바람에 그애의 무릎에 제 얼굴이 부딪혔던 것 같아요.

"오늘 내 생일이야!"

수화를 바로 코앞에서 해서 도트의 손가락이 똑똑히 보였죠. 조그만 손가락이 제 코를 스쳤어요.

"나도 알아."

"그럼 내 선물 어디 있어?"

전 깜짝 놀란 척을 했어요.

"잊어버렸네!"

도트는 두 눈을 둥그렇게 떴어요.

"거짓말."

"진짜야. 잊어버렸어."

도트는 제 귀를 잡고 제 얼굴을 가까이서 들여다봤어요. 도트의 코와 제 코가 닿았죠.

"거짓말!"

도트가 빙글빙글 춤을 추며 빠르게 수화로 말했죠.

"거짓말! 거짓말! 거짓말!"

전 웃으면서 침대에서 내려와 옷장을 열고 신발 밑에 숨겨 둔 선물을 꺼냈어요. 도트는 포장지를 찢고 앞에 '여왕님'이라고 적힌 금색 플라스틱 왕관을 꺼냈어요. 도트는 깜짝 놀란 표정으로 왕관을 바라보았죠.

"마음에 들어?"

"진짜로 너무 좋아!"

양탄자에 앉은 우리는 버킹엄 궁전에서 차를 마시는 놀이를 했어요.

"비밀 얘기해 줄까?"

도트가 수화로 말했어요. 전 있지도 않은 비스킷을 먹는 척하며 기다렸죠.

"언니가 최고야. 진짜로 가족들 중에 최고야."

전 있지도 않은 찻잔으로 도트의 코를 톡 치는 시늉을 했어요.

"고마워."

"지금까지 받은 선물 중에 가장 좋아. 엄마가 준 선물보다 훨씬 더 좋아."

도트가 코를 찡그렸어요.

"엄마는 책을 사 줬어. 색칠 공부하고. 엄마는 내가 갖고 싶은 게 뭔지 몰랐나 봐."

전 고개를 돌려 도트를 바라봤어요.

"그게 뭐였는데?"

도트는 슬픈 얼굴로 저를 바라봤죠.

"새 귀."

"그거 때문에 산타 할아버지한테 아이팟 달라고 했구나? 산타 할아버지한테도 귀를 새로 달라고 했어?"

도트가 고개를 끄덕였어요.

"근데 편지 맨 밑에 추신에다 적어서 못 보셨나 봐."

"그런가 보네."

도트 때문에 마음이 아팠던 전 도트를 이리저리 흔들어 주었어요. 별 도움은 되지 않았을 테지만, 그래도 뭔가를 해 주고 싶었죠.

도트가 깊은 초록색 눈으로 저를 바라봤어요.

"난 왜 이렇게 태어났을까?"

"언니도 모르겠어. 네가 선택할 수 있던 게 아니야."

"음, 공정하지 않아."

"그래. 언니도 그렇게 생각해."

전 아침 내내 도트 생각만 했어요. 샤워를 하면서도. 아침을 먹으면서도. 도서관에 가는 길에도. 심슨 부인이 집에 크리스마스 장식을 어떻게 할 건지에 대해 구구절절 늘어놓는 말은 거의 들리지도 않았어요. 전 안내 데스크에 책 몇 권을 내려놓았죠.

"……그래서 그냥 올리브 빛깔을 띤 녹색 양탄자로 정했지."

"좋은데요."

전 엄마가 도트 때문에 날마다 얼마나 마음이 아플까를 생각하며 스카치테이프를 꺼냈어요.

"원래는 샐비어 빛깔을 띤 녹색으로 할까 생각했는데, 그건 너무
튈 것 같아서."

"그런가요?"

"살면서 그런 녹색은 처음 봤어. 난 요리를 많이 하니까 샐비어
가 어떤 색인지 잘 알고 있거든. 그래서 점원에게 이렇게 말했어.
'안 돼요. 제 선택은 훌륭해요. 올리브 빛깔을 띤 녹색이 더 낫죠.
점잖게 보이고.'"

"네, 정말 그래요."

"그리고 그게 더 싸기도 했어. 그래서 난…… 쟤, 네 친구 아니
니?"

"네, 그러네요."

심슨 부인의 말을 제대로 듣지도 않고 대답했죠.

"저쪽 말이야. 나선 계단 있는 쪽에."

심슨 부인이 들고 있던 책으로 그쪽을 가리켰어요. 숨이 멎었죠.
애런이 문학 서가에서 어슬렁거리고 있었어요. 제 쪽은 쳐다보지
도 않았죠. 하지만 제가 다가가 도와주기를 바란다는 듯 머리를 긁
적이며 서성거렸어요. 전 도서 라벨을 내려놓고 일어났어요. 하지
만 어떻게 해야 좋을지 몰라서 다시 앉았어요. 책상 밑에서 다리
가 후들거렸어요. 전 다시 벌떡 일어나 반납 상자를 들고 거꾸로
흔들었어요. 그 안에 문학 책이 들어 있기만을 바라면서요.

뜨개질 책 두 권.

다리에 관한 책 한 권.

종교에 관한 백과사전 하나. 전 그 책을 옆으로 치우면서 구시렁거렸죠.

전 상자에 손을 넣고 마구 뒤졌어요. 책 한 권이 손에 잡혀서 재빨리 꺼냈어요. 조지 엘리엇의 소설이었죠! 전 책을 가슴에 꼭 끌어안고 서둘러 계단을 올라갔어요. 애런은 책 한 권을 들고 서문을 읽고 있었어요. 서가로부터 계단 쪽으로 걸어오면서요. 아저씨, 달려가는 저를 보고 애런은 무슨 생각을 했을까요. 얼굴에는 전혀 드러나지 않았어요. 전 계단을 올라가기 시작했고, 애런은 내려오기 시작했고, 계단을 올라가고 내려오는 발소리가 울렸어요. 우리는 정확히 애런의 DNA 구조처럼 생긴 나선 계단 중간에서 마주쳤죠. 애런이 저를 감쌌고, 애런이 저를 둘러쌌어요. 나머지 다른 세계는 아무것도 아닌 것으로 소멸했죠.

"여기서 보니 반갑네."

전 애런이 사과하러 온 줄 알고 미소까지 지었죠.

"여기 도서관 아니야? 난 책을 보러 온 거야."

전 애런의 목소리를 듣고 놀랐어요. 실은 쓰러질 뻔했죠. 애런은 디킨스 책을 들고 있었어요.

"월요일까지 에세이를 써야 해서. 내 책을 학교에 두고 오는 바람에 여기 온 것뿐이야."

전 제 책을 들고 1층을 가리켜 보였어요.

"그래, 뭐. 나도 책을 서가에 다시 꽂으려고 온 것뿐이야."

우리는 서로를 노려보았어요. 두 눈에는 분노 이상의 감정이 담겨 있었죠. 둘 다 움직이지 않았어요. 둘 다 움직이려고 하지 않았죠. 전 그의 길을, 그는 제 길을 막고 있었어요. 우리는 그렇게 그대로 서 있었어요. 1층과 2층 사이에 서 있는 사이, 사람들은 우리의 머리 위로, 발밑으로 지나다녔어요.

둘 사이에 팽팽한 긴장감이 감돌았죠. 폭풍이 몰아치기 전처럼 고요하면서도 뭔가 곧 폭발할 듯한 느낌이었어요.

결국 제가 입을 열었죠.

"어떻게 나를 싸구려 계집애라고 부를 수가 있어?"

"네가 그렇게 행동하지 말았어야지."

우리는 그날 저녁에 생긴 일과 그 전에 생긴 일들을 생각하며 서로를 빤히 쳐다보았어요. 부엉이와 모닥불, 우리 집 근처의 담장과 우리의 떨리는 손이 맞닿았던 창문과 우리가 놓쳐 버린 수천 개의 기회들을.

수천 개와 하나의 기회를.

"좀 비켜 줄래? 이제 가야겠어."

애런이 억지로 내려가려고 했어요.

기운이 쭉 빠져 버린 전 옆으로 비켜서서 길을 내줬어요. 두 사람의 몸이 빠르게 스쳤죠. 순간, 계단이 흔들리고, 살갗이 타는 듯이 뜨겁게 녹아내리는 기분이 들었어요. 애런도 틀림없이 그런 기분을 느꼈을 거라고 생각했죠.

애런이 안내 데스크로 다가가는데, 뚱뚱한 남자가 2층에서 내려오더니 제게 범죄 소설 코너가 어디냐고 물었어요.

"미국 작가가 쓴 소설도 있나요? 그리샴 말고요."

아래층에서 애런이 도서관 카드를 내밀었어요. 갈색 불꽃이 보였죠. 그가 제 쪽을 올려다보고 있었어요. 제가 그쪽을 내려다보고 있었다는 걸 알아차리고는 얼굴을 붉혔죠.

"그 사람이 쓴 책은 다 읽었거든요.《펠리컨 브리프》만 빼고. 하지만 그건 영화로 봐서 줄거리를 알아요."

하고 싶은 말들로 입술이 아렸어요. 해야 하는 말들로.

"물론 책 읽는 거랑 똑같지는 않겠지만……."

"죄송해요."

제가 중간에 말을 끊었어요.

심슨 부인은 애런의 책을 스캔한 뒤 날짜 도장을 찍었고, 애런은 출구로 향하고 있었죠.

"죄송해요. 제가 지금 좀……."

전 계단을 내려가면서 말꼬리를 흐렸어요. 전 "기다려." 하고 나직이 내뱉었어요. 저를 부르는 심슨 부인 옆을 쏜살같이 지나쳐 차가운 유리문을 탕 밀쳤어요. 회전문은 그대로 돌아가게 놔둔 채, 로비를 달려 빗속으로 뛰쳐나갔어요. 빗방울이 아니라 빗줄기로 떨어지는, 제대로 된 영국 비가 내리고 있었어요. 옷이고 머리고 온통 다 젖었죠. 미친 듯이 사방을 둘러보았어요. 사람들로 가득한 길에서 목을 길게 빼고 애런을 찾았어요. 절망스러웠죠. 그는 가 버린 거예요.

저는 다시 로비로 돌아왔어요. 라디에이터 옆에 주저앉아 몸을 웅크리고 고개를 파묻었죠. 기회가 날아갔어요. 그때, 화장실에서 물 내리는 소리가 들려오더니, 애런이 청바지에 손을 닦으며 나타났어요. 전 서둘러 그에게 다가갔죠. 젖은 신발이 바닥에 닿을 때마다 찍찍거리는 소리가 났고, 제 앞머리는 이마에 달라붙어 있었어요. 제 희망 사항이었는지 몰라도, 바닥에 온통 물을 뚝뚝 흘리고 있는데 애런이 입술을 움직이는 것 같았어요. 아저씨, 그냥 멋있으려고 하는 소리가 아니라요, 아마도 그래서였나 봐요. 애런이 웃을 것만 같은 기미만 보고도 제 안의 모든 것이 스르르 녹아내렸거든요.

"애런, 난 몰랐다고. 진짜야."

제가 불쑥 내뱉었죠.

"처음에는 너희들이 형제인 줄 몰랐어."

입가에 웃음이 감돌 것 같았는데, 아예 사라져 버렸어요.

"네가 사라지는 바람에 맥스와 처음으로 키스하게 된 거야. 그렇게 된 거야! 날 믿어 줘."

"내가 오랫동안 사라졌던 것도 아니잖아. 엄마 전화를 받으려고 밖으로 나갔던 거야. 엄마는 우리가 파티를 하는지 몰랐으니까."

애런이 팔짱을 끼며 나직이 말했죠.

"난 널 찾아다녔어. 사방을 찾아다녔다고! 그러다 모닥불 파티에서 맥스와 키스하게 된 거지. 너한테 여자 친구가 있다는 걸 알고 실망해서."

"하지만 난 여자 친구가 없⋯⋯."

"이제야 알았어! 그때는 진짜로 너희가 사귀는 줄 알았단 말이야."

전 절망적으로 얼굴에서 빗물을 닦아 내며 말했어요.

애런이 눈동자를 굴렸죠.

"그래서 뭐야, 넌 멋대로 그렇게 결론을 내리고 내 동생한테 간 거야?"

전 애런이 저를 믿을 수 있도록 절박하게 외쳤어요.

"처음에는 너희들이 형제인 줄 몰랐어. 내가 어떻게 알았겠어? 난 절대로⋯⋯."

"하지만 결국 알았잖아! 넌 우리가 형제인 걸 알고도 계속 그렇게 했어."

"네가 그러라고 했잖아!"

"그럼 넌 내 동생을 이용하는 거야?"

"아니, 내 말은⋯⋯. 내가 맥스를 좋아하지 않는다는 게 아냐. 맥스를 좋아해. 맥스를 정말로 좋아하지만⋯⋯."

화가 난 애런은 후드를 뒤집어쓰더니 문을 쾅 열고 밖으로 나갔어요. 전 쫓아 나가 그의 팔을 붙잡고 돌려세웠어요. 그가 또 사라져 버리기 전에요.

"이런 식으로 끝내서는 안 돼."

전 쏟아지는 비를 맞으며 외쳤어요.

"이런 게 어떤 식인데?"

애런이 팔을 홱 빼내며 소리쳤죠. 그의 가슴이 오르락내리락하고 있었어요. 우리의 맥박은 질주하고 있었죠. 전 애런을 이해시켜야 했어요.

"넌 내가 맥스를 택했다고 생각하잖아!"

"네가 맥스를 택했잖아!"

"너를 택할 수도 있었다는 걸 몰랐으니까!"

그리고 전 아무런 생각 없이, 결과는 생각도 하지 않고, 애런의 얼굴을 잡고 제 쪽으로 당겼어요. 우리의 입술이 강하게 부딪히면서 가장 달콤한 상처를 남겼죠.

우리가 서로 떨어졌을 때, 둘 다 충격에 빠진 표정이었죠. 잠시 아무 일도 일어나지 않았어요. 아무 일도 일어나지 않았지만, 모든 일이 일어났어요. 왜냐하면 그 순간, 후회의 말은 한 마디도 없이, 죄책감보다는 커다란 행복으로 인해, 둘 다 미소를 지었으니까요. 애런은 우리를 보는 사람이 없는지 확인하고는 제 손을 쥐었어요. 우리는 달리기 시작했죠. 둘만 있을 곳을 찾아 뛰기 시작했을 때,

아드레날린이 정맥을 따라 흘렀어요. 하늘도 우리 편인지, 빗줄기가 두 배로 거세게 내리면서 사람들을 건물 안에 가둬 두었죠. 건물과 포석, 계단과 골목길, 교회와 공원, 모든 것이, 온 도시가, 이처럼 귀중한 찰나의 시간 동안, 모두 우리 차지였어요. 그리고 아저씨, 그 시공간을 우리가 남김없이 채웠지요.

이런 게 살아 있는 거였어요.

정말로 살아 있었죠.

색들이 더 진해졌어요. 냄새도 더 강해졌고요. 소리도 더 커졌어요. 빗줄기가 쏟아지는 소리가 하나하나 들려왔어요. 나무 사이를 가로지를 때 모든 종류의 녹색을 볼 수 있었죠. 비 냄새, 진흙 냄새, 연기 냄새가 풍겼어요. 우리는 도시의 성벽 위로 솟은 탑에서 숨을 곳을 찾아냈고, 애런은 어두운 그곳에서 제게 키스했어요. 그의 입술은 부드러웠지만, 그의 손길은 다급했죠. 아저씨, 그의 체취가 전해졌어요. 치약과 비누, 데오도란트. 특별한 냄새는 아니었지만 전 눈을 감았어요. 그의 손이 제 목과 등, 머리카락에 닿았죠. 어쩌면 제 심장에도. 우리의 입술이 움직이고, 우리의 몸이 서로에게 꼭 붙어 있는 동안, 발이 웅덩이에 빠져 있었는데도 우린 알아차리지도 못했어요.

사랑을 담아

조이로부터

안녕, 스튜어트 아저씨.

오늘 밤 아저씨와 함께할 수 있다니, 위로가 되네요. 도트가 두고 간 듯한 담요가 있어서 그걸로 몸을 덮었어요. 이렇게 담요 아래 숨을 수 있어서 행복해요. 솔직히 언제까지 제 자신을 숨길 수 있을지 모르겠어요, 아저씨. 뮤지컬 〈오즈의 마법사〉에서는 녹색 분장을 한 마녀 역의 배우가 무대에서 녹아내리잖아요. 전 정반대일 거예요. 제 착한 얼굴이 녹아내리면서 그 아래 자리한 무언가가 드러나겠죠. 관객들은 숨도 못 쉴 테고요. 엄마도, 아빠도. 누구보다도 그분의 입이 크게 벌어지겠죠.

오늘 저녁에도 그분이 연락도 없이 찾아왔어요. 초인종을 세 번 누르고는 문을 열어 주기를 기다리지도 않고 집 안으로 성큼성큼 들어왔죠.

"여긴 왜 온 거야? 그리고 머리는 왜 안 감은 거야?"

도트가 수화로 말했어요.

"도트가 안녕하시냐고 하네요."

아빠가 맥스의 어머니를 거실로 안내하며 말했어요. 아빠는 계속 "어떻게 지내세요?"나 "오셔서 반갑네요." 따위의 말들을 하고 있었지만, 제가 보기에 아빠도 그분이 불쑥 찾아와 놀란 듯이 보였어요.

"저 사람한테서 웃긴 냄새가 나."

도트가 수화로 말했죠.

"막내가 감기에 걸렸어요."

아빠는 도트가 코끝에서 손을 흔드는 까닭을 이렇게 설명해 주셨어요.

"무슨 일로 오셨나요, 샌드라?"

아빠가 소파를 권했지만, 그분은 제가 앉아 있던 바닥에 무릎을 꿇고 앉았어요. 날이 추웠는데도 티셔츠 하나만 입고 와서, 앙상한 팔에는 보라색 소름이 잔뜩 돋아 있었죠. 그분한테서 냄새난다는 도트의 말은 괜한 과장이 아니었어요. 그분이 가방을 거꾸로 들고 흔드는데, 그분의 숨결에서 코를 찌르는 술 냄새가 났죠. 양탄자 위로 사진들이 떨어졌어요.

"추모식 때 쓸 사진이야. 너도 이 사진을 보면 좋겠다고 생각했어, 조이."

제가 뭐라고 대답하기도 전에 아빠가 얼굴을 찡그리며 말했어요.

"여기까지 운전해서 왔나요, 샌드라?"

그분은 포도주로 물든 입술로 그저 웃기만 했어요.

"이 사진 좀 봐. 그리고 이것도!"

그분은 통통한 다리에 온통 탤컴파우더를 묻힌 어린 남자아이 사진을 집어 들며 말했어요.

"아기가 뚱뚱하네."

도트가 수화로 말했어요.

"귀엽네요. 정말 귀여워요."

아빠가 말했어요.

슬리퍼가 양탄자를 스치는 소리가 나더니, 엄마가 책 한 권을 손에 들고 들어왔어요. 엄마는 양탄자에 온통 사진들을 늘어놓은 그분을 보고 깜짝 놀랐죠.

"아, 안녕하세요. 무슨 일이죠?"

"이 아줌마 미쳤나 봐."

도트가 수화로 이야기했어요.

"샌드라는 우리에게 사진을 보여 주러 오신 거야."

아빠는 킬킬거리며 웃는 도트를 엄한 눈길로 바라보며 말했어요.

"얼마나 다정한 분이시니?"

초콜릿을 잔뜩 묻히고 미소를 짓는 어린 아기.

무릎에 딱지가 있는 아홉 살짜리 아이.

학교에서 처음으로 찍은 사진.

학교에서 마지막으로 찍은 사진.

봄 축제 때 두 형제들 사이에 내가 끼어 찍은 사진.

그분이 내민 사진을 덜덜 떨리는 손으로 받아 들었어요. 제가 손 떠는 걸 누가 볼까 봐, 사진을 다리에 내려놓고 무릎 사이에 손을 넣었어요. 살갗의 축축한 느낌을 저주하며 양 무릎으로 손을 꽉 눌렀지요. 분명 얼굴 표정도 엉망이었겠지만, 그래도 미소를 지으려고 했어요. 하지만 입술이 마음대로 움직이지 않았죠.

"곧 끔찍한 일이 벌어질 걸 너희들도 모르고 있었겠지."

그분은 사진을 들여다보며 부드러운 목소리로 말했어요.

"짐작도 못 했을 거야……. 실은 너한테 늘 물어보고 싶었던 게 있었어. 그날 밤 있었던 일 말이야."

그분이 나직이 하는 말에 전 속이 타들어 갔죠.

"조이가 그 얘기를 견딜 수 있을지 모르겠군요. 봄 축제에서 있었던 일은 조이도 입에 올리기 싫을 거예요."

하얗게 질린 제 얼굴을 본 엄마가 재빨리 말했어요.

"하지만 중요한 일이에요."

"그냥 우리가 사진을 보면 안 될까요? 좋은 사진이 많을 것 같은

데요."

엄마가 말했어요.

"왜 거길 갔던 거니?"

맥스의 어머니는 집요했어요. 술을 마시기는 했지만 시선은 또렷했죠.

"전에 말씀드렸잖아요. 우리는 산책을 갔었어요."

전 허둥거리며 대답했어요.

"하지만 왜?"

"여기 좋은 사진이 있네요."

엄마는 산악자전거를 타고 있는 맥스와 애런, 피오나 사진을 가리키며 말했어요.

"정말 귀여워요. 다른 사진들도 좀 봐야겠네요."

엄마가 사진을 한 장 집었지만, 샌드라는 사진들을 한데로 모았어요.

"난 내 아들의 마지막 모습이 어땠는지를 알고 싶은 거야."

심장이 미친 듯이 쿵쿵거리며 갈빗대를 파고들었어요. 제 심장도 그분의 질문에서 도망치고 싶었나 봐요. 전 벌떡 일어났어요.

"제게는 너무 힘든 질문이에요."

두 눈에 눈물이 차올랐어요.

"그 얘기를 하는 건 제게 너무 힘들어요. 전 말할 수 없어요. 전 매일 그날 저녁에 있었던 일을 꿈에서 봐요. 그 일은 생각만 해도 무서워요. 왜냐하면……."

"그만 됐어, 애야."

엄마는 이렇게 말했고 아빠는 땀으로 젖은 제 등을 어루만졌죠.

맥스의 어머니는 붉어진 얼굴로 사진을 차곡차곡 모았어요.

"미안해. 난 그냥…… 난 그냥 너희들이 왜 축제에서 빠져나와 숲으로 갔는지가 궁금했던 거야. 어딜 가려고 한 거니?"

"아무 데도요. 우린 따분했어요. 그게 다예요. 우린 지루하던 참이었어요."

전 거짓말을 했어요.

"너희들이 그냥 축제에만 있었더라면……."

그분이 중얼거렸죠. 스튜어트 아저씨, 제가 후들거리는 다리로 거실에서 나온 건 그때였어요. 차를 마시러 가는 척했죠. 하지만 10분 뒤에도 주전자만 노려보고 있었어요. 주전자 불을 끈 사람은 바로 엄마였죠.

사랑을 담아
조이로부터

310

4월의 편지

To.
미국 텍사스 77351 리빙스턴
폴런스키 교도소(사형수 수감동)
수감 번호 993765
스튜어트 해리스 아저씨 앞

스튜어트 아저씨께.

전 결국 맥스의 어머니에게 추모식 연설을 못 하겠다고 했어요. 그분의 집으로 단숨에 달려가 문을 벌컥 열고 뛰어들어 큰 소리로 이렇게 말했죠.

"싫어요!"

사진을 들여다보고 있던 그분이 얼굴을 찌푸렸어요.

"뭐가?"

"싫어요. 싫다고요."

전 소리를 질렀어요. 떨리는 손가락을 그분 얼굴에 들이대기까지 했죠.

"싫어요!"

만우절 거짓말이에요, 스튜어트 아저씨.

　밤이면 가끔씩, 지난 몇 달이라는 시간이 새빨간 거짓말이라는
상상을 해 봐요. 어둠 속에 누워 이건 내 진짜 인생이 아니라고 제
게 말하죠. 그러고는 밤 12시가 되기만을 기다리면 돼요. 그땐 맥
스의 어머니가 나타나 "속았지!"라고 말하고, 관 속에서는 "만우절
거짓말이야!"라는 말이 들릴 테니까요. 그러면 전 배꼽을 잡고 웃
다가 눈물까지 흘리는 거예요. 그리고 교도관은 아저씨의 감방 문
을 열어 주고, 아저씨는 형장으로 가던 길에서 깃털처럼 가벼운 마
음으로 춤을 추며 집으로 돌아가고, 아저씨의 아내는 칼에 찔린
상처라고는 하나도 없이 아저씨를 기다리고 있고요.
　딱 1분만 이런 일이 진짜로 일어났다고 상상해 보기로 해요. 아
저씨랑 저랑 대서양을 사이에 두고 눈을 감은 채 똑같은 꿈을 꾸
는 거예요. 우리 사이에 존재하는 어둠을 몰아내면서요. 보이나요,
스튜어트 아저씨? 온통 검은 배경을 뒤로하고 환하게 빛나는 우리
의 모습이 보이나요?

　저도 안 보여요.

　수녀님이 아저씨를 구할 수 있을 거라고 생각하지 않아요. 구글
에서 찾아봤는데, 아무런 내용도 나오지 않았거든요. 사실 저도 그

런 일이 일어나리라 믿지 않았나 봐요. 수녀님이 백 사람의 서명이 적힌 청원서를 들고 아저씨의 감방 앞에 서 있지 않는다는 사실이 별로 놀랍지 않거든요. 어쩌면 아저씨나 저나 해피엔딩을 애초에 기대하지 않았는지도 모르지요. 하지만 적어도 아저씨한테는 제가 있고, 저한테는 아저씨가 있어요. 적어도 며칠이 남아 있고요. 서로 의지해야죠. 그러니 빗물에 흠뻑 젖은 신발을 질질 끌며 도서관으로 돌아가던 때부터 이야기를 다시 시작할게요.

제13장

우리는 그렇게 도서관으로 돌아왔고, 로비에서 작별 인사를 했어요. 애런은 제가 학교에서 맥스를 만나기 전, 주말 사이에 모든 것들을 털어놓을 생각이었죠. 저도 학교에서 맥스에게 말할 거였고요. 전 겁쟁이가 아니니까 그의 얼굴을 똑바로 바라보며 사과할 생각이었어요. 저와 애런은 천천히 시간을 가지기로 했어요. 전 맥스의 기분이 풀리기 전까지 그의 집에 가지 않을 거였죠.

도서관 일이 끝나갈 때쯤, 맥스라면 분명히 받아들일 거라고, 2주일이 채 지나기도 전에 괜찮아질 거라고 확신했죠. 맥스에게 관심이 있는 여자애들이 학교에 수천 명은 있었으니까요.

"기분 좋아 보이네."

비에 젖어 곱슬곱슬해진 머리로 차에 탔을 때 엄마가 말했죠.

전 활짝 웃었고, 얼굴에서 반짝반짝 빛이 났죠.

"도서관에서 일하는 게 너무 재밌어서."

"말도 안 되는 소리! 그런 표정이 의미하는 건 딱 하나야."

"엄마!"

"그 나이 때가 어떤지는 엄마도 알아. 뭐, 다 기억나는 건 아니지만. 아무튼 그 앤 누구니?"

"아무도 아냐!"

전 귓불까지 빨개져서는 이렇게 외쳤죠.

"아무도 아닌 애가 분명 괜찮은 녀석인 모양이지."

엄마는 출발 전 백미러를 점검하며 말했어요.

"어쨌거나 조심해. 그럴 거지? 네가 남자애들 때문에 주의가 산만해질까 봐 걱정이 되니까."

"난 누구 때문에도 주의가 산만해지지 않아."

"그래야지. 남자애들은 왔다가도 떠나가는 법이야. 시험 성적 같지 않아. 성적은 평생 남잖니."

"낭만적이네."

전 이렇게 중얼거렸고, 우리는 도로로 접어들었죠. 비는 그쳤지만 타이어가 웅덩이를 스치고 지나갈 때마다 내는 소리가 마음에 들었어요. 회색 하늘은 나무 위로, 상점들과 이 평범하고도 특별한 세계 위로 숨어 있었죠.

"사실이 그래, 얘야. 남자애들하고는 나중에도 어울릴 수 있지만 학교에서의 기회는 한 번뿐이야. 그리고……."

제가 한숨을 쉬자 엄마는 입을 다물었죠.

"미안하구나."

전 그 말에 깜짝 놀라 엄마를 바라봤어요.

"괜찮아."

"아냐, 미안해."

엄마는 뺨을 부풀렸어요.

"어쩌면 네 아빠가 나에 대해 한 말이 옳은지도 몰라."

엄마가 제 무릎을 두드렸죠.

"엄마가 이런 말 하더라고 아빠한테는 말하지 마."

그러고 나서 우리는 집에 갈 때까지 아무 말도 하지 않았어요. 둘 다 생각에 잠겨 있었죠. 집 앞에 주차를 하는 동안 소프가 제 방 창문 밖으로 몸을 내밀었어요. 하지만 손을 흔드는 저를 싹 무시하면서 커튼을 닫더군요.

"소프한테 무슨 일 있어?"

전 차에서 내리며 물었어요.

"기분이 좋지 않은가 봐. 학교 여자애들 때문에……."

"더 나쁘게 군대?"

엄마가 걱정스러운 표정으로 고개를 저었어요.

"꼭 그런 건 아니고."

엄마가 트렁크를 열고 제게 하얀 상자에 담긴 도트의 생일 케이크를 건넸어요.

"떨어뜨리지 마! 비싼 거야."

엄마는 봉투 세 개를 더 꺼내 들더니 저와 함께 집으로 들어갔죠. 엄마가 문 앞에서 제게 신발을 벗으라고 했어요.

"어제 소프 선생님과 얘길 했어."

"포티아 얘기도 했어?"

"했지."

"선생님이 뭐래?"

엄마는 목소리를 낮췄죠.

"소프네 반에는 포티아라는 애가 없대."

"뭐, 그럼 분명 다른 반에……."

"그리고 학교 전체에 포티아라는 애가 없다는 거야."

전 케이크 상자를 양탄자에 떨어뜨릴 뻔했죠.

"소프가 꾸며 낸 거야, 조이. 전부 다."

제가 다른 생각을 하기도 전에 새 왕관을 쓴 도트가 열심히 수화를 하며 거실로 달려왔어요.

"그거 내 공주님 케이크야?"

"네 말대로 사 왔지! 생일을 맞은 우리 공주님, 잘 있었어?"

엄마가 대답했어요.

"케이크 보여 줘! 보여 줘!"

엄마는 봉투를 내려놓고 하얀 상자의 뚜껑을 열었어요. 분홍색으로 장식된 케이크를 보자마자 도트는 눈을 빛내며 곧장 계단을 뛰어올라 갔죠. 그러고는 소프의 방으로 달려갔어요.

"나가!"

소프가 사납게 외쳤어요.

"세상에, 정말 못됐어."

엄마가 투덜거렸어요.

"뭐, 놀랍지도 않아. 그렇게 거짓말을 해 왔다니. 오늘 아침에 뭐라고 했더니 전부 꾸며 낸 얘기라고 실토하더라. 왜 그런 거짓말을 했는지는 말해 주지 않았지만."

전 주방으로 가서 식탁에 케이크 상자를 내려놓으며 엄마에게 말했어요.

"너무 뻔하지 않아? 질투가 나니까 그러지."

"뭘 질투해?"

케이크를 감탄의 눈길로 바라보던 엄마는 초 여섯 개를 집으며 물었죠.

"도트를."

엄마가 저를 똑바로 쳐다봤어요.

"왜 소프가 도트를 질투한다는 거야?"

전 어깨를 으쓱했죠.

"엄마가 도트하고만 시간을 보내니까."

엄마는 초를 케이크에 꽂으려다가 그대로 손을 내려놓았어요.

"그럴 수밖에 없잖아, 조이. 도트는 듣지를 못하잖아……."

"나한테는 설명 안 해도 돼. 나도 알아."

전 이렇게 말했죠. 그리고 처음으로 그동안 생각해 왔던 말을 내뱉었어요.

"도트가 애쓰는 걸 보기가 안타까워."

엄마는 초를 세게 쥐며 침을 삼켰죠.

"그렇지."

"하지만 소프도 애를 쓰고 있어, 엄마. 도트를 돌봐 주지 않을 때면 엄마는 할아버지나 아빠, 직장이나 돈이나 뭐 그런 걸로 말다툼을 하고 있잖아. 맨날 엄마랑 아빠가 싸우는 걸 듣고 있기가 얼마나 힘든데. 이런 말해서 미안해."

전 제가 너무 많은 걸 얘기했다고, 그래서 또 난리가 날 거라고 생각하면서도 재빨리 말했죠.

"미안해할 필요 없어."

엄마는 갑자기 의자에 앉으며 이렇게 말했어요. 엄마는 손에 쥔 초를 내려다보고 있었죠. 전 주방에서 나가려고 했어요. 하지만 그 전에 엄마가 이렇게 말했죠.

"소프한테 내가 이야기를 좀 하고 싶다고 전해 줄래?"

둘이서 무슨 얘기를 주고받았는지는 모르겠지만, 점심을 먹을 때 소프는 빨갛게 부은 눈으로 나타났죠. 라자냐는 완벽했어요. 위에 올린 치즈는 바삭바삭했고, 금빛으로 보기 좋게 익어 있었죠. 웃고, 콧방귀를 뀌고, 미친 사람처럼 수화를 해 대는 도트는 비행기라도 탄 것처럼 붕 떠 있었어요. 다음 날 있을 볼링 파티에 친구들이 어떤 선물을 사 올지, 기대감에 잔뜩 부풀어 있었죠. 도트는 특별한 볼링 슈즈를 신을 생각에 들떠 있었어요.

"볼링 슈즈 내가 가져도 돼?"

도트가 수화로 묻자, 아빠가 웃음을 터뜨렸죠.

"당연히 안 되지! 다시 반납해야 돼. 하지만 두 시간 동안은 너만 신을 수 있어."

"두 시간 내내?"

"두 시간 내내."

아빠는 도트의 뺨을 간질이며 대답했죠.

"애들이란."

엄마가 소프에게 속삭였어요. 소프의 얼굴에 웃음이 확 번졌죠.

스튜어트 아저씨, 분명 지금쯤 애런의 집에서는 무슨 일이 벌어졌을지 궁금하시겠죠. 그때 저도 그걸 궁금해하고 있었어요. 생일 케이크를 잔뜩 먹고 배가 불렀던 저는 엄마와 아빠가 주방에서 오랫동안 대화를 나누는 동안 소파에 널브러져 있었어요. 엄마랑 아빠가 무슨 말을 하고 있는지 도통 알 수 없었지만, 이번에는 서로 고함을 지르지는 않았어요. 그래서 전 애런과 맥스도 사이좋게 얘기를 하고 있을지도 모른다고 생각했죠. 뭐, '사이좋게'라는 말이 얼토당토않을 수도 있지만요. 배 속에 핀이랑 바늘이 상냥하게 쿡쿡 찔러 대는 사이좋음이라고나 할까요? 조금은 두려우면서도 흥분되었어요. 한 백 번쯤 휴대 전화를 확인했지만 대기 화면에 저장해 둔 도트 사진 말고는 아무것도 없었어요. 도트가 저 모르게 찍은 사진인데, 혓바닥을 내밀고 눈동자를 위로 치켜뜨고 돼지 코를 만든 모습이었어요. 콧구멍 안이 훤히 보였죠.

시간이 가질 않았어요. 잡지를 뒤적거려도, '털북숭이 비즐'을 써도, 방을 정돈해도, DVD를 알파벳 순서대로 정리해도 시간이 가질 않았어요. 보라색 이불 속에서 꼼지락거리며 기다리는 거 말고는 아무런 할 일이 없었죠. 머리 위로 이불을 텐트처럼 만들어 놓고, 세상과 단절되려던 순간, 휴대 전화가 울리기 시작했죠. 전화면에 뜬 애런의 이름을 바라봤죠. 온 세상을 환히 비추는 이름 같았어요.

"안녕."

애런의 전화를 받는 게 우스울 정도로 기뻤어요.

"안녕."

애런의 목소리는 저와는 정반대였어요.

"어떻게 됐어? 맥스가 화 많이 냈어? 맥스가 때렸어?"

대답이 없었어요.

"세상에, 때렸구나! 그랬어? 괜찮아?"

애런은 거칠게 숨을 내쉬었죠.

"이제 얘기하려고 했어. 진짜야."

"무슨 말이야, 이제 얘기하려고 했다고? 그럼 아직 얘기 안 한 거야?"

"할 수가 없었어, 조이. 정말로. 우린 같이 아빠를 만나러 가야 했어. 아빠가 지난 수요일에 여자 친구를 만나러 가는 바람에 오늘 오후에 아빠를 보게 됐어. 자기 여자 친구에 관해 중요한 얘기를 할 게 있다고 했거든."

전 이 대화가 어디로 향하게 될지 두려워 눈을 감았죠.

"그래서……?"

"이런 식으로 얘기했어. 둘이 헤어지지 않을 거래."

"임신한 거야?"

"아니. 둘이 결혼할 거래. 밸런타인데이에 청혼했대. 결혼식은 4월 이고."

"4월이라고? 좀 이르지 않아?"

"기다릴 필요가 없다고 생각하나 봐. 너도 우리 아빠가 하는 말을 직접 들었어야 하는데."

애런이 반항적인 말투로 말했어요.

"사랑에 푹 빠졌나 봐."

"그래서, 괜찮아?"

"난 괜찮아. 하지만 맥스는…… 맥스는 아빠랑 같이 있을 때까지는 잘 참았어. 하지만 집에 돌아와서 난리를 피웠지. 대단했어."

갑자기 숨이 막힌 전 이불을 아래로 끌어내렸어요.

"하지만 맥스한테 얘기를 해야 돼."

애런은 대답하지 않았어요. 전 돌아누우며 이마에 손을 짚고 천장을 올려다봤죠.

"숨길 수는 없잖아. 어제 이후로는. 맥스한테 얘길 해야 돼."

전화기 너머로 소음 말고는 아무 소리도 들려오지 않았죠.

"애런? 제발 아무 말이나 좀 해 봐."

"미안해."

가슴속에서 두려움이 차올랐어요. 전 침을 삼켰죠.

"무슨 뜻이야?"

"맥스한테는 내가 필요해, 조이. 너도 필요하고."

"하지만 난 더는 그런 척을 할 수 없어."

제가 말했어요. 눈물이 차올랐죠.

"월요일에 학교에 가서 도서관에서 있었던 일을 말하지 않을 수는 없어."

"부탁이야. 어떻게 해야 할지 생각할 시간을 좀 줘."

애런이 애원했죠.

"정말로 내가 맥스랑 어울리고 맥스랑 키스하고 아무 일도 없었다는 것처럼 행동하기를 바라는 거야?"

"그래……. 아니. 아, 나도 모르겠어. 그래, 내일 볼 수 있을까?"

애런이 너무나 간절하게 묻기에 전 다음 날 도트의 생일 파티가
있을 거라고, 엄마가 시키는 대로 집에 남아서 과학 시험공부를 하
고 있을 거라고 말해 줬어요.

"내가 갈게. 그리고 같이 얘기를 해 보자. 방법을 찾을 수 있을
거야. 약속할게."

"좋아."

잠시 침묵이 흘렀어요. 그리고 아주 조그만 속삭임이 들려왔죠.

"난 후회하지 않아, 조이. 그래야 할지도 모르지만, 아무튼 난 후
회하지 않아."

전 전화기를 꼭 쥐었어요.

"나도 그래. 조금도."

"네가 미소를 지을 때면 목소리도 달라져."

전 더 활짝 웃었죠.

"너도 그래."

"정말 힘드네."

"그러게."

"하지만 잘 될 거야."

"그럴 거야."

"그러고 나면……."

"그래."

"안녕, 버드걸."

"안녕."

다음 날, 자기장에 관한 내용을 보는 둥 마는 둥 하고 있을 때, 현관에서 노크 소리가 들려왔어요. 애런이 청바지에 녹색 후드 차림으로 테니스 라켓을 들고 문 앞에 서 있었죠.

"공을 찾으러 왔어요."

어린아이처럼 말하는 애런을 보고, 전 멍청한 여자애처럼 꺄악, 소리를 지르며 애런의 품에 뛰어들었죠. 자기장이 뭔지, 수업 시간에 배운 것보다 훨씬 더 머릿속에 잘 들어오더군요.

"아무튼 공을 찾아야 돼."

전 애런을 안으로 들어오게 했어요. 제 집으로요, 스튜어트 아저씨. 애런이 '우리 집'으로 들어온 거였어요. 그의 운동화가 우리 집 양탄자를 밟고, 그의 체취가 엄마의 매니큐어 냄새와 뒤섞였죠.

"정말로 우리 집 정원으로 공을 던졌어?"

"네 집 지붕 위로 날렸지."

애런은 서브하는 자세를 취하며 말하다가, 라켓으로 전등갓을 치고 말았죠.

우리는 집 안을 가로질러 뒤쪽 정원으로 달려갔어요. 가지를 헤치고 수풀에 머리를 들이밀고 화분을 한쪽으로 치우며 공을 찾았죠. 마치 대회 같았어요. 누가 먼저 공을 찾나 하는 대회 말이죠. 우리는 화분 근처에서 거의 동시에 공을 발견했어요. 전 멋지게 몸을 날려 애런보다 먼저 공을 잡고는 빠르게 달리기 시작했어요. 머리 위로 공을 흔들면서요. 애런이 저를 붙잡더니 허리를 잡고 공중으로 들어 올렸어요.

"버드걸 만세!"

애런은 저를 안고 정원을 돌고, 저는 환호성을 올리는 팬들에게 손을 흔들었죠. 그러고 나서 우리는 둘 다 젖은 잔디에 풀썩 주저앉았어요.

"잘했어."

"고마워."

전 절하는 척하며 대답했어요. 우리는 등을 대고 누웠어요. 서로 손이 닿아 있었지만 잡지는 않았죠. 우리에게는 지켜야 할 규칙이 있었고, 해야 할 이야기도 있었으니까요.

"그래서 우린 어떻게 해야 할까?"

애런이 진지해진 목소리로 물었어요.

"지금은 안 돼. 지금은 아니야. 그냥 이렇게 잠깐만 누워 있자."

제가 툴툴거렸죠. 어디선가 새 한 마리가 노래를 부르기 시작했고, 전 일어나 앉아서 새를 찾아 주변을 두리번거렸어요.

"제비인가?"

전 깔깔거렸어요.

"그냥 참새야. 제비들은 아직 아프리카에 있어. 아마 대단한 모험을 하고 있을 거야."

전 다시 잔디에 누웠고, 이번에는 애런이 제 손을 잡았어요.

"나도 그럴 건데. 세계 여행을 할 거야."

애런이 자유로이 노래하는 참새를 찾으며 말했어요.

"같이 가자. 우리가 맥스한테 사실을 이야기하고 내가 학교를 졸업해서 엄마가 날 더는 어쩌지 못하게 되면. 도서관에서 일하고 받은 돈을 몽땅 저금할 거야. 그러면 우리는……."

"런던? 맨체스터? 리즈? 그 돈 가지고는 멀리 못 갈 텐데."

애런이 장난을 쳤어요.

"넌 아빠한테 받은 돈이 있잖아. 네가 나까지 데리고 모험을 떠나면 되겠네."

애런은 저를 자기 가슴으로 끌어당겼어요. 제 다리가 그의 다리와 맞닿았죠. 서로 꼭 달라붙은 우리는 심장이 쿵쾅거렸어요.

"네가 정해. 남아메리카든 어디든."

애런이 속삭였어요. 그의 숨결이 제 귀를 간질였죠. 애런은 제 이마에 입을 맞추었어요. 눈꺼풀에도. 입술에도. 그의 입이 벌어지고 그의 혀가 제 혀에 닿았죠. 애런을 밀어내면서 전 손가락을 흔들어 보였어요.

"못됐어! 우린 나쁜 짓을 하면 안 돼."

애런이 제 몸 위로 올라왔고, 그러자 해가 가려졌죠.

"가끔은 좋은 이유에서 나쁜 짓을 하기도 하는 거야. 가이 포크스처럼."

애런이 툴툴거렸죠.

"말은 잘 하네."

"너도 좋아하잖아!"

"난 널 좋아해."

전 이렇게 속삭이며 양손으로 그의 얼굴을 감싸고 제게로 가까이 끌어당겼어요. 그러고는 그의 얼굴에 입을 맞춰 주었죠. 제 입술은 그의 단단한 콧대에, 부드러운 눈썹에, 까칠한 뺨에 닿았어요. 그는 연신 이렇게 말하고 있었죠.

"나도 그래. 나도 그래. 나도 그래."

그렇게 말하는 애런의 목소리를 들으며 제가 가벼워지는 기분을 느꼈어요. 솔직히 말하면 참새와 함께 하늘을 날아올라 행복의 절정을 만끽하는 기분이었죠. 보슬비가 내리기 시작하자 애런은 저를 일으켜 세웠어요. 하지만 스튜어트 아저씨, 우린 키스를 멈추지 않았어요. 우린 그대로 서로를 안고 키스하면서 창고로 향했어요. 휘청거리면서요. 우리는 연장 상자며 타일 상자들을 발로 헤쳤어요. 우리의 몸짓이 보다 급해지고, 우리의 사랑이 달아오르면서, 창틀에 걸려 있던 거미줄에도 아마 물방울이 맺혔을 거예요. 거미줄을 촉촉이 적시면서요.

애런은 잡동사니를 치우고 아빠의 낡은 외투를 먼지 쌓인 마룻바닥에 깔았어요. 전 그의 점퍼 단추를 만지작거리다가 풀기 시작했죠. 그를 보고 싶었고, 그의 피부를 가까이서 느끼고 싶었어요. 그의 희고 부드럽고 단단한 살갗이 드러났어요. 그가 숨을 삼키자 전 그의 살갗을 한 구석도 남기지 않고 더듬었죠. 제 손가락이 그의 배꼽 아래의 갈색 털을 원을 그리며 부드럽게 어루만지자 그의 입술이 벌어졌죠.

애런은 한 손으로 제 양손을 쥐고 위로 들어 올려 제 윗도리를 머리 위로 벗겼어요. 머리카락이 따라 올라갔다가 풀썩 내려앉으며 제 벗은 어깨를 감쌌죠. 그의 눈은 '넌 아름다워.'라고 말하고 있었어요. 애런은 잘못하지는 않을까 두려워하며 천천히, 아주 천천히 제 브라를 벗겼어요. 거의 숨도 쉴 수 없게 된 전 그를 아래로 끌어당겼어요. 우린 이보다 더 가까워질 수 없을 만큼 서로에게 바짝 붙어 있었어요. 서로 얽힌 우리의 몸은 누구도 만들 수 없는 매듭처럼 묶여 있었죠. 제 피부와 그의 피부가 서로 맞닿았어요. 그의 몸은 저보다 따뜻했죠. 그는 팔로 제 머리를 받쳤어요. 우리는 동시에 눈을 감았고, 같은 공기를 들이마셨어요. 그렇게 우리의 입술이 서로 닿으려던 순간이었죠.

전화 왔어요

전화 왔어요

전화 왔어요

애런이 뒷주머니에 손을 넣었어요. 그의 표정만 봐도 누구 전화인지 알 수 있었죠.

"받아야 할까?"

애런이 당황한 목소리로 물었어요. 제가 뭐라고 대답하기도 전에 맥스의 전화는 끊겼어요. 애런의 팔에 고개를 묻으며 전 거칠게 숨을 내쉬었어요. 하지만 호흡이 돌아오기도 전에 제 주머니 속에서 전화기가 울리기 시작했죠.

"넌 전화를 받는 게 좋겠어, 조이."

"그럴 수 없어!"

이렇게 말하면서도 버튼을 누르고 애런에게서 고개를 돌렸죠.

우리는 대화를 나눴어요, 스튜어트 아저씨. 무슨 대화를 했는지는 쓰지 않을게요. 맥스는 아빠의 결혼 문제로 너무나 상심해 있었고, 전 빨리 전화를 끊으려는 생각뿐이었어요. 전 맥스의 형이 제 옆에 누워 있는 동안 아무 말이나 중얼거렸어요. 우리가 하는 말을 듣고 있던 애런의 가슴팍이 오르내렸죠. 그는 손으로 눈을 가리고 있었어요.

"아무튼, 넌 뭘 하고 있었어?"

마침내 맥스가 이렇게 묻자 목이 잠겼죠. 전 두 번 목청을 가다듬었어요.

"뭐, 별거 없어. 과학 시험공부를 하고 있었어."

전 간신히 말했고, 애런은 아빠의 외투를 한쪽으로 던져 버리고는 벌떡 일어섰죠.

전화기 너머로 맥스가 한숨을 쉬었어요.

"나도 공부해야 하는데. 우리 집으로 올래? 집에 나 혼자 있어. 엄마는 피오나랑 가게 갔고 형은 어디 있는지 모르겠어."

전 얼굴을 구겼어요.

"집에 있어야 돼."

제가 이렇게 말하는 동안 애런은 후드 티를 집어 머리 위로 뒤집어쓰면서 소매에 팔을 집어넣었죠.

"미안. 공부에 집중해야 돼."

"오면 안 돼? 네가 보고 싶어."

맥스는 제가 미처 몰랐던 목소리로 말했죠.

"미안해."

전 맥스가 미처 모르고 있을 일을 사과했죠.

"그만 끊어야겠어."

전화를 끊기까지는 시간이 좀 걸렸어요. 마침내 전화기를 내려놓았을 때, 전 부끄러워 죽고 싶었죠.

"조이는 해야 할 일을 한 거야."

애런은 마침내 이렇게 말하면서도 저보다는 잔디 깎기를 바라보고 있었어요. 그의 목소리에서 상냥한 기색은 없어졌죠.

"내 잘못이야. 오지 말았어야 했는데."

애런은 손가락으로 헝클어진 머리를 빗어 넘기며 말했어요.

"그런 말 하지 마. 제발, 그런 말 하지 마."

애런은 자기를 혐오하는 표정으로 타일 상자에 걸터앉았어요.

"우리가 뭘 하는 거지, 조이? 이건 나쁜 짓이야. 정말로 나쁜 짓이야."

전 바닥에 주저앉아 그의 다리에 제 가슴을 가져다 댔죠. 제가 그의 무릎에 얼굴을 묻자 애런은 제 벗은 등을 어루만졌어요.

"이런 일이 또 있으면 안 돼."

"그렇지."

"맥스에게 사실을 말해야 돼."

전 그를 올려다봤어요.

"그래. 그러면 언제?"

"모르겠어. 적당한 때를 기다려야겠지."

"적당한 때란 없어. 언제라도 우리가 이 얘기를 할 때는 분명 힘들게 될 거야. 끔찍하게."

제가 울기 시작하자 그는 제 어깨를 토닥거렸고, 약해지는 제 자신이 싫어서 견딜 수 없으면서도 눈물을 참을 수 없었어요.

"결혼식 때까지만 기다려 보기로 하자. 어제 전화로 그렇게 말했잖아. 맥스는 형이 필요하다고. 그리고 나도. 우리는……."

"하지만 너무 오래 걸려, 조이."

우리는 서로를 힘없이 바라보았죠. 전 약하게 굴지 말아야겠다고 생각하며 코를 풀었어요.

"고작 몇 주일뿐이야. 몇 주라고."

전 어깨로 눈물을 훔치며 그의 손을 잡았어요.

"아무튼 맥스한테 말할 날짜를 정하자. 언제가 좋을까. 5월 1일이라든지, 그렇게."

애런은 제 이마에 키스했어요.

"좋아. 5월 1일로 하자."

우리는 그렇게 결정을 내렸어요, 스튜어트 아저씨. 아무렇게나 날짜를 고른 거죠. 5월 1일 저녁에 있었던 일은 이야기하고 싶지 않아요. 지금은 물론이고 시간이 지나더라도요. 전 비나 나무나 사라지는 손이나 파란 사이렌이나 흐느낌이나 거짓말이나 관이나 매일매일, 매 순간마다 느끼는 그 모든 죄책감에 대해서는 이야기하고 싶지 않아요. 만약 그 일을 써야 한다고 하더라도, 바로 지울 수 있게 연필로 쓸 거예요. 제 인생이 완전히 지워져서 아무것도 아닌 게 되도록, 그래서 다시 시작할 수 있도록, 그땐 제가 바라는 제 모습을 그릴 수 있도록요. 자유로운 미소와 깨끗한 마음 그리고 정원 창고에서 갈겨쓴 편지에 대문자로 써도 겁나지 않을 만큼 깨끗한 이름을 지닌 제 모습을요.

사랑을 담아
조이로부터

　스튜어트 아저씨께

　이 편지를 받으실 때쯤이면 아저씨한테 남아 있는 날들이 거의 없을 무렵이겠죠. 아저씨를 구할 수 없었어요. 너무 미안해요. 전 하늘을 나는 빨간 연처럼 감방 창밖에서 빛나는 태양이 따스한 햇살로 아저씨의 마지막 나날을 비춰 주기를 바랄 뿐이에요. 그 태양이 아저씨가 보아 온 그 어떤 태양과는 달리 더 푸른 하늘에서 더 밝고 환하고 붉게 타오르기를 바라고 있어요. 아저씨가 평온한지, 아니면 미친 사람처럼 마구 날뛰고 있을지 궁금하네요. 아저씨에게도 병원에서 쓰는 모니터가 달려 있다면, 거기서 거인의 발소리처럼 쿵, 쿵, 쿵 하는 소리가 들릴지, 아니면 전선 위를 달려가는 생쥐처럼 콩콩콩콩콩, 하는 소리가 들릴지 궁금해요.

　어떤 소리가 나든, 아저씨의 심장이 멈출 수밖에 없을 때, 한없이 가벼워지고 자유로워지길 바라고 있어요. 심장이 아저씨의 몸을 뚫고 나와 태양을 향해, 우주를 향해 떠오를 듯이 말이에요. 스튜어트 아저씨, 아저씨는 좀 더 행복해질 자격이 있어요. 물론 실수를 저질렀지만, 아저씨가 저지른 죄에서 도망치지 않았고, 운명을 받아들였죠. 그러니 아저씨의 이야기는 용감하게 끝나야 해요. 정말로요. 용감하게 맞서는 아저씨는 자신을 자랑스러워할 만해요.

제14장

곧 알게 되시겠지만, 제 이야기는 아저씨와는 다르게 끝나요. 지난 5월 1일, 전 그날 어떤 일이 일어날지 짐작도 가지 않았죠. 아침 하늘은 하느님이 빳빳하게 다림질한 옥색 천을 하늘에 걸고, 그 한가운데에 노란 원을 꿰매 놓은 듯 흠 잡을 데 없이 빛나고 있었어요. 제가 눈을 감고 아침 공기를 들이마셨고, 정원에서 기분 좋게 아침을 먹었다는 생각을 하니 마음이 아프네요. 엄마랑 아빠는 신문을 읽으면서 따끈한 커피 주전자를 앞에 놓고 각자 시간을 보내고 있었어요. 많은 얘기를 나누지는 않았지만, 누가 먼저 경제면을 읽을지를 두고 다투지 않았죠. 소프는 망아지처럼 잔디 위를 이리저리 뛰어다녔고, 도트는 깔깔거리며 웃음을 터뜨렸어요. 그러더니 둘이 팔짱을 끼고 도트가 넘어질 때까지 정원을 마구 뛰어다녔죠. 도트는 소프 탓을 했지만 엄마는 도트의 편을 들어주지도, 짜증을 내지도 않았어요. 단지 엄마는 소프에게 조심하라고 말하고는 다시 신문을 읽기 시작했고, 아빠는 뭔가 재미있는 걸 읽었는지 미소를 지었어요.

그날 저녁, 전 봄 축제에 갈 계획이었어요. 모닥불 파티를 했던 공원에서 열렸지요. 애런을 볼 수 있다는 생각에 너무나 들떠서 아침도 점심도 저녁도 제대로 먹지 못했죠. 우리는 아직도 맥스에게 아무 말도 못 했어요. 서로 볼 수도 없었죠. 뭐, 솔직히 말하라고 하신다면 물론 거의 밤마다 전화 통화를 하긴 했어요. 아무 얘기나 하고, 서로의 존재를 확인하고, 그 상황을 저주하는 동시에 즐기고 있었죠. 그게 가능한 거였다면 말이에요. 결혼식은 4월 마지막 주였어요. 우리는 이제 맥스에게 사실을 말할 때가 되었다고 생각하고 봄 축제일 저녁에 다 털어놓기로 결정했죠. 전 새로 산 파란 원피스를 입고 머릿속으로 수백 번이나 어떻게 말할지 생각했어요. 전 관람차 앞에서 미소를 지으며 "뭐, 그럼 그렇게 해."라고 말할 맥스를 상상했죠.

마침내 집에서 나갈 시간이 되었어요. 아빠가 저를 차에 태우고 시내를 지나 전등 불빛이 늘어선 공원 앞 좌판으로 데려갔어요. 아빠는 핫도그 트럭 옆에 차를 세웠죠. 양파를 굽는 냄새. 피어오르는 연기. 흐르는 강물 너머로 두 밴드의 연주 소리가 들려왔어요. 전 공원 입구에 들어서는 로렌을 보았고, 아빠의 차에서 내려

점점 더 많아지는 사람들 사이에 끼어들었어요. 사방에서 가족들이 모여들고 있었죠. 긴 장대에 올라탄 광대가 사탕을 나눠 주었고, 모리스 무용수들은 제가 뭐라 묘사할 수도 없는 우스꽝스러운 동작을 보여 주고 있었어요. 취주 악단의 연주자들이 멋진 제복 차림에 검은 구두를 맞춰 신고 금빛 악기를 힘껏 불면서 축제 한복판에 나타났어요.

정문 가까이 가자, 로렌은 하이힐을 벗은 채 정문 창살을 붙잡고 발가락을 주무르고 있었어요.

"너무 작아?"

제가 물었죠.

"너무 작아. 너무 높고. 너무 꽉 끼어. 하지만 너무 예뻐!"

로렌은 빨간 하이힐을 쓰다듬고는 대답했어요.

"들어가자!"

공원으로 걸어 들어가면서 두려움에 몸을 떨었어요. 해가 지기 시작했죠. 스튜어트 아저씨, 그 광경은 정말 끝내줬어요. 그릇에 담긴 분홍색, 주황색, 노란색 아이스크림이 서로 녹아 뒤섞이며 우리가 이름을 붙일 수도 없는 색으로 녹아드는 걸 상상해 보세요.

"범퍼카 탈래?"

로렌의 제안에 우리는 돈을 내고 범퍼카를 탔어요. 하지만 계속 애런을 찾고 있던 전 별로 마음이 내키지는 않았어요.

갑자기 범퍼카에 시동이 걸리더니 모두들 앞으로 전진했어요. 로렌이 페달을 잘못 밟는 바람에 우리 차는 원을 그리며 빙글빙글 돌았죠. 계속해서 돌아가는 범퍼카 안에서 우리는 비명을 질러 댔어요. 마침내 차가 똑바로 전진하기 시작했을 때, 어디선가 갑자기 튀어나온 남자애가 자동차 뒤를 들이받는 바람에 우리는 앞으로 튀어나갔죠. 속으로 욕을 내뱉던 전 그 남자애가 맥스라는 걸 알고 깜짝 놀랐어요. 맥스가 빠르게 후진할 때 전 죄책감과 분노가 뒤섞인 감정을 느꼈죠. 맥스는 한 번 더 우리를 들이받으려고 속도를 높이고 있었어요.

"멈춰!"

로렌이 이렇게 외친 순간, 우리 둘의 머리가 앞으로 확 쏠렸어요. 그곳에 같이 있던 잭도 뭐라고 소리쳤어요. 노란 형광색 범퍼카를 탄 잭도 속력을 높이고 있었어요. 맥스가 고개를 뒤로 젖히며 큰 소리로 웃어 댔고, 로렌은 너무나 화가 난 나머지 페달을 또 잘못 밟았어요. 덕분에 기둥을 들이받았죠.

시간이 다 되어 범퍼카에서 내리는데, 다리가 후들거렸어요. 맥스가 달려왔죠. 전 다른 쪽으로 사라져 버리고 싶었지만, 맥스가 제 팔을 잡았어요.

"좀 심하잖아, 맥스."

로렌이 목을 문지르며 말했어요. 맥스는 어깨를 으쓱했어요. 느닷없이 제게 기대어 오는 맥스의 눈빛이 사나웠어요. 제 윗입술 가까이에서 이를 딱딱 마주쳤지요. 맥스가 제 얼굴을 빨 때(달리 뭐라고 표현해야 할지 모르겠네요), 그의 숨결에서 보드카와 양파 냄새가 훅 풍겼어요.

"역겨워."

제가 맥스를 밀치는데, 로렌이 정확히 제가 생각하던 말을 내뱉었죠.

"난 그냥 축하하려고!"

"뭘 축하하는데?"

"결혼식을!"

맥스는 팔을 허공에 휘저으며 소리를 질렀어요.

맥스가 완전히 정신이 나간 모양이라며 로렌이 귓가에 손가락을 빙빙 돌릴 때, 한 학년 위의 남자애가 나타나 로렌의 허리를 잡으며 범퍼카 쪽으로 데려갔어요. 로렌은 하이힐을 신은 발로 휘청휘청 분홍색 차에 올라탔죠. 로렌이 쌩하니 떠나가는 모습을 바라보는데, 잭이 투명한 액체가 든 병을 맥스에게 건넸어요. 맥스는 한입 가득 마시고는 돌려주었고, 잭은 더러운 벤치에 병을 내려놓았죠. 전 잔디를 물들인 축제 불빛이 아름답다고 생각하며 바라봤어요. 다시 고개를 들었을 때, 청바지에 샌들 그리고 무늬 없는 하얀 티셔츠 차림의 애런을 보았죠. 그는 무엇보다도 아름다웠고, 그래서 전 숨이 막혔어요.

애런을 보자 제 눈이 빛났어요. 너무나 반가운 표정으로 애런을 바라보다, 무심코 들뜬 목소리로 말을 걸 뻔했죠. 하지만 애런은 맥스가 우리를 보기 전에 다급히 고개를 저었어요. 전 침착하게 표정을 바꾸었어요. 그래도 제 피부 속 혈관에서는 흥분이 끓어오르고 있었어요. 거의 때가 되었으니까요. 스튜어트 아저씨, 때가 된 거였어요.

"애런 형!"

맥스가 소리를 질렀어요. 혀가 꼬여 있었죠.

"조이, 우리 형이야. 세계에서 가장 훌륭한 형이지. 진짜야. 결혼식에서 우리 형을 봤어야 했는데."

맥스가 애런의 등을 세게 때리는 바람에 애런은 휘청거렸어요.

"우리 만난 적 있어. 기억 안 나?"

애런이 나직이 말하자, 전 머리끝부터 발끝까지 긴장감이 돌았어요.

"안 나."

맥스는 이렇게 대답하며 거짓말을 했다는 듯 킬킬거리며 팔짱을 끼고 어깨를 으쓱거렸어요.

"물론 기억나지. 새해 전날 나랑 조이가 뭘 하려고 했냐면……."

맥스는 속삭이듯 목소리를 바꾸었어요.

"형도 형 차에서 우리가 뭘 하려고 했는지 알잖아."

맥스는 주먹을 쥐고 그 안으로 손가락을 빠르게 넣었다 뺐다 했죠. 등 뒤로 땀이 흘러내렸다가 다시 팔을 타고 기어올라 와 윗입술에서 뜨겁게 분출하는 듯했어요. 애런은 맥스의 손가락이 절

정에 도달하는 동안 다른 곳을 보았어요. 맥스는 제게 윙크를 날렸죠.

"아마 나중에……."

맥스는 음험하게 입꼬리를 올리며 미소를 지었고, 팔로 제 어깨를 감싸면서 저를 끌어당겼어요. 그때, 맥스의 어머니가 사람들 사이를 뚫고 나타났죠.

"너희를 보러 왔지."

그분은 우리에게 미소를 지으며 말했어요. 맥스는 제 뺨에 키스하면서 온통 침을 묻히고 있었죠. 침을 닦고 싶어서 어깨를 움츠렸다가 침이 그대로 마르게 놔뒀어요. 뺨에 둥글게 묻은 끈적거리는 침이 낙인처럼 여겨졌죠.

"잘 지냈니, 조이?"

"네, 잘 지냈어요."

전 갈라지는 목소리로 거짓말을 했어요. 애런은 주먹을 불끈 쥐었어요. 맥스가 제 머리카락을 마구 꼬아 대고 있었거든요.

"홀딱 반한 모양이구나."

그분은 맥스의 어깨를 두드리며 막내아들이 자랑스럽다는 듯 웃었어요. 맥스가 저를 그렇게 애정 어린 눈길로 바라보는 이유는 보드카에 취해서였지만, 그분은 알아차리지 못했죠.

숨을 쉴 수가 없었어요. 놀라서였는지, 공기 중에 습기가 많아서였는지 모르겠지만. 전 열심히 숨을 쉬려고 했죠. 사람들 머리 위로 불쑥 솟은 은색 풍선이 우리 쪽으로 다가왔어요. 피오나의 손목에 파란 끈으로 감긴 풍선이었죠. 피오나는 목에 카메라를 걸고 있었어요.

"조이!"

꽃무늬 원피스를 입은 피오나가 제게 뛰어오면서 말했어요.

"우리 집에 왜 그렇게 안 왔어?"

피오나가 부루퉁한 목소리로 말했어요.

"내가 가자고 할 때마다 시간이 없다고 했어."

맥스가 툴툴거렸죠.

"더 자주 놀러 오렴."

그분이 티슈로 이마를 닦으며 말했어요. 해가 지평선을 넘어가면서 하늘은 잉크처럼 짙은 파란색으로 물들기 시작했어요. 곧 완전히 검어지기 직전이었죠.

"언제라도 와, 얘야."

애런은 어금니로 뺨을 깨물었어요. 하얀 얼굴이 붉어져 있었죠.

"우리 사진 찍어 줘."

맥스가 피오나의 배를 손가락으로 쿡 찌르며 말했어요.

"뭐라고?"

"어서. 우리 셋 다!"

맥스가 저와 애런을 사람들이 별로 없는 쪽으로 데려갔어요. 그러고는 저를 억지로 가운데에 세웠죠. 피오나가 카메라를 조작하는 사이, 애런이 팔로 제 등을 슬며시 어루만지다 엉덩이를 꽉 쥐며 빛나는 눈으로 저를 바라보았어요. 스튜어트 아저씨, 우리의 시선은 우리가 말할 수 없는 감정들로 빛나고 있었어요. 그의 목소리, 그의 체취, 그의 손길 그리고 그의 취향과 그의…… 모든 것들을 원하는 전 가슴이 아팠어요.

"웃어!"

피오나가 소리를 지르는 바람에 전 활짝 웃었지만, 그 웃음은 플래시 불빛에 날아가 버리고 말았죠.

멀리서 범퍼카를 타고 있던 로렌은 제게 손을 흔들며 한 학년 위의 남자애와 먼저 간다는 걸 알렸어요. 강가의 숲 위로 검은 구름이 나타났어요. 아까보다 더 습하고 더워졌죠.

"폭풍우가 오려나 봐."

맥스의 어머니가 관자놀이를 문지르며 얼굴을 찡그렸어요. 그분의 말대로 은빛 번개가 나타나 무거운 하늘을 두 쪽으로 쪼갰죠.

"난 가 봐야겠다. 너희들은 비 맞고 싶으면 맞으렴. 하지만 피오나는 집으로 데려가야겠어."

그분이 급하게 말했어요.

"싫어. 유령 열차도 아직 못 탔단 말이야."

피오나가 발을 뻗대며 투덜거렸어요.

"안 돼."

맥스의 어머니가 이렇게 말했을 때, 첫 빗방울이 톡, 톡, 톡, 하고 땅으로 떨어졌어요. 그분은 가방에서 겉옷을 꺼내며 맥스와 애런에게 몇 시간 뒤 데리러 오겠다고 말했죠. 스튜어트 아저씨, 그 말을 하던 명랑한 목소리를 떠올리면 아직도 가슴이 아파요. 그분은 두 형제가 11시 30분에 핫도그 트럭 앞에서 기다리고 있으리라 굳게 믿으며 서둘러 비를 피해 돌아갔어요. 아들들에게 키스도 하지 않고요.

그렇게 우리 셋만 남았죠.

우리 셋 사이에는 긴장감이 흘렀고, 번개가 하늘을 찢었어요. 맥스는 잭이 벤치에 두고 간 보드카를 집었죠.

"너무 많이 마시지 않았어?"

애런은 이렇게 말했지만, 맥스는 입을 크게 벌리고 투명한 액체를 꿀꺽꿀꺽 마셨어요. 그러고는 입술을 핥았죠.

"난 축하하는 거라고!"

맥스는 머리 위로 병을 들고 사람들 사이를 성큼성큼 걸어가며 어깨너머로 이렇게 외쳤어요.

"그냥 결혼을 축하하려는 것뿐이야!"

애런과 전 걱정스러운 눈빛을 교환하면서도, 한편으로는 미소도 짓고 있었죠.

"피오나가 좋은 생각을 했는데!"

맥스가 갑자기 뒤를 돌아보며 말했어요. 그와 동시에 우리의 미소도 사라졌죠.

345

"유령 열차 타자!"

우르릉!

쾅쾅!

빗줄기가 두 배로 쏟아지기 시작하자 사람들은 소리를 질렀어요. 여기저기서 우산을 펼쳐 들었죠. 사람들은 물이 뚝뚝 떨어지는 지붕 아래로 뛰어들었어요. 맥스만이 쏟아지는 비를 맞으며 미끄러운 진흙 위를 비틀거리며 걸었어요. 그러고는 사람들이 빠져나가는 유령 열차 줄에 섰죠. 전 비를 피하려고 눈을 가리며 애런과 함께 맥스를 따라갔어요.

"말도 안 되는 짓이야! 안으로 들어가자!"

전 보드카를 잇달아 들이켜는 맥스에게 소리쳤어요.

"저기가 안이야!"

맥스는 유령 열차를 가리키며 소리를 질렀고, 또 보드카를 마셨어요. 애런이 병을 빼앗으려고 했고, 맥스가 그 손길을 뿌리치려다 애런의 어깨를 후려쳤어요.

"그만해, 맥스."

"그만해, 맥스."

맥스는 보드카를 다시 한 입 가득 마시며 애런의 말을 따라 했어요. 그러더니 병을 청바지 뒷주머니에 찔러 넣고 유령 열차에 올랐어요. 유령이 비명을 질렀고, 보라색 문이 닫혔어요.

그러고는 우리 둘만 남았죠.

"오늘은 말할 수 없을 것 같아! 완전히 정신이 나갔어!"

전 소리를 질렀어요. 제 머리카락이 검은 하늘에서 쏟아지는 비에 젖어 있었죠.

"그러게. 기다리면 돼. 내일 말하자."

애런이 말했어요. 맥스가 탄 유령 열차가 맨 꼭대기에 올라갔을 때, 우리는 잠시 손을 잡았어요. 그러다 맥스가 미친 사람처럼 손을 흔들 때 손을 놓았죠. 맥스가 탄 유령 열차는 반대편에 그려진 거대한 유령의 커다란 입속으로 돌진해 갔어요. 맥스 다음에는 제 차례였어요. 애런이 유령 열차에 타는 걸 도와주었죠. 제가 탄 유령 열차가 맥스와 애런을 남겨 두고 얼굴을 간질이는 거미줄과 소리 지르는 괴물들과 열리고 닫히는 관 뚜껑들을 지나 터널을 빠져나갔어요. 그러는 내내 열차 바퀴가 금속 트랙에 닿아 덜컹거리는 소리가 났어요.

"토할 것 같아."

맥스가 신음했어요. 제가 유령 열차에서 내려 빗속으로 들어섰을 때였죠. 새로 산 파란 원피스는 온몸에 척 달라붙었고, 몸은 부들부들 떨려 왔어요.

"너 진짜 예쁘다."

맥스가 말하는데 발음이 꼬였어요. 그러고는 제 젖은 앞머리를 다정하게 한쪽으로 넘겨 주더니, 갑자기 창백해졌어요.

"토할 것 같아."

347

맥스가 웅덩이 위로 허리를 숙였어요. 전 그의 등에 손을 올려놓았고요.

"그러지 마. 내버려 둬. 혼자 있고 싶어."

맥스가 나직이 말했어요.

"저쪽에 쓰레기통이 있어."

전 손가락으로 쓰레기통을 가리키며 말했어요.

"혼자 있고 싶어."

맥스는 애런이 탄 유령 열차의 속도가 줄어드는 동안 이렇게 되뇌고는 비틀거리며 숲으로 향했어요.

전 숲을 가리키며 애런에게 제가 가는 방향을 알렸어요. 그러고는 맥스를 따라갔죠. 처음에는 걸어가던 맥스가 불안정한 걸음걸이로 뛰어서 축제장을 빠져나가기 시작했어요. 맥스가 넘어질까 봐 걱정스러워서 다급히 사람들을 지나치며 어두운 숲 속으로 들어갔어요. 발이 진흙에 빠졌어요. 애런이 뒤따라오고 있는지 알 수 없었어요. 그러다 앞에서 맥스가 잔디에 쓰러진 나무에 걸려 넘어지는 걸 보았죠.

별로 아플 것 같지 않았어요. 하지만 맥스는 일어나지 않았죠. 축제장에서 들려오는 소리가 귓가에 맴돌았어요. 보이지 않는 강물이 흐르는 소리와 함께. 전 맥스 옆에 무릎을 꿇고 앉았어요.

"가 버려."

맥스가 말했어요. 뜻밖에 그는 울고 있었죠.

"난 축하하는 거야, 조이. 축하하는 거라고!"

전 상냥하게 그의 머리를 쓰다듬었죠. 그러자 맥스는 진정하는 듯했어요. 천천히 고개를 돌려 저를 봤어요. 그의 빰은 땀과 진흙과 눈물로 범벅이 되어 있었죠. 맥스는 갑자기 제게로 쓰러지며 키스하려고 했어요.

"하지 마."

전 발을 빼며 물러섰어요. 저도 모르게 그런 반응이 나왔죠.

"왜 안 돼?"

맥스가 소맷자락으로 얼굴을 닦으며 어눌한 발음으로 말했어요. 그러더니 다시 제게 달려들어 팔을 붙들면서 키스하려고 했죠.

"부끄러워하지 마, 조이."

전 억지로 맥스의 어깨 쪽으로 고개를 돌렸어요. 사방은 나무로 가득했어요. 멀리서 축제장의 불빛이 조그맣게 빛나고 있었죠. 생각보다 멀리 온 거였어요.

"그러기 싫어."

다시 제 목으로 달려드는 맥스에게 말했어요. 그의 숨결이 피부에 닿았죠.

"넌 내 여자 친구잖아."

맥스가 속삭였어요. 죄책감이 너무 강한 나머지, 다리에 힘이 풀렸죠.

"제발⋯⋯."

맥스는 제가 막기도 전에 입술을 갖다 댔어요. 그러면서 한 손으로 제 엉덩이를 잡고 다른 손으로 제 팬티에 손을 넣으려고 했죠.

"그만해."

전 빠져나오려고 기를 쓰며 말했어요. 맥스는 웃으면서 제 옆구리를 간질이더니, 그다음에는 팔을, 그다음에는 가슴을 만졌어요. 거칠다기보다는 애처롭게 느껴졌죠. 하지만 전 견딜 수 없었어요.

"정말이야, 맥스. 난 싫어."

"너도 좋아할 거야."

맥스는 이렇게 속삭이며, 꿈틀거리면서 빠져나가려고 하는 저를 붙들고 온몸을 쓰다듬었어요. 전 아랫입술을 깨물었죠. 맥스의 기분을 상하게 하고 싶지는 않았지만, 솔직히 그가 무서웠어요. 그가 제 원피스 어깨끈을 끌어당겼고, 전 고개를 저었죠.

"뭐가 문제야?"

맥스가 짜증 난 목소리로 말하며 양쪽 어깨끈을 옆으로 끌어내렸어요.

"넌 내 여자 친구잖아. 안 그래?"

맥스가 소리를 질렀어요. 더는 1초도 견딜 수 없던 제가 그를 밀치고 일어났어요.

"조이!"

맥스가 외쳤어요. 축제장으로 돌아가는데 나무 사이로 울리는 그의 목소리가 들려왔죠.

"조이! 미안해! 하기 싫으면 안 해도 돼! 난 그냥 네 옆에 있고
싶어!"

전 뒤돌아봤어요. 무릎에 고개를 묻고 두 손으로 머리를 감싼
맥스가 보였어요. 하지만 지치고 겁에 질렸던 전 그냥 앞으로 갔
죠. 그러다 숨을 헐떡이며 숲 속을 달려오는 애런과 마주쳤어요.

"이봐. 무슨 일이야, 조이?"

애런이 몹시 걱정된다는 목소리로 물었어요.

"맥스가……."

전 그의 팔에 뛰어들며 숨을 몰아쉬었어요.

"맥스가……. 맥스가……."

"맥스가 뭐?"

애런은 제 얼굴을 감싸며 물었어요. 그러고는 저를 끌어안았죠.
너무나 힘들었던 우리는 그렇게 서로를 끌어안고 있었어요. 숲 속
은 어두웠고, 우리는 나무 아래 숨어 있었으니까요.

하지만 그때 나뭇가지가 움직였죠.

우리가 고개를 돌렸을 때, 숲 속으로 달려가는 맥스의 뒷모습이
보였어요. 우리는 잠시 움직이지 않았어요. 그러다 곧장 서로에게
서 떨어졌죠. 우리는 겁에 질려 맥스의 이름을 부르며 그를 쫓아갔
어요. 물살이 거세게 흐르는 소리가 점점 더 커지고 있었어요. 우
리는 나뭇가지를 헤치며 미끌미끌한 땅을 달려갔죠. 나무 사이로
난 좁은 길을 따라가자 강이 나왔어요. 전 미끄러지듯 멈춰서 주

변을 돌아봤어요. 속이 타들어 가는 것 같았죠. 맥스는 비틀거리며 자꾸만 넘어지려고 했어요. 강물과 너무 가까운 곳에 서 있었죠. 위험하게도요.

"맥스! 맥스!"

애런이 손을 입가에 대고 소리를 질렀어요.

맥스는 그 소리가 안 들리는 듯했어요. 전 하얗게 질린 얼굴로 겁먹은 눈을 크게 뜨고 애런을 돌아보았죠.

"맥스가 우리를 봤어! 우리가 뭘 하려고 했는지 맥스도……."

애런은 자꾸만 진흙이 달라붙는 샌들을 신은 채 힘껏 앞으로 달려갔어요.

"맥스! 맥스!"

애런이 다시 맥스를 불렀죠.

문득 나무 벤치를 본 맥스가 가만히 멈춰 섰어요. 그는 잔뜩 화가 나서 돌을 집어 들었죠. 전 맥스가 뭘 봤는지를 알아차렸고, 마음이 아팠어요. 우리의 이니셜이었어요. 아저씨, 벤치에 새겼던 이니셜 말이에요. 맥스는 돌을 들고 벤치로 달려들었어요. 그러고는 우리 이름을 마구 지우려는 찰나, 애런이 그의 팔을 잡고 말했죠.

"미안해. 정말 미안해."

제가 웅덩이를 철벅거리며 다가갔어요. 검은 강이 거칠게 흐르고 있었어요. 두 형제가 동시에 저를 바라봤죠.

"이게 다 뭐야! 대체 뭐냐고!"

맥스는 벤치에 돌을 집어 던지며 고래고래 소리를 질렀어요.

"우리는……, 우리는……."

전 손으로 머릿속을 헤집으며 떨고만 있었어요.

"우리는……."

애런이 입을 열었죠.

"너희가 뭐! 대체 뭐냐고! 사실을 말해 봐!"

맥스가 눈물을 흘리며 소리를 질렀어요.

애런이 맥스의 손을 잡았어요.

"진정해. 진정하라고! 우리는 네가 술에서 깨면 다 말하려고 했어."

애런이 숨을 몰아쉬었죠.

"나한테 이래라저래라 하지 마! 이 개새끼!"

맥스가 애런의 손을 뿌리치며 큰 소리로 화를 냈어요. 애런은 벤치에 주저앉았어요.

"형은 전부 다 가졌잖아!"

맥스가 외쳤어요. 잠긴 목소리였죠. 발부리에 걸린 것도 없는데, 애런의 무릎에 거의 쓰러지다시피 했어요.

"그리고 너! 난 널 믿었어. 널 좋아했다고!"

맥스가 소리쳤어요. 허공에 팔을 크게 휘저으며 휘청거렸죠.

"나도 널 좋아했어! 진짜야……. 난 이런 일을 바라지 않았어."

전 맥스의 허리를 잡고 위로하려고 했지만, 맥스가 저를 밀쳐 냈어요. 전 강 쪽으로 비틀거렸죠.

"나한테 말 걸지 마! 이 걸레야!"

애런이 펄쩍 뛰었어요.

"걸레라는 말 하지 마!"

맥스가 미친 사람처럼 웃으며 제게 다가왔어요. 우리와 50센티미터도 떨어지지 않은 곳에서 검은 강이 흘러가고 있었죠. 맥스는 제 어깨를 잡고는 귓가에 소리를 질렀어요.

"걸레야!"

"그만해! 조이를 놔줘!"

애런이 소리쳤죠.

"이래라저래라 하지 말라니까!"

맥스가 소리를 질렀을 때, 천둥이 쳤어요. 그는 절박한 손길로 파란 원피스 끈을 잡았고, 우리는 강 옆에서 휘청거렸어요.

"조이를 놔줘!"

애런이 소리를 질렀어요. 하지만 맥스가 말을 듣지 않자 동생에게로 다가갔죠. 그들은 서로 소리를 질러 대다 상대방을 움켜쥐었어요. 두 사람의 발이 진흙 위로 미끄러졌죠.

"그러다 떨어지겠어!"

제가 외쳤지만 두 사람은 듣지 않았어요. 둘은 빗줄기가 쏟아지는 숲 속에서 상대방의 옷을 잡고, 밀고 밀쳐 냈어요. 전 둘을 떼어 놓으려다가 그들 한가운데에 있게 됐죠.

"넌 걸레야!"

맥스가 이렇게 소리칠 때 제 뺨에 침이 튀었어요. 그는 제 머리채를 붙들고 욕설을 내뱉었죠. 그리고 스튜어트 아저씨, 전 그를 세게 밀었어요. 애런도 그랬어요. 순간적인 충동이었어요. 무엇도 말릴 수 없는 충동이었죠.

젖은 강둑에서 맥스의 발이 미끄러졌어요. 미끄러운 경사로로.

맥스가 미친 사람처럼 팔을 휘저었죠.

맥스가 떨어지면서 강물이 튀었어요. 강물이 차가워서 그는 입을 크게 벌렸죠.

"잡아!"

제가 소리를 질렀어요.

"애런! 맥스를 잡아 줘!"

전 그 자리에 얼어붙은 채 애런을 바라봤어요. 애런은 바닥에 엎드려 맥스의 다리 쪽으로 손을 뻗었지만, 맞설 수 없을 만큼 거센 급류가 맥스의 다리를 잡아채 갔어요. 한 번, 두 번, 슬로우 모션처럼 강물에 잠겼다 떠오르는 맥스가 보였죠. 애런은 강둑을 뛰어가며 맥스의 이름을 부르면서 팔을 뻗었어요.

맥스는 애런의 팔을 잡지 못했어요. 물살이 너무 셌죠. 급류를 거스르려고 애를 쓰던 그의 팔이 축 늘어졌어요. 그는 나무뿌리와 나뭇가지와 강 반대편의 주황색 방책을 지나 떠내려갔어요. 저와 애런은 따라잡지 못했죠. 그는 강 아래로, 아래로, 아래로, 떠내려 갔어요. 그는 점점 더 힘이 빠졌죠. 맥스가 수면 위로 나오려고 할 때마다 물이 입에 들어갔어요.

애런은 발을 동동 구르며 동생의 이름을 불렀어요. 맥스는 기운을 잃은 팔을 허공으로 들어 올렸죠. 그의 몸은 물과 싸우기를 포기했어요.

그의 머리가 잠겼어요.

그의 팔도.

손목도.

손도.

사라지는 손, 아무것도 잡지 못하고 뻣뻣해지고 창백해진 손이 검은 물속에 잠겼어요.

처음에 우리는 거짓말을 했어요. 애런은 999에 구조 전화를 걸었고, 울면서 덜덜 떨리는 목소리로 말하면서도 말다툼이나 키스나 우리가 밀었다는 얘기는 하지 않았죠.

"미끄러졌어요."

애런이 벤치에 앉아 사시나무 떨 듯 몸을 떨며 말했어요.

"취해 있었어요."

애런이 전화를 끊을 때, 전 그를 바라보기만 했어요. 목소리가 나오질 않아 뭐라고 말할 수도 없었죠. 전 강가에 웅크리고 앉아 떨고만 있었어요. 엄마와 아빠가 나타나고, 경찰관이 제 어깨에 담요를 둘러 주고, 맥스의 어머니가 어둠을 찢는 비명을 질러 댈 때까지도 떨림은 멈추지 않았어요.

다음 몇 시간은 복사물과 샌드위치와 커피 냄새가 나는 회색 파출소에 앉아 몇 가지 질문을 받았어요. 작은 방에서 딱딱한 의자에 앉아 같은 이야기를 반복했죠. 애런이 했던 말을 되새기며. 맥스는 미끄러졌어요. 취해 있었고요. 미끄러졌어요. 경찰관은 그 말을 믿었던 것 같아요. 제게 집에 가도 좋다고 말했거든요.

하지만 그 집은 제 집이 아니었어요. 가족이 아니라 낯선 사람들이 있는 집이었어요. 제 방은 제 방이 아니었어요. 제 침대는 제 침대가 아니었죠. 저는 제가 아니었으니까요. 저는 다른 어떤 사람, 제 부모님도 모르는 낯선 사람이었어요. 사기꾼. 거짓말쟁이. 살인자. 전 제가 아닌 누군가의 체취가 밴 이불 속에 누워 여전히 떨고 있던 제 손을 바라봤어요.

전 다음 날 아침 욕조에 들어갔어요. 엄마가 그렇게 하라고 했죠. 엄마는 기분이 좀 나아질 거라며 욕조에 목욕용 소금을 풀었어요. 전 오전 10시 전에는 목욕을 해 본 적이 없었어요. 기분이 이상했죠. 욕실 안이 너무 밝았어요. 창문으로 햇살이 들어왔고, 세탁물 바구니에서 먼지가 피어올랐어요. 수도꼭지에서 뜨거운 물이 흘렀지만, 전 발가락으로 구멍을 막으면서도 뜨겁다는 감각을 느끼지 못했죠.

그날 오후, 아빠가 제 방에 들어왔어요.

"그 애 엄마가 널 찾더구나. 이름이 샌드라였던가."

전 숫자를 세기 시작했어요.

하나. 둘. 셋. 넷. 다섯.

"맥스의 다른 가족들도 와 있대. 네가 그 사람들을 만나 봐야 할 것 같다."

아빠가 제 침대에 앉으며 말했어요.

여섯. 일곱. 여덟.

"얘야, 듣고 있니?"

"응."

"어떻게 생각해?"

"뭐가?"

전 중얼거렸죠. 아빠가 어두워진 얼굴로 제 손을 잡았어요.

"맥스의 집에 가는 거 말이야. 네가 좋다면 나도 같이 갈게. 다른 사람들을 만나면 네게도 도움이 될 거야."

아홉. 열. 열하나.

"아무튼, 너랑 같이 가마."

아빠가 몸을 일으키며 말했어요. 전 완벽하게 무표정한 얼굴로 천장을 바라보고 있었죠.

전 잔디를 깎고 관목 여섯 그루를 심는 이웃 사람을 봤어요. 창틀과 현관문에 페인트칠을 하는 남자를 봤죠. 산책을 나왔다가 나뭇가지를 물고 돌아가는 개를 봤어요.

다음 날 아침, 엄마는 제 방에 들어오더니 제게 열이 있다고 했어요. 목이 부었다며 엄마는 입을 벌려 보라고 했죠. 엄마는 제가

"아아아아아아아아." 하고 소리를 내는 동안 손전등을 켜고 목구멍 안을 들여다봤어요. 손전등을 끈 엄마가 소리를 그만 내도 된다고 했지만, 전 더 크게 소리를 질렀죠.

아아아아아아아아아아아아아아아아아
아아아아아아아아아아아아아아아아아아아
아아아아아아

"조이 언니가 정신이 나간 거야?"
도트가 수화로 물었어요. 전 입을 다물었어요.
"아냐. 그냥 기분이 안 좋은 거야."
엄마가 말했어요.
도트는 걱정스러운 표정으로 저를 바라봤어요.
"내가 기분이 안 좋을 땐 안 저러는데."
"너무너무 기분이 안 좋아서 그래. 네가 기분이 안 좋았을 때보다 훨씬 더 안 좋은 거야."
엄마가 설명했죠.
"남자 친구 때문에?"
"응."
"언니한테 남자 친구가 있는 줄 몰랐어."
도트가 수화로 말했죠.

"나도 몰랐단다, 도트야. 하지만 언니는 남자 친구 때문에 행복했어."

엄마가 제 이마를 쓰다듬었어요. 하지만 전 애런의 이름을 떠올렸고, 그러자 뺨이 붉어졌어요. 스튜어트 아저씨, 그 순간 전 엄마에게 무엇이 잘못되었는지를 말하고 싶었지만, 엄마가 엄지로 제 눈썹을 쓰다듬으며 중얼거렸어요.

"내가 도서관으로 데리러 갔을 때 반짝반짝했었지."

"언니 남자 친구는 왜 떨어진 거야?"

도트가 물었죠. 엄마는 대답하기 전에 저를 흘긋 바라봤어요.

"엄마도 몰라."

"수영을 할 수 있었는데 왜 가라앉았어? 그리고 또 질문 있어."

"이제 질문은 그만해."

"나도 학교 빠져도 돼?"

며칠이 더 지났지만, 어떻게 지나갔는지 거의 기억나지 않아요. 엄마는 먹을 걸 가져다줬죠. 아빠는 차를 끝없이 가져다줬어요. 그 주 어느 날 오후, 제 침대 협탁에는 머그잔 여섯 개가 놓여 있었어요. 잔마다 남아 있는 차는 각기 달랐죠. 전 펜으로 머그잔들을 두드려 멜로디를 만들었어요. 도트가 학교에서 돌아왔죠.

"장례식은 언제야? 나도 가?"

도트의 말을 보지 않으려고 눈을 감았어요. 하지만 도트가 통통한 손가락으로 제 눈꺼풀을 들어 올렸어요.

"난 이렇게 말했어. 장례식은 언제야? 나도 가? 그리고 중요한 사람들이 관을 따라 걷잖아. 나도 그 사람들을 따라가? 아니면 난 그냥 교회에서 기다려?"

아빠가 방문을 부드럽게 두드렸어요.

"도트, 밥 먹어."

아빠가 수화로 말했죠.

"난 배 안 고파."

"어서 밥 먹어야지."

"언니의 남자 친구 생각을 하느라 너무 기분이 안 좋아서 먹을 수 없어. 선생님이 그러는데 내가 애도하고 있대."

"네가 애도하고 있다면, 엄마한테 이제 네가 잘 시간이라고 말해야겠다."

도트는 두 눈을 커다랗게 뜨고 최대 속도로 제 방을 나갔어요. 아빠는 한숨을 쉬었죠.

"재미있는 애야."

아빠가 침대에 앉자 매트리스가 삐걱거렸어요.

"방금 통화했어. 샌드라가 또 전화를 걸어 왔지. 너한테 장례식은 금요일이 될 거라고 말해 달래."

전 몸을 돌리고 벽을 바라보았어요. 아빠가 제 머리카락을 쓰다듬었죠. 우리는 그렇게 오랫동안 가만히 있었어요. 아빠가 당장이라도 제 머리를 쓰다듬으며 괜찮아질 거라고, 감정들은 사라지는 법이니까 강해져야 한다고 말해 주기를 바랐어요. 감정들이 다 사라지면 좋겠어요, 스튜어트 아저씨. 전 그 감정들을 사라지게 할 준비가 되어 있어요. 아저씨도 그럴 거예요. 우리는 고통과 두려움과 슬픔과 죄책감과 말로는 표현할 수 없는 수백 가지의 다른 감정들에 이미 지쳤으니까요.

이제 마지막 편지가 한 통 남았어요. 장례식과 경야_{죽은 사람 곁에서 밤을 새우는 일}에 대해서도 써야 하고, 애런이 제게 작별 인사도 남기지 않고 남아메리카로 떠나 버렸다는 것도 써야 해요. 이건 맥스의 어머니가 알려 주셨죠. 이제 마지막 이야기가 될 거예요. 우리는 마지막 편지를 기념하며 뭔가 특별한 걸 해야겠죠. 아마도 우리는 마지막 식사를 함께할 수 있을 거예요. 전 스테이크와 감자튀김을 고를래요. 아저씨와 전 바다를 사이에 두고 함께 식사를 하겠죠. 우리 사이에는 반짝이는 파란 식탁보가 깔려 있을 거예요. 하늘에서는 별빛이 촛불처럼 반짝일 거고요. 그렇게 전 마지막 이야기를 끝낼 수 있겠죠. 아저씨도 만족하고, 저도 만족할 거예요. 그렇게 우리는 마지막으로 촛불을 불어요. 그러면 아저씨와 나, 창고와 감방, 우리의 이야기와 비밀들이, 이 모든 것들이 사라질 거예요. 어둠 속으로. 그리고 연기처럼 흩어져 아무것도 아닌 것이 되겠지요.

언제나 사랑을 담아
조이로부터

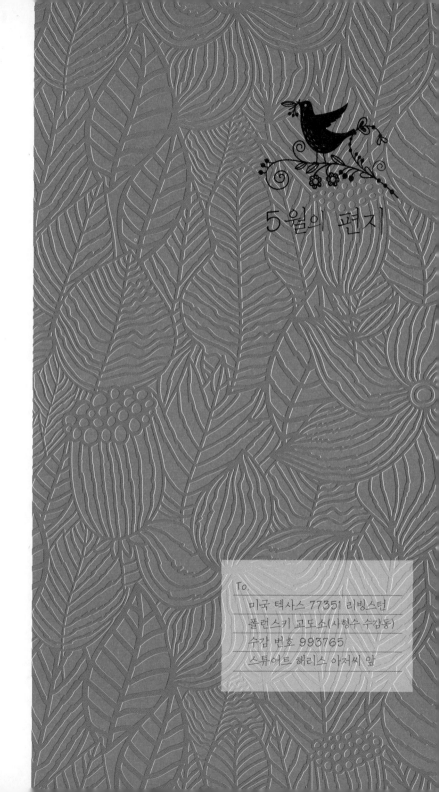

5월의 편지

To.
미국 텍사스 77351 리빙스턴
폴런스키 교도소(사형수 수감동)
수감 번호 993765
스튜어트 해리스 아저씨 앞

스튜어트 아저씨께

약속대로 돌아왔어요. 제가 약속을 지키지 않았다고 생각하지 않으셨으면 좋겠어요. 사실은 나머지 이야기를 편지에 적었었죠. 처음 생각했던 대로. 장례식에서 애런이 관을 들어 올릴 때 어떤 표정을 지었는지, 동생의 무게를 견디던 그의 손이 얼마나 떨고 있었는지, 수백만 개의 조각들로 산산이 조각나 결코 돌이킬 수 없을 듯이 보였던 그날 아침에 대해서 썼어요. 맥스의 모든 친척들에게 제가 맥스의 여자 친구로 소개되었다는 말도 썼고, 경야(wake)를 '깨어남(wake)'이라고 부르다니, 주빈이 눈을 뜨지도 않는데 말도 안 된다고 소프가 변변찮은 농담을 했다는 것도 썼죠.

다음 날 로렌이 찾아와 빨간 하이힐을 주며 기운을 북돋아 주려고 했다는 말도, 제 침대 옆에 놓인 위로의 카드들을 읽어 봤다는 말도 썼어요. 어떤 애가 '이 세상에서 존재하기에는 맥스가 너무 훌륭한 아이라서 하느님이 데려가신 거야.'라고 쓴 구절을 보며 로렌은 킬킬거렸고, 제게 "이 세상에 존재하기에는 너무나 훌륭한 아이라고? 맥스가 천국에 간다면, 아마 천사들을 다 따먹으려고 할 텐데."라고 말했다는 얘기도 썼죠.

그래요. 전 이 모든 이야기를 아저씨를 위해 자세히 적었어요. 그리고 아저씨가 5월 1일 전에 받으실 수 있게 다음 날 아침 편지를 봉투에 넣고 우체국에 가려고 했죠.

전 편지를 주머니에 찔러 넣고 엄마에게 산책하러 간다고 했어요. 빗줄기가 창문을 때리고 있었고, 엄마는 거실에서 차를 마시며 집안일을 잠시 놓고 있었죠.

"날씨가 이런데 나가게?"

"바람 좀 쐬려고."

전 청바지 주머니에 들어 있던 편지 봉투를 들키지 않으려고 애쓰면서 나직이 말했어요. 창고에서 편지를 쓰느라 너무 늦게 잤던 탓에 하품이 나왔죠.

"너 괜찮니, 조이?"

엄마가 불쑥 물었어요. 전 가슴이 철렁했죠.

"괜찮아."

전 웃으면서 대답했어요. 주머니 속 편지가 두 배로 무겁게 느껴졌어요.

도트는 미국 국기를 흔들며 거실을 뛰어다니고 있었어요. 여왕 단계를 벗어났거든요. 도트는 이제 첫 번째로 영국 출신의 여성 미국 대통령이 되겠다고 결심했어요. 대통령이 되면 더는 전쟁을 하지 않고, 모두에게 공짜 바나나 아이스크림을 나눠 주는 법을 제정하겠다고 선언했죠. 도트는 피아노 의자에 올라가서 가슴에 손을 얹고 미국 국가를 듣는 척했죠.

엄마가 도트를 바라보며 무슨 말인가를 하려는 듯 입을 열었다 닫았어요.

"너한테 할 말이 있단다, 조이."

"하지만 난 나가야 하는데……."

"내 잘못이야."

"뭐가?"

엄마가 깃발을 이쪽저쪽으로 흔드는 도트를 가리켰어요.

"도트가 못 듣는 거."

"도트가 못 듣는 게 엄마 잘못이라고? 하지만…… 처음부터 그렇게 태어난 거 아냐……? 엄마랑 아빠가 늘 그렇게 말했잖아."

엄마는 무릎을 내려다보며 고개를 흔들었어요.

"난 어쩌다 도트를 임신했어."

"엄마, 자세히 좀 말해 봐."

엄마는 저를 보지도 않고 그대로 말을 이었어요.

"난 아이를 낳고 싶지 않았어. 이미 두 딸이 있어서 행복했거든.

하지만 네 아빠와 할아버지가 엄마를 설득했지."

전 엄마 곁에 앉았어요.

"내가 아이를 지우려고 한다고 네 아빠가 할아버지에게 말씀드렸어."

"낙태 말이야?"

엄마가 입술에 손가락을 댔어요. 도트에게는 들리지 않을 말이었지만, 그래도 엄마는 얼굴을 붉혔죠.

"쉽지 않았어. 할아버지는 신앙심이 깊은 분이셨으니까. 두 사람은 엄마를 비난했어. 이렇게 말할 수밖에 없구나. 할머니가 돌아가셨을 때, 두 사람은 내게 새 식구가 생기면 좋을 거라고 말했어. 아기 말이야. 두 사람은 날 그렇게 압박했지."

"그래서……, 엄마의 보석 상자에는 나랑 소프가 아기였을 때 쓰던 물건들은 있는데 도트 건 없었구나."

엄마는 머그잔을 쥔 채 슬픈 표정으로 어깨를 으쓱했어요.

"그래도 도트를 잘 보살피려고 했어. 솔직히 약간 원망도 했지. 엄마는 다시 일하고 싶었으니까."

도트가 깃발을 망토처럼 두르고 피아노 의자에서 뛰어내렸어요.

"어느 날 도트가 태어난 지 몇 개월 되지 않았을 때야. 도트가 아침에 일어났는데 열이 있었어. 엄마는 짜증이 났지. 그날 회사에서 중요한 미팅이 있었고, 새로운 고객에게 프레젠테이션을 해야 했으니까. 난 걱정 안 해도 된다고, 별일 아닐 거라고 스스로를 설득했어."

이제 엄마의 목소리는 속삭이는 소리보다도 작았어요. 전 엄마의 손을 잡았고, 엄마는 침을 삼켰죠.

"엄마는 도트를 유모에게 맡기고 집을 나섰어. 사무실에 도착해서는 전화기를 끄고 집중하려고 했지. 비서가 달려와서 도트가 병원에 있다고 말해 줬지. 그날 기억나니?"

전 천천히 고개를 끄덕였어요.

"조금. 작은 침대가 있었고, 튜브도 많이 꽂혀 있었어. 도트한테 뭐가 잘못되었는지 몰랐어. 엄마가 말 안 해 줬잖아."

엄마는 컵을 입가에 가져다 댔지만 차를 마시지는 않았어요.

"뇌막염이었어. 의사는 도트를 살렸지만, 청력을 잃는 건 어쩔 수 없었지."

도트가 깃발을 펄럭이며 방 안에서 달려 나갔어요. 엄마와 전 그런 도트를 바라보고 있었죠.

"난 오랫동안 날 비난했어. 무척 오랫동안. 할아버지도 마찬가지셨고. 그래서 결국 싸움이 벌어졌을 때, 할아버지는 날 나쁜 엄마로 몰아붙였지. 처음에는 도트를 원하지도 않았을 뿐더러 아플 때는 내팽개쳤다고. 난 그분을 용서할 수 없었어. 물론 내가 진짜로 비난한 사람이 네 할아버지는 아니었지만."

엄마는 저를 똑바로 바라보았어요. 스튜어트 아저씨, 엄마가 그렇게 강렬하게 쳐다보니 얼굴이 붉어졌죠.

"그런 죄책감은 사람을 망가뜨려. 넌 죄책감에서 벗어나야 해."

엄마는 두 눈을 크게 뜨고 창밖의 창고를 의미심장하게 바라보았죠. 문득 모직 모자와 스카프, 접이의자와 담요가 그곳에 있었던 이유를 알 것 같았어요.

"그게 뭐든, 거기서 벗어나야 돼. 어렵겠지, 조이. 하지만 넌 너를 용서해야 해."

엄마는 다시 차를 마셨고, 전 자리에서 일어났어요. 하지만 복도로 나온 뒤 현관으로 가지 않았어요. 주방에서 서성거렸죠. 그리고 천천히, 주머니에서 마지막 편지를 꺼냈어요. 제 마지막 이야기를. 그리고 쓰레기통에 던졌죠.

이 편지는 조금 달라요, 스튜어트 아저씨. 무엇보다도 이 편지를 창고에서 쓰고 있지 않아요. 제 방, 제 책상에서, 한밤중이 아닌 한낮에 이 편지를 쓰고 있어요.

전 아저씨가 이 편지를 읽지 못하리라는 걸 알고 있어요. 그럴 수 없겠죠. 그래도 아저씨와 무언가를 공유하고 싶었어요. 누가 알겠어요. 영혼이라고 부르는 것이 존재한다면, 아저씨가 투명한 모습으로 나타나, 5월 1일의 추모식에서 무슨 일이 있었는지 제 어깨너머로 읽으려고 할지도 모르지요.

전 마지막 순간에서야 딱 알맞은 글을 찾아냈어요. 전 온종일 방 안을 서성거리며 애런도 추모식에 참석할지, 아니면 아직도 남미의 어느 해변에 앉아 엄마와 동생과 나무와 비와 사라지는 손을 생각하고 있을지 궁금해했어요. 맥스의 어머니는 애런이 참석하고 싶어 해도 그럴 수 없을 것 같다고 했어요. 저도 그렇게 생각했죠.

며칠 전에 그분이 말했어요.

"오기엔 너무 멀잖니. 돈도 많이 들고."

물론 전 그날 애런만을 생각하고 있지 않았어요. 스튜어트 아저씨, 감방에 앉아 있을 아저씨도 생각하고 있었죠. 어서 끝나기를 기다리고 있었을 아저씨를요. 마음의 준비. 받아들이기. 용감하게. 텍사스에서는 사형 집행을 오후 6시에 한다는 걸 알고 있었어요. 영국에서는 자정일 시간이죠. 사실을 말하자면 전 요크에 살아요. 픽션로드가 아니라 펄스톤 애비뉴에 살죠. 이젠 제 주소를 비밀로 할 이유는 없겠죠.

추모식은 오후 6시에 시작할 예정이었어요. 전 도트와 미국 법을 제정하면서 시간을 때웠죠. 스튜어트 아저씨, 우리가 사형 제도를 폐지하고, 감옥에도 크리스마스 장식을 하고, 교도관이 피자를 나눠 주고, 감방에서 태양을 똑똑히 볼 수 있게 커다랗고 근사한 창문을 달아 주는 법을 제정했다는 걸 아시면 기뻐하시겠죠.

"너 괜찮니?"

마침내 제가 검은 원피스 차림으로 계단을 내려오자 아빠가 물었어요.

"물론 안 괜찮지. 하지만 괜찮아질 거야."

이렇게 말하는 엄마의 확고한 시선을 보자 용기가 났어요. 도트가 옷걸이에서 달려 나왔죠. 검은 모자를 쓴 도트는 얼굴이 보이지도 않았어요.

"그렇게 까마귀처럼 검은 옷을 잔뜩 입을 필요는 없어."

아빠가 문을 열며 수화로 말했죠.

"하지만 난 작년 장례식에는 안 갔었단 말이야."

도트가 검은 장갑을 낀 손으로 검은 치맛자락을 쓸어내리며 대답했어요.

"그래서 이렇게 한 거야."

"적어도 스카프는 벗으렴."

엄마가 수화로 말했죠.

"그리고 이것도."

소프가 도트의 얼굴에서 안대를 벗기며 덧붙였어요.

학교에 도착했을 때, 추모식장은 사람들로 북적이고 있었어요. 검정색 옷이 수없이 걸려 있어 옷걸이가 휘어져 있을 정도였죠.

검은 옷을 입은 사람들은 얼굴이 창백하게 보였어요. 맥스의 사진으로 가득한 게시판 한가운데는 봄 축제 때 찍은 우리 셋의 사진도 있었어요. 아저씨도 그 사진을 자세히 들여다본다면 아실 거예요. 형제들 가운데 서 있는 제가 애런 쪽으로 살짝 몸을 기울이고 있고, 제 엉덩이를 움켜쥔 애런의 손목이 약간 하얘졌다는 것을요.

로렌이 화사한 핑크색 립스틱을 바른 얼굴로 뛰어오자, 갑자기 칙칙하던 곳이 환해졌어요.

"잘 지냈어?"

로렌이 인사했어요.

"별로."

"나도."

로렌이 툴툴거렸죠.

"이거 때문에 15파운드나 내다니. 장례식은 공짜였는데."

검고 긴 카디건을 입은 여자가 우리에게 까마귀처럼 날아들었어요. 눈에 물기라고는 없는데도 손에 티슈를 쥐고 있었죠.

"네가 맥스의 여자 친구구나."

여자가 떨리는 목소리로 말했어요.

제가 고개를 끄덕이려는데, 로렌이 끼어들었어요.

"아니에요. 맥스는 죽었어요. 얘 이름은 앨리스예요. 앨리스 존스."

로렌이 말했어요. 그건 제 진짜 이름이었죠.

여자는 당황스러운 표정으로 자기 자리를 찾아 테이블로 갔어요. 수많은 테이블이 그곳을 메우고 있었어요. 무대 위, 마이크 옆에는 큰 테이블 하나가 놓여 있었죠. 그걸 보자 심장이 쿵쿵거리기 시작했어요. 전 축축한 손으로 주머니에 들어 있던, 제가 읽을 종이를 움켜쥐었죠.

시간이 거의 다 되었어요. 입이 말랐죠. 제가 무대로 다가갔을 때, 그가 눈에 들어왔어요.

아저씨, 누군지 아시겠죠.

그가 홀 한가운데 서 있었어요. 한 번도 떠난 적 없던 사람처럼. 전 그를 보고 또 보았어요. 마치 제 눈이 몇 달 동안 아무것도 보지 못해서 죽어 가고 있던 것처럼요. 머리는 더 길었고, 피부는 탔지만, 그의 미소는 한결같았어요. 제가 손을 흔들자 그의 입가에 미소가 어렸어요.

"결국 와 주었어."

맥스의 어머니가 제 귓가에 속삭였을 때, 전 깜짝 놀랐어요.

"오늘 아침 우리를 놀래 주려고 나타난 거야."

전 거의 날아가다시피 무대로 다가갔어요. 그러고는 테이블의 정면에서 오른쪽 맨 끝자리에 주저앉았죠. 역시 무대로 올라온 애런은 반대편 끝에 자리를 잡았어요. 그러고는 앞에 놓인 나이프와 포크를 완벽하게 똑바로 다시 놓았죠.

마이크를 시험하는 소리가 찌지직 하고 났어요. 마이크 뒤에 선 맥스의 어머니가 떨리는 손으로 공책을 들고 있었어요. 그분은 잠시 기다렸어요. 그러고는 다시 마이크에 다가섰죠.

맥스의 어머니는 우리가 맥스를 기억하기 위해 한자리에 모이게 되어 너무나 좋다고 말했어요. 애런은 앞에 있는 스푼을 바라봤어요. 맥스의 어머니는 지난 한 해가 모두에게 힘들었던 1년이었다고 말했어요. 저도 제 스푼을 바라봤어요. 비록 맥스는 떠났지만 잊히지 않을 거라고, 맥스는 너무나 훌륭한 아들이었고, 훌륭한 동생이었고, 사랑스러운 남자 친구였다고 말했어요. 그때 전 애런을 바라봤고, 애런도 저를 바라봤어요. 스튜어트 아저씨, 그때까지 제가 느꼈던 슬픔이, 제 가장 비밀스러운 슬픔이 그의 얼굴에 고스란히 나타나 있었죠.

"이제 맥스의 여자 친구가 나올 차례네요."

맥스의 어머니가 말했어요. 청중들은 안타까운 표정을 교환했죠. 그 자리에 있던 모든 사람들의 시선이 제게 쏠렸어요. 제가 특별히 신경을 쓰는 단 한 사람만 빼고요.

애런은 냅킨을 내려다보고 있었어요.

전 자리에서 움직이지 않았죠.

피오나가 제 갈비뼈를 쿡 찔렀어요.

그래도 전 움직이지 않았죠.

"네 차례란다."

맥스의 어머니가 입을 열었어요.

전 의자를 뒤로 빼고 일어났어요. 제 발소리가 강당 안에 울렸죠. 천천히, 아주 천천히 주머니에서 시를 꺼냈어요. 사실은 아저씨가 쓴 시였죠. 스튜어트 아저씨. 아저씨가 지난주에 아저씨의 인생에 대해 쓴 시 말이에요.

해방

위가 끈으로 묶인 듯, 속이 답답해졌어요. 텍사스 어딘가에 있었을 아저씨도 그랬겠지요. 전 마이크 앞에 서서 읽기 시작했어요. 아저씨의 말들을요. 제 위를 묶은 매듭이 더욱 조여 왔죠. 스튜어트 아저씨, 우리를 연결한 매듭은 아프게 느껴졌지만, 그래서 단단한 밧줄처럼, 그래서 의지할 수 있는 듯이 느껴졌어요.

마음의 준비.
받아들이기.
용감해지기.

아저씨의 시를 읽는 제 목소리는 놀라울 정도로 침착했어요. 발음도 분명했죠. 전 몸을 꼿꼿이 세우고 큰 목소리로 아저씨의 시를 읽었어요. 맥스나 맥스의 어머니나 그곳에 있던 그 누구를 위한 것도, 심지어는 애런을 위한 것도 아닌, 아저씨를 위해서, 저를 위해서 그 시를 읽었어요. 우리의 이야기와 우리의 실수, 아저씨의 죽음과 어쩌면 저의 시작을 위해서요.

추모식은 훌륭히 잘 끝났어요. 스펀지케이크가 차갑기는 했지만. 제가 학교에서 나가려고 하는데, 모든 사람들이 제게로 다가와 낭독이 멋졌다고 말했어요.

"난 맥스를 느꼈어. 이 안에서."

누군가가 가슴을 두드리며 말했어요.

"걔가 시를 다 읽었을 때 빛이 깜박이는 걸 봤어? 맥스가 왔었나 봐."

"첫 연이 끝났을 때 라디에이터에서 그르렁거리는 소리가 났어. 그것도 맥스였나 봐."

엄마는 제게 겉옷을 건네고는 밖으로 데리고 나갔어요. 사람들한테서 벗어나 숨을 쉴 수 있도록 말이죠. 아빠와 동생들이 기다리고 있을 차로 돌아가는데, 누군가 제 손을 잡았어요. 돌아보지 않고도 누구의 손인지 알 수 있었죠.

"여기서 벗어나고 싶어, 버드걸?"

전 엄마에게 로렌네 집에 간다고 했어요. 엄마가 그 말을 믿었는지는 모르겠지만, 엄마는 아무것도 묻지 않고 저를 재빨리 안아 주고는, 도트에게 뭐라고 소리치며 다가갔어요. 도트가 미국 국기를 열심히 흔들다 어느 할아버지 눈을 찌를 뻔했거든요.

애런이 시동을 걸자 DOR1S는 가르릉거리는 듯했죠. 우리가 돌아와서 기뻤나 봐요. 우리는 아무 말도 하지 않고 그저 도시 밖으로, 교외로 차를 몰았죠. 마침내 나무들이 늘어선 완벽한 장소를 찾아냈을 때, 우리는 차를 멈추고 서로를 바라봤어요.

우리는 아무 말도 하지 않고도 별다른 일이 일어나지 않을 것을 알고 있었어요. 애런은 겉옷을 잔디에 깔았고, 우리는 그 위에 나란히 앉아 지는 해를 바라보았어요. 모험에서 돌아온 제비들이 붉은 하늘을 날고 있었죠. 케첩처럼 붉은 하늘 아래 앉아, 시간이 멈추고 이 세상도 잠시 우리를 잊기를 바라며 그렇게 있었어요.

더는 말할 게 없어요. 애런은 저를 중국 음식점 앞에 내려 주었어요. 우리의 눈물은 조용히 빛을 발하는 초록 용 때문에 초록으로 물들었죠.

"이제 안녕, 버드걸."

애런이 첫 구절에 힘을 실으며 속삭였어요.

"이제 안녕."

저도 이렇게 말했죠. 그가 없는 삶은 얼마나 길게 느껴질까요.

전 곧장 집으로 가지 않았어요. 맥스가 죽고 나서 처음으로 강가에 갔죠. 달빛을 받은 강물이 빛나고 있었어요. 전 벤치에 새겨진 글자를 지워야겠다고 생각했죠.

MM + AJ

2월 14일

전 돌을 쥐고 벤치에 앉았어요.

이 세상 다른 쪽 어디선가 아저씨는 마지막으로 몸을 눕히고 있었겠죠. 제가 나무에 새겨진 글자를 지우기 시작했을 때, 시계가 자정을 알렸어요. 울거나 화난 상태로 글자를 지운 건 아니에요.

침착하고 평온하게 글자를 지워 나갔죠. 하지만 스튜어트 아저씨,
글자가 지워지는 것을 보니 마음이 놓이더군요.

그럼, 안녕히
앨리스 존스

버드걸에게

편지에 그린 앵무새를 보고 뭐라고 하지 마. 적어도 난 앵무새라고 생각하니까. 새 전문가가 아니라서 저 새가 어떤 새인지 알 수가 있어야지. 네가 여기 있다면 웃음을 터뜨리며 이렇게 말하겠지…….

"이게 앵무새라고? 애런, 이건……."

와, 그런 새였구나.

조류학에 대해서는 까막눈이라, 다른 새는 떠오르지도 않아. 형형색색의 날개를 지닌 저 새는 손님들 즐거우라고 새장에 갇혀 있는 거겠지. 하지만 이번 손님한테는 안 먹혀. 전혀. 이번 손님은 바뒤에서 이 새를 보고 기어이 한 소녀를 떠올리고 말았거든. 자유로운 소리를 사랑한 어떤 소녀를.

　난 볼리비아에 있는 루레나바케라는 마을에 와 있어. 바에서 한 잔 마시고 있지. 어쩌면 넌 기나긴 황금빛 해변에 임시로 만든 바에 앉아, 낡은 맥주 통에서 따른 맥주를 홀짝이는 나를 상상할지도 모르지. 동네 사람들에 둘러싸인 나를. 음, 내가 제대로 설명해 줄게. 난 분주하고도 평범한 길가에 놓인 평범한 플라스틱 테이블을 앞에 두고, 평범한 플라스틱 의자에 앉아 있어. 술 취한 영국 사람 두 명이 트림과 동시에 알파벳을 말하는 내기를 하고 있지. 많은 관중들이 그들을 지켜보고 있어. 수염 씨는 막 트림하면서 F라고 말했고, 대머리 씨는 아슬아슬하게 N을 말했지. N을 말할 수 있다니! 트림하면서! 사람들이 환호하는 것도 이해가 가.

　그들을 바라보고 있으니까 요크에 있다는 기분이 들어. 에콰도르에서도 마찬가지였어. 사실 어디를 가도 그랬지. 안데스의 오지를 돌아다닐 때도 낯설지 않은 기분이었어. 한 가족이 내게 며칠 묵어가도 좋다고 하면서 산 중턱에 있는 그들의 오두막으로 날 데려갔지. 처음에는 그들이 나와는 다른 사람들이라고 생각했어. 한 번도 본 적 없는 옷을 입고, 이상한 언어로, 심지어는 스페인 어도 아닌 다른 언어로 얘기했거든. 인터넷이 되기는커녕 전기조차 들어오지 않았어. 그러니까 내가 대체 어디에 있는지 알 수가 없었지. 뭐, 아무려나 괜찮았지만 말이야.

　외풍이 들어오는 방 한 구석에 둘둘 말려 있는 양탄자가 바로 내 침대였어. 배낭을 내려놓고 창밖을 내다보는데 여자가 맨손으로 닭을 잡고 있었지. 옆에서 돌멩이를 가지고 노는 아기에게 웃음을 보내며 닭을 거꾸로 붙잡고 모가지를 꺾는 모습을 보니, 아마 천 번쯤은 해 본 솜씨 같았어. 거미가 곤충이 아니듯, 닭도 새가 아니라고 치자. 그래도 너는 간담이 서늘해졌겠지. 나도 그랬으니까 오해하지는 마. 하지만 끔찍한 기분을 느낄 수 있어서 기뻤어. 여기서는 내가 겪은 일과는 너무나 다른 일들이 벌어지고 있었으니까. 말 그대로 입이 떡 벌어지는 일들이. 집이 백만 킬로미터쯤 떨어져 있다는 생각이 들었어. 엄마도. 맥스도. 너도. 넌 그렇게 멀어져 가고 있었어. 그래야만 했지. 널 기억하면 너무나 마음이 아팠으니까.

그때 내가 본 아기들 중 가장 붉은 뺨을 지닌 아기가 엄마의 치맛자락을 붙들고 혼자 몸을 일으켰어. 아기는 몸을 제대로 가누지 못했어. 통통한 다리는 불안정하게 보였지. 아기 엄마는 닭을 내려놓고 쪼그리고 앉더니 상냥하게 아기의 손을 잡아 주었어. 엄마는 뒷걸음질을 치면서 아기가 걸을 수 있도록 도와줬지. 그러고는 함박웃음을 지었어. 아기도 활짝 웃었고. 그때 아빠도 웃는 얼굴로 나타나서 아내에게 잔뜩 신이 난 얼굴로 뭔가 이야기를 했어. 물론 난 무슨 말인지 알아들을 수 없었지만, 그들이 무슨 이야기를 하고 있는지 잘 알 것 같았어.

"얘가 걷고 있어! 믿을 수가 없네! 오, 조심해! 정말 영리한 아이야!"

아기는 곧장 엄마에게로 아장아장 걸어갔고, 엄마는 아기를 꼭 끌어안았어. 아빠는 아기 엄마와 아기의 이마에 입을 맞춰 주었지. 그러고는 안으로 들어왔어. 이처럼 익숙한 광경을 목격한 난 슬퍼졌고, 속이 쓰렸어. 사람들. 우리는 전부 똑같은 사람들이야. 아무리 애를 써도 똑같은 사람들이지. 네가 트림하면서 알파벳을 말하는 대머리 영국인이더라도, 안데스 오지에서 닭을 잡는 여자더라도, 어차피 마찬가지야. 네가 어떤 언어를 사용하든, 어떤 옷을 입든, 어차피 마찬가지지. 변하지 않는 것들이 있어. 가족들. 친구들. 연인들. 어느 도시든, 어느 나라든, 어느 대륙이든 늘 변하지 않는 거지.

너도 그들 사이에서 자리를 찾기를 바란다, 버드걸. 내가 아는 한 가장 활기차고 가장 생기 넘치고 가장 아름다운 너는, '털북숭이 비즐'을 쓰고 크루아상에서 행복을 찾을 수 있는 너는, 삶을 살아갈 자격이 있어. 남아메리카로 떠나던 날, 도서관으로 널 보러 갔었어. 내가 무슨 말을 하려고 했었는지는 모르지. 하지만 도서관에서 서가를 정리하는 널 봤을 때, 아무 말도 하지 않기로 마음먹었지. 넌 내게서 등을 돌리고 있었지만, 네가 무척 상심해 있다는 건 알 수 있었어. 네 모든 움직임이 그렇게 말하고 있었으니까. 넌 무거운 돌을 들 때처럼 책을 들었고, 자주 동작을 멈추었지. 네가 한 손으로 엉덩이를 짚고 있을 때마다 어깨가 오르내렸어. 한숨을 쉬었던 거야. 강에서의 그날 밤 이후로 나 역시 천 번쯤 한숨을 쉬었어. 나도 네 마음이 어떤지 알고 있었어. 네 마음을 가득 메운 슬픔을. 떨칠 수 없는 죄책감을. 훔쳐보는 시선으로부터 도망쳐 혼자 숨고 싶은 간절한 바람을. 한 여자가 네게 다가가 책에 관해 물었을 때, 넌 미소를 짓지도 않았고 거의 말하지도 않았어. 그냥 기운 빠진 손가락으로 나선 계단을 가리켜 보였을 뿐이지. 그때 난 달려가서 네 손을 잡을 뻔했어. 네 눈을 똑바로 바라보며 기운을 내야 한다고, 그날의 일은 모두 잊고 다시 살아가라고 말해 주고 싶었어.

물론 난 그러지 않았어. 네게 말을 거는 것만으로도 더 나빠질 것 같았거든. 간절히 잊기를 바라는, 네게 일어났던 일들을 또 기억할지도 몰랐고, 게다가 네게 가까이 다가가면, 내가 무너져 버릴 것 같았어. 네 고통을 덜어 주겠다고, 널 사랑한다고 말하면서 말이야. 물론 난 너를 사랑하지만. 깊이 사랑하지만. 대신 난 속으로 작별 인사를 하고 몸을 돌렸어. 회전문까지 다섯 발짝을 가기가 너무나 힘들었지. 우리가 빗속에서 키스했던 곳에서 난 아주 오랫동안 가만히 서 있었어. 타는 듯한 네 입술이 어떻게 내 입술에 닿았는지를, 그래서는 안 되는 거였지만 그때의 기분이 얼마나 근사했는지를 생각하면서. 그리고 난 그곳을 떠났어.

말할 필요도 없이 난 이 편지를 네게 보내지 않을 거야. 그래서는 안 될 것 같고, 또 다른 사람이 이 편지를 읽고 우리 셋 사이에 일어났던 일의 전말을 알게 될까 봐 두려워. 편지를 다 쓰면 찢어서 던져 버리겠지. 지금까지 썼던 모든 편지들과 마찬가지로. 그리고 내가 영국에 돌아가서 널 보게 되면, 언제라도, 네가 계속 살아가는 데 해가 될 말은 하나도 하지 않을 거야. 난 내가 널 얼마나 사랑하는지, 너 없는 내가 얼마나 두려움을 느끼는지, 너와 견줄 수 있는 사람은 아무도 없을 거고, 그러니 난 다른 사람들을 피할 수밖에 없다는 걸 말하지 않을 거야……. 난 그냥 너를 보내 주려고 해. 결국 진정한 사랑은 희생이니까. 난 네가 맥스에 대한 기억에서 자유로워지기를 바랄 뿐이야. 그러니 나에 대한 기억에서도 자유로워져야겠지.

수염 씨와 대머리 씨는 돌아갔어. 날은 점점 어두워지고, 지나가는 차들도 많지 않아. 여기에는 나랑 새장에 갇힌 앵무새뿐이지. 넌 이 앵무새처럼 살아서는 안 돼, 버드걸. 나 때문이 아니야. 너의 아름다운 날개를 펼쳐. 그리고 날아.

2월 11일
남아메리카의 어느 바에서
애런

자기만의 감옥에서 벗어나 자유로운 새처럼 날기를

작가에게 이야기는 완전한 형태로 떠오르기도 하고, 조각조각 나뉘어 떠오르기도 한다. 이번 작품은 후자 쪽이어서 글을 쓰기가 만만치 않았다. 원고를 절반쯤 썼다가도 중요한 이야기 조각이 빠진 걸 깨닫고, 맨 처음으로 되돌아가 빠진 이야기 조각조각을 채워 넣곤 했다. 그렇게 원고를 새로 절반까지 썼다가, 진짜 필요한 이야기가 조금 다른 방향으로 흘러가면, 화가 나서 한숨을 내뱉으며 그동안 쓴 걸 죄다 지우고 처음부터 다시 쓰곤 했다. 그때까지 쓴 원고를 계속 이어갈 수도 없고, 그렇다고 진짜 필요한 이야기 조각을 빼놓을 수도 없는 노릇이었다. 치수가 맞지도 않은 작은 신발에 발을 억지로 쑤셔 넣고 온종일 산책하려는 듯 원고가 어설프고 부자연스럽게 느껴질 테니까.

수정을 여러 번 했지만 바뀌지 않은 것은 분명 있다. 애초부터 사랑과 죄의식에 관한 이야기를 쓰고 싶었고, 이 두 가지가 작품 전반에 녹아 있다. 왜 사랑과 죄의식이었을까? 내가 십 대였을 때 아름다운 사랑 이야기, 특히 삼각관계에 푹 빠져 있었다. 그래서 내 손으로 아름다운 삼각관계 이야기를 꼭 써 보리라 다짐했는데,

다만 '그 뒤로 행복하게 살았답니다.' 같은 가벼운 사랑 얘기가 아니라, 그보다는 어둡고, 평범하지 않은 이야기로 풀어 가고 싶었다. 그렇게 해서 '어긋난 세 명의 사랑'에 초점을 맞추었고, 이 세 명 중 한 명은 죽음에 이르도록 설정했다. 이러한 과정에서 또 다른 관심사, 죄의식을 탐구하게 되었다.

난 어렸을 때부터 고분고분한 아이로 자란 것과 어울리지 않게 죄의식에 시달리며 자랐고, 지금도 죄의식과 싸우며 살아가고 있다(아마도 기독교 집안에서 자랐기 때문일 터다). 늘 잘못을 저지르지 않을지, 남은 삶을 통째로 망가뜨릴 큰 잘못을 저지르지 않을지 두려움에 떨며 살았다. 이런 마음을 조이라는 인물을 통해 탐구해 보았다. 조이가 죄의식으로부터 구원과 해방을 추구하는 마음은 어떤 의미에서는 내 자신의 마음이 반영된 것이다.

가장 중요한 부분으로, 이야기 형식은 조이가 편지로 고백하는 식이어야 한다고 생각했다. 이 작품이 서간체여야 한다는 결론을 내린 순간, 모든 것이 속 시원히 앞뒤가 맞아 떨어졌다. 끔찍한 비밀을 간직한 여자아이이기 때문에 자신도 모르는 이에게 가짜 이름으로 편지를 보내는 형식이 어울려 보였다. 이제 조이가 누구한테 편지를 보낼 것인지만 정하면 되었다. 교황부터 텔레비전에 나오는 유명인까지 온갖 분야의 사람들을 떠올려 봤다. 그러다 열여덟 살 때 사형이라는 비인간적인 제도에 반대하는 국제사면위원회를 통해 사형수에게 편지를 보냈던 경험을 떠올리며 미국 텍사스의 사형수에게 편지를 보내는 것으로 설정했다. 나는 사형수와 몇 년에 걸쳐 편지를 주고받았는데, 나와 무척 가까운 가족이나 친구에게 터놓기 힘들었던 부분도 사형수에게는 쉽게 털어놓을 수 있었다. 직접 만난 적이 없고, 사형수는 끔찍한 죄를 저질러 감옥에 갇힌 사람이라는 사실을 우리 둘 다 알고 있기 때문이었다. 그러한 사실이 나의 결점과 실수를 온전히 드러내게 하는 묘한 해방감을 안겨 주었다. 이런 경험을 떠올리며, 사형수가 조이의 편지를 받기에 적임자라고 결론지었다. 난 조이가 편지에 죄를 털어놓으러 들르는 창고 크기가 사형수가 갇힌 방 크기와 똑같으리라 생각했다. 두 사람 모두 잘못과 죄의식에 갇혀 있기 때문이다. 조이는 창고 문을 열고 나갈 수 있다 하더라도, 감옥에 갇힌 사형수보다 더 자유로울 순 없을 것이다. 이미 조이는 자기가 만든 감옥에 갇힌 죄수이고, 이 작품은 나름 자유를 찾아 헤매는 조이의 이야기, 어쩌면 우리의 이야기이다.

《누나는 벽난로에 산다》에 이어, 한국에 또 한 번 책을 낼 수 있게 되어 기쁘다. 언젠가 한국 독자들을 직접 만나게 되길 바라며.

2014년 4월

애너벨 피처

우리는 어떻게 어른이 될까

가끔 나와 친구들이 어떻게 어른이 되었는지, 어떻게 어른이 될수 있었는지 생각하며 놀랄 때가 있다. 어른이라고 해서 철이 들었다거나 성숙한 판단만 내릴 수 있는 건 아닐 텐데, 지금보다 어린 시절에는 사납고 난폭한 시간을 어떻게 견딜 수 있었는지, 미성숙한 슬픔을 어떻게 길들일 수 있었는지, 돌이켜 보면 놀랍기만 하다. 아마 모르는 것이 훨씬 많아서, 온통 모르는 것뿐이라 가능했는지도 모른다.

조이는 진짜 이름이 아니다. 조이는 가짜 이름과 가짜 주소로, 영국에서 미국으로 편지를 보낸다. 미국 텍사스 형무소에서 사형 집행일을 기다리는 해리스 아저씨에게. 어른이었고, 아내를 사랑했지만, 사랑했기 때문에 아내를 죽일 수밖에 없었던 해리스 아저씨에게. 조이는 신부님 앞에서도 털어놓지 못한 자신의 죄를 사형 선고를 받은 죄수에게 털어놓으며 속죄의 시간을 가진다. 조이는 자신이 저지른 실수를 깊이 후회하고 괴로워하고 있기 때문에, 사형수가 저지른 실수에 깊이 공감하는 태도를 보인다. 이 책이 사형 제도가 올바른가를 따지려는 작품은 아니지만 사형 제도의 비윤리성을 들며, 인간이 얼마나 바른 판단을 내리고 올바른 결정을 내릴 수 있는지에 의문을 제기한다. 그렇게 조이는 파티와 연애로 핑크빛 시간을 보내는 또래와 달리, 실수와 후회로 범벅된 속죄의 유년기를 보낸다.

이 작품을 우리말로 옮기는 동안 가슴이 먹먹해지는 순간이 여러 번 있었다. 내게도 조이나 소프, 맥스나 애런 같은 시간을 보내야 했던 때가 있었다. 많은 사람들이 정도와 경우는 달라도, 돌이킬 수 없는 상처로 남은 유년의 시간이 있었을 것이다. 그리고 마지막에 등장하는 애런의 편지는 우리가 상처를 딛고 일어서야 한다고 말한다. 잊을 수는 없겠지만, 잊으면 안 되겠지만. 애런이 조이에게 붙여 준 별명은 '버드걸'이었다. 새를 좋아하고 글쓰기를 좋아하는 조이는 애런의 말대로 날 수 있을까. 상처에 함몰되지 않고, 새장에 갇히지 않고.

결국 우리를 어른으로 만드는 것은 속죄의 시간과, 상처투성이인 유년에 발목 잡히지 않고 비상하려는 용기인지도 모른다. 맨 마지막 편지에 조이가 고통스러운 속죄의 터널을 지나 떳떳이 자신의 본명을 밝히게 되었듯이.

한유주

푸른봄 문학 ⑰

케첩 클라우즈 Ketchup Clouds

애너벨 피처 **지음** | 한유주 **옮김**

초판 인쇄일 2014년 5월 21일 | **초판 발행일** 2014년 5월 28일
펴낸이 조기룡 | **펴낸곳** 내인생의책 | **등록번호** 제10–2315호
주소 서울시 강서구 가양동 52–7 강서한강자이타워 A동 306호
전화 (02)335–0445 | **팩스** (02)6499–1165 | **전자우편** bookinmylife@naver.com
편집장 이은아 | **책임편집** 신인수 | **편집1팀** 이다겸 이지연 김예지 | **편집2팀** 박호진 진송이 이민해 조정우
디자인 최원영 심재원 | **마케팅** 이성민 서영광 | **경영지원** 김지연

ISBN 978–89–97980–98–7 43840
(CIP제어번호: CIP2014013036)

* 책값은 뒤표지에 있습니다.
* 잘못된 책은 구입처에서 바꾸어 드립니다.